变形记

卡夫卡短篇小说选

FRANZ KAFKA

[奥地利] **弗兰兹·卡夫卡** 著

万灿红 译

朝华出版社
BLOSSOM PRESS

图书在版编目（CIP）数据

变形记：卡夫卡短篇小说选 /（奥）弗兰兹·卡夫
卡著；万灿红译 . -- 北京：朝华出版社，2024. 8.（2025. 3 重印）
ISBN 978-7-5054-5481-1

Ⅰ . I521.45

中国国家版本馆 CIP 数据核字第 2024TG8732 号

变形记：卡夫卡短篇小说选

[奥地利] 弗兰兹·卡夫卡　著

万灿红　译

选题策划　侯季初
责任编辑　刘小磊
责任印制　陆竞赢　訾　坤

出版发行　朝华出版社
社　　址　北京市西城区百万庄大街 24 号　　**邮政编码**　100037
订购电话　（010）68996522
传　　真　（010）88415258
联系版权　zhbq@cicg.org.cn
网　　址　http://zhcb.cicg.org.cn
印　　刷　三河市刚利印务有限公司
经　　销　全国新华书店
开　　本　880mm×1230mm　1/32　　　**字　　数**　155 千
印　　张　8.25
版　　次　2024 年 8 月第 1 版　　2025 年 3 月第 2 次印刷
装　　别　平
书　　号　ISBN 978-7-5054-5481-1
定　　价　39.90 元

目录

变形记

　　一天早晨，做了一夜怪梦的格雷戈尔·萨穆沙终于从梦中醒来，万分惊异地发现自己突然变成了一只巨大的虫子，正仰面躺在床上。他的后背变成了坚硬的甲壳，微微一抬头，便能看到自己高高耸起的肚子，圆滚滚的，棕色的，上面拱起一节一节硬硬的弧，本来盖在身上的被子正一点儿一点儿地从肚子上滑下去。被子下面露出很多条形状怪异的腿，跟他现在这个庞大的身躯比起来，这些腿又细又小，幽幽地泛着光泽，抖抖索索，什么力气也使不上。

　　"我这是怎么了？"他心想。这不像是在梦里啊，这个房间，虽然对他现在的身体来说略显逼仄，可是这四面墙壁上的布置，这房间里的摆设，他再熟悉不过了，这里真真切切就是他自己的卧室。桌子上还放着一堆散乱的货物样品——格雷戈尔是一个跑外勤的业务员——桌子上方的墙壁上挂着一幅画，那幅画是他前几天从一本画报上裁下来，然后用一个精美的金边画框亲手装裱起来的。画里有一位正襟危坐的女士，她头上戴着裘皮帽子，脖子上围着裘皮围脖，双手以及胳膊搁拢在一个厚厚的裘皮暖袖筒里，高高地抬在胸前。

　　窗外传来雨滴打在窗上的声音，格雷戈尔朝窗外看去，沉沉的天色让他心里感到悲伤极了。他心想："再睡上一小会儿，这荒诞的一切是不是就会消失了，是不是就会恢复正常了？"这个想法虽然简单，可惜却根本没有办法付诸实践。他有一个习惯，必须让身体向右边侧身躺着才能入睡，可是以眼下的状态和处境，他根本就做不到如愿地侧身躺好。无论他如何努力，如何使劲，最终都会像一个不倒翁一样回到原来仰躺的姿势。肚子两侧那些细腿乱挣乱动着，看得人心烦意乱，他索性闭上了眼睛从头做起了各种尝试，直到腰间开始传来一阵隐隐的钝痛他才不得不放弃，这样奇怪的疼痛他平生未曾体验过。

　　他心想，"哎呀，我的天啊，我怎么就选择了如此辛苦的工作呢？经年累月在外面跑业务，一天到晚，一刻也不得停歇。哪一笔生意没有几番周折，几多麻烦？比起内勤的业务员来，我谈笔生意要折腾得多，麻烦得多啦，而且，我还要吃出差的苦，那真是一肚子的苦水呀。时时提心吊胆，生怕错过倒车的时间。吃得差劲不说，有时还不一定能吃得上饭。社交生活更是糟糕，整天跟不同的人打交道，认识不久便要分离，哪里能有交心的朋友呢？让这种苦日子见鬼去吧！"他感到肚子顶上最高的地方突然一阵瘙痒，但是任凭他怎么抬头也看不到那里，于是就仰卧着一点点地往床头柱边上挪去。靠着床头柱，才终于能将头部抬得更高一些了，只见肚子上密密麻麻全是白色的小斑点，却搞不清楚那是什么。他尝试着用一条细腿去挠，可是一碰到那些斑点就疼得他直冒冷汗，连忙把腿收了回来。

他又蹭了回来，在原来的位置躺好。他心里又想："天天起得比鸡早，把人都折磨成傻子了。人生来是要睡觉的，同样是出门在外，别人的日子就悠闲得跟皇宫里的娘娘一样，我忙了一早上，磨破嘴皮子才搞定一单生意。当我带着订单风风火火地回到旅馆时，他们却在优哉游哉地享用早餐。我要是也像他们那样，老板立刻会炒我鱿鱼。不过，说不准，这对我来说还是件好事呢，谁又能知道？我早就想辞职不干啦，如果不是为了我父母，我岂会一忍再忍？我肯定大大方方地走到老板跟前去，把埋在心底深处的这个想法大声地说出来。那他一定会大吃一惊，恐怕会惊得从他的写字台上摔下来！摔下来也怪不到我头上，只能怪他自己，谁会高高地坐到写字台上去，居高临下地跟员工说话呢？而且自己还耳聋，员工想跟他说点儿什么就不得不靠上去贴在他身边说话。一想到这一幕就很开心，其实也不是一点儿希望也没有，等我攒够了钱，把我父母向他贷的款都还清了——大概还要五六年——我一定得这么干一把。从那以后，我可就能翻身过好

3

日子啦。不过眼下嘛，我还是先起床为妙，我的火车五点钟就开了。"

他转头向柜子上的闹钟看去，闹钟嘀嘀嗒嗒地走着。"天哪！"他暗叫道，都已经六点半了，他眼睁睁地看着指针不停地走着，转眼就过了六点半，马上就到六点四十五分了。莫非闹钟没有响过？从床上看去，闹铃确确实实定在了四点没错呀，闹钟一定响过了。那么，有没有可能是他没有听到闹铃声？不，这个闹钟响起来连房间都要抖上一抖，他怎么可能还能安安稳稳地睡下去呢？更何况，他夜里睡得并不安稳，啊，也许正是如此，他才睡得更沉吧。那么他现在该怎么办呢？下一趟火车七点钟开，要想赶上这趟火车，就得火速出门啦，可是样品都没有整理打包，行李也没有收拾，而且他感到精神上也不济，更何况他眼下行动起来也不方便。再说了，就算他赶上了七点钟的火车也免不了被大发雷霆的老板臭骂一顿。他的助手见他没有赶上五点钟的火车，这会儿肯定已经在老板那儿打小报告啦。他的这个助手就是老板的爪牙，唯唯诺诺的小人一个，还不大聪明。要不然就请个病假吧？入职五年以来，他还从来没有请过一次病假呢，若是现在去请病假的话，丢人现眼尚且不说，还会引起老板的怀疑。老板绝对会带着保险公司的医生上门来，好让他的父母看看他们养出一个什么样的懒汉儿子，有了保险公司医生的证词，他就是浑身长满了嘴也解释不清，证明不了自己的清白。在保险公司医生的眼里，哪里会有病得不能上班的人呢，不过都是些找借口不上班的懒虫。若是今天，这位医生来到格雷戈尔家里，看到他的身体状况，也做出上述评论的话，到底算不算强词夺理，故意刁难呢？事实上，除了睡得太久，真的提不起精神来以外，他觉得自己身体状态非常不错，甚至还觉得腹中极度饥饿。

这些念头在他脑海里飞快地闪过。到底要不要立刻起床？思来想去，他还是无法下定决心。犹豫之间，闹钟上指针已经走到了六点四十五分，恰在这个时刻，床头一侧的门上响起了一阵小心翼翼的敲门声。

"格雷戈尔！"有个声音喊道，是他母亲的声音，"已经六点四十五分了，你不是要出差吗？"母亲的声音听起来很温柔。格雷戈尔想开口回答，可是才一开口，嘴里发出的声音就把他吓了一大跳。声音确实是他原本的声音，但却还夹杂着一种尖锐的鸣叫声，这鸣叫声像是从下腹部发出来的，完全不受他的控制。一句话，头几个字还能听得清清楚楚，后面的话就被这种鸣叫声混合得模糊不清了，听在耳朵里似是而非，云里雾里，不知道自己到底听明白了几分。格雷戈尔何尝不想好好地回答她，跟她把事情的来龙去脉好好讲一讲，考虑到现在的情况，他只能长话短说，回答道："是的，是的，这就起了，谢谢，妈妈。"也许是隔着一道木门的原因，门外的母亲似乎并没有听出格雷戈尔声音里的异样，得到了回答后，她便轻手轻脚地离开了。可是这一问一答短短两句话却揭露了一个事实，格雷戈尔竟然破天荒地仍然还在家里，这可大大出乎了全家人的意外。于是房间的一侧门上随即响起父亲的敲门声，声音不高，用的却是拳头。"格雷戈尔，格雷戈尔！"他喊道，"你怎么回事？"没过一小会儿，门外又响起他催促的声音，这一回，他的声音更加低沉了一些："格雷戈尔，格雷戈尔！"从另一面墙壁上的侧门里则传来他妹妹关切的声音，她轻声地问道："格雷戈尔？你不舒服吗？需要帮忙吗？"为了给他们两边一个答复，格雷戈尔努力憋出了几个字："我好了。"吐字的时候，他极其小心谨慎，每发一个音节都要停顿一下，生怕他们听出声音里的异样来。父亲倒是满意地回到早餐桌上去了，他妹妹却仍然细声细气地接着说道："格雷戈尔，开门，求你了。"格雷戈尔可不想去开门，这时候他正庆幸自己有夜里锁门的习惯呢，看来，长期出差的生活也不是一点儿好处都没有。

眼下，他只想先安安静静地一个人待在房间里，慢慢地起床，穿上衣服，最重要的是，好好吃顿早餐，然后再考虑其他的安排。他已经意识到，这样一直躺在床上是想不出什么高明的办法来解决眼下的困境的。他记得，有很多次，大概是因为睡相不好，他在床上躺着的时候总觉得身体不大对劲，总有隐隐作痛之感，却又说不清楚痛在哪里，可是等他一起床，一切疼痛就都变成了幻觉，消失了。这一次碰到这种怪事，不知道以往的经验能不能奏效，他倒是很期待。至于声音上的变化，不过是重感冒的一个症状罢了，这是跑外勤的人最容易得的病啦，他为自己做了一番解释，这样的解释，他觉得无懈可击。

起床的第一个步骤，掀去被子。这很容易做到，只要稍稍鼓起一下肚子，被子就会彻底从他身上滑下去。但接下来的步骤就很麻烦了，他现在的身体着实过于庞大，想要坐起来可不那么容易。要是有胳膊有手的话还可以在床上支撑一下，可是看看他现在的身体，他身上只长了那么些小细腿，而且一时半会儿，他还没有掌握好控制这些细腿的诀窍，只能由着它们张牙舞爪。他试着弯曲其中一条腿，结果它反而伸得笔直，等他好不容易把这一条腿练习得伸屈自如了，其余的那些腿就完全不听指挥了，发疯似的乱动起来，让他浑身疼痛。"再也不能在床上躺着了，这样下去，一点儿好处都没有。"格雷戈尔对自己说道。

起先，他计划先把下半身挪到床沿外去。他到现在为止都还没有看到过自己的下半身，也想象不出这下半截身子是个什么样子，不过有一点是肯定的，他的下半身既不能动弹，也不好挪动。他费力地挪着身子，可是挪动的速度非常非常缓慢。最后，他终于失去了耐心，狠下心来，拼尽全身的力气，不管不顾地将整个下半身向前甩去，只可惜他选择了一个错误的方向，一下子撞到了床尾的柱子上，猛地传来一阵火辣辣的疼痛。这个结结实实的教训告诉他，目前看来，下半身可能是他现在这副身体最脆弱敏感的部分了。

因此，他改变了策略，想先把上半身挪到床沿外去。他小心翼翼地把头向床沿转过去，这也很容易办到。随着头部的转动，他那庞大而笨重的身体竟然也慢慢地随之转动起来，真是意外之喜。可是等他把头终于挪到床沿外边悬着的时候，他心里不禁害怕起来，于是马上停止了行动。按照目前的姿势摔到床下去的话，势必会伤到头部，到时候，若是不把脑袋摔破，那绝对是奇迹再现。清醒的神志是他目前最大的凭仗，也是最大的需求，为此他不惜付出任何代价，包括继续待在床上。

然而，费了那么大劲，花了那么多心思，最后却只能灰溜溜地回到原来的位置躺着，甚至看着那些乱舞乱动、互相打起架来的细腿依然一筹莫展，只能唉声叹气，这时候，他又对自己说，这样子躺在床上真不是个事，只要能够离开这张床，哪怕希望再渺小，牺牲一切也在所不惜，这样的想法才是最理智的。但与此同时，他也不忘提醒自己，深思熟虑为上，贸然行事为下。每当需要深深思考的时候，他总习惯凝视窗外，可惜今天的窗外浓雾茫茫一片，连巷子对面的景色都被严严实实地包裹了起来，哪里还能给他坚定的信念与追求曙光的信心呢？"七点钟了，"看到闹钟的指针走到了整点，他自言自语道，"已经七点钟了，雾还那么浓。"他又安安静静地在床上躺了一小会儿，一动也不动，呼吸缓慢而悠长，似乎在盼望着这种近乎静止的状态能让他回到原本的正常生活中去，回到真正的生活中去。

片刻之后，他又对自己说："七点一刻之前我无论如何也得离开这张床。七点钟不到，公司就开门了，算起来，最晚七点一刻公司就会派人来家里找我了。"然后他便开始了新的尝试，他抻长了整个身体，尽量保持着平衡，左右摇晃起来。他想用这种方式把整个儿身体荡出床去，在他的计算中，以这种姿势着地的话，只要在落地瞬间快速把头往胸口缩起，那么应该可以保证不伤到脑袋。以他目前对自己的身体了解看来，背部好像是非常坚硬的，以这个姿势摔到地毯上去的话，背部应该不会出什么事。他最担心的还是落地的响声，这响声不仅不可避免，而且声音一定会很大，一定会让门外的人听到。他们听到这声音虽然不至于受到惊吓，但是一定会有所担心。但是，管不了那么多了，必须要试上一试。

比起之前的方法来，这次行动简直就像游戏一般轻松，他只需要时不时地荡上一荡就行，一点儿都不吃力。等半个身子在床上，半个身子悬在地板上方的时候，格雷戈尔在心里暗暗地想，要是有人能过来帮帮忙，他何至于如此辛苦。两个身强力壮的帮手就足以让他解脱眼前的困境——他想到了父亲以及家里的厨娘——他们只需把双手伸到他高高拱起的甲壳下面一推，稍稍用力就能把他从床上移到地板上，然后只需耐心地等一会儿，等他利用惯性一下子翻过身就成功了一大半，只要那些小细腿不再捣乱，那就万事大吉了。然而，先不考虑房间的门是不是上了锁，就算没有上锁，难道他就真的非要大声疾呼、乞求别人的帮助不可吗？想到这里，他禁不住微微笑了起来，境况虽然窘迫，可他犹自笑得十分得意。

　　他接着摇啊荡啊，离七点十五分只差五分钟了，是到了下定决心的时候了。就在他即将失去平衡的那一刻，门铃响了起来。他一下子呆住了，小细腿失去了控制，纷纷乱舞起来。"一定是公司的人来了。"他心想，可是接下来的一小会儿，整个房子里静悄悄的，听不到一点儿动静。"但愿他们不要去开门。"格雷戈尔抱着这么一点儿不切实际的愿望想着。可是下一刻，外面就响起了厨娘沉重的脚步声，如往常一样，总是她去开门迎客。来客开口问候了一声，格雷戈尔就知道来的是哪一位了——总经理本人。他格雷戈尔的命为什么就那么不好啊，偏偏要在这么一家公司工作，不就是误了火车吗，这么一点点芝麻大的小错而已，公司就迫不及待地派人上门问罪来了，难道他们已经给他安上什么大罪名了？难道公司里的员工无一例外都像破抹布那样一无是处吗？他们之中就不能有一个正直诚实的人了？而恰恰是这个人，由于自己没有把凌晨到早晨这几个小时全都用在工作上，已经被自责折磨得发了疯，现在连床都离开不了了呢。就算派人来走一遭问一问是必要的事项，那么，不过是到家里来问个话，难道不能随便派个学徒过来吗？难道真有必要大动干戈地让总经理

10

亲自出马吗？真的有必要让家里那些天真的家人误会他，以为他犯了什么了不得的大错吗？除了总经理，别人都没有资格来调查吗？格雷戈尔越想越激动，越想越生气，身体摇晃的幅度也越来越大，最后，与其说他是最终下定了决心，还不如说他是被怒气冲昏了头脑，反正不管如何，他用尽全身的力气一荡，砰的一声摔到了地板上。这声音虽然不小，不过还完全称不上巨响，一来地板上的地毯起到了消音的作用，二来格雷戈尔背上甲壳的弹性比他想象的要好得多，所以这一摔只发出了闷闷的声响，并不怎么引人注意。美中不足的是，他没能及时保护好头部，磕到了脑袋。他又疼又恼，转过脑袋在地毯上蹭了起来。

"那里头好像有什么东西摔到地上了。"总经理的声音从左侧传来，格雷戈尔卧室的左边就是会客厅。像今天这种倒霉事，总经理说不定有一天也会碰到呢？格雷戈尔禁不住在心里臆想起来，毕竟这种可能性是存在的。他才这么一想，会客厅里的总经理就好像听到了他心中所想似的，开始在会客厅里踱起步来，上了油的漆皮靴子踩在地板上，发出咯吱咯吱的声音。右边他妹妹的房间里则传来她小心翼翼的声音："格雷戈尔，总经理来啦。""我知道。"格雷戈尔自言自语地说，但他却不敢把声音放大，让他妹妹听到。

"格雷戈尔，"此时，左边的会客厅里传来父亲的声音，"总经理先生来了，他想问问，你为什么没有坐五点钟那趟火车走，我们不知道该怎么跟他说，而且，他想亲口问问你。好了，请把门打开吧，房间没有收拾也不要紧，我想，他不会介意的。"

"早上好啊，萨穆沙先生！"总经理的声音插了进来，听起来很和善。"他身体不舒服，"趁着父亲还在吩咐格雷戈尔，他的母亲见缝插针地对总经理说道，"他肯定病了，请您相信我，总经理先生。要不然，格雷戈尔怎么会误了火车呢？这孩子脑子里装的、心里想的只有工作，他晚上从来不出去玩，为此，我有的时候都有点儿懊恼呢。这不，他这回在城里待了八天，可是天天晚上一回来就闷在家里。哪怕在这客厅里，在这儿坐着，他不是一声不吭地看着报纸，就是埋头研究火车时刻表。唯一能让他换换脑子分分心的事，就是用木头做些小玩意儿了。前几天，他又雕又磨的，用了两三个晚上的时间，做了一个小画框，真是漂亮极了，您要是见了这个画框，一定会惊叹不已。它就挂在这个卧室里，只要格雷戈尔一打开门，您就能看到啦。哎呀，您来了，我可真高兴，总经理先生。我们什么办法都用了，格雷戈尔就是不肯开门，他脾气犟得很呢。虽然他嘴里不承认，可是他一定是病啦。"

"我马上就来。"格雷戈尔万分小心地、慢慢吞吞地回了一句。他待在地上，一动也不敢动，生怕听漏了外面的对话。"是的，夫人，我也想不出别的原因来。"总经理说道，"但愿不是什么严重的毛病。但是另一方面，我要说，像我们这种跑业务做生

12

意的人，有个小灾小病的，扛扛就过去了，都是为了生意嘛，说我们可怜也行，幸运也行。""你好了没有？可以请总经理先生进去了吗？"父亲等得不耐烦了，又在门上敲了敲。"不。"格雷戈尔说道。左边的房间里突然陷入一阵尴尬的沉默，而右边的房间里则传来妹妹的抽抽噎噎的哭泣声。

妹妹怎么不到客厅去？她一定也才刚刚起床，可能都还没有开始换衣服呢，那么她又为什么要哭呢？是因为他没有起床，没有让总经理进屋吗？是因为他正面临着丢掉饭碗的危险吗？是因为老板又会不停地向父母追债，甚至逼上门来吗？真是杞人忧天。暂时，格雷戈尔还没有离家出走的打算，连这个念头都不曾有过，所以这些担心都是多余的。眼下，他只能在地毯上老老实实地躺着，不管是谁，但凡知道了他如今的处境，就不会苛求他现在去给总经理开门。话又说回来，这最多只能算是个小小的不礼貌行为，日后找个合适的机会做个解释，道个歉就没事了，他们不会因为这点儿小错就立刻打发他走人的。格雷戈尔多么希望家人们现在能做出最明智的选择，让他一个人安安静静地待会儿，而不是又哭又劝让他心烦意乱。但是无知是他们最好的武器，他们逼得你走投无路，你却还无法责怪他们。

"萨穆沙先生，"总经理提高了声音喊道，"到底是怎么回事？您躲在自己的卧室里不出来，回答问题也只是用'是'或者'不'敷衍了事，平白无故地让您的父母为您忧虑，而且您还，我在此只是顺便提一下，您还耽误了自己的工作，这种失职行为可是前所未有。我现在以您父母的名义，以及您老板的名义郑重地请求您，立刻，马上，做出一个明确的解释。我真的觉得很奇怪，认识您这么久，在我的印象中，您一向沉稳理智、做事得体，可是现在看来，您突然变了，变得无法管理您的情绪了。关于您为何会有这次失职行为，虽然老板早前跟我做过暗示，说您最近刚刚接手了收账的工作，但是，我当时就义正词严地告诉他，这种猜测性的解释是站不住脚的。可是现在呢？您的言行如此不可理喻，让我彻彻底底地失去了为您辩护的兴趣和理由，我再也不会为您辩护了。您捧的可不是铁饭碗啊，本来，这个问题我是打算私底下跟您谈的，但既然您在这里无谓地浪费我的时间，那么不妨让您的父母也一起来听一听吧。近来，您的业绩很不理想，虽然说，这个季节并不是做业务最容易的时候，算得上淡季，这一点我们都有共识，但是，淡季再淡也不可能一单业务都做不成，萨穆沙先生，这绝不可能，从来没有这样的先例。"

"总经理先生！"激动之下，格雷戈尔什么都顾不得了，不禁放声喊了起来，"我马上就来开门了，即刻就来。我就是有一点点不舒服，脑袋昏昏沉沉的，起不了床。我这会儿还躺在床上呢，但是现在我又好了，精神也好了，我这就起床了。请再耐心等一下，一下就好！啊，这病恢复得不怎么顺利，比我想象的差一点儿，可是我已经好了。真是病来如山倒啊！明明昨天晚上我还好好的，我的父母可以作证，啊，不，确切地说，昨天晚上我就有了一点儿不好的预感，看我当时的脸色就知道了。我当时怎么就不向公司请假呢！我总以为，一点儿小毛病，在家里睡一觉就会好的。总经理先生！为我的父母想想吧！您刚刚那一番指责，没有根据呀，业绩为零吗？没有人跟我说过呀，我最近还交上去了一些订单，可能他们还没来得及看吧。另外，我会照常出差的，八点钟有趟火车，我赶得上的，休息了这几个小时，我浑身都是力气。您贵人事忙，我不敢在此耽搁您的时间，总经理先生，我马上就会亲自到公司里去的。请您行行好，告诉老板一声，在老板面前替我说说好话吧！"

情急之下，格雷戈尔都不知道自己到底说了些什么，他一边着急地说着话，一边蹭着地毯，用先前在床上练习过的办法，驾轻就熟地蹭到柜子边上，试图挨着柜子站起来。他破釜沉舟地想，他要去把门打开，让大家看看他现在的样子，当面跟总经理谈谈。他迫不及待地想知道，外面那群人，既然千方百计地想让他出去，那么看到他现在的模样会有什么反应呢。要是把他们吓着了，那也不是格雷戈尔的责任，反正他是不用愧疚的。要是他们没有什么大的反应，那么他也可以安心了，可以去出差了，虽然匆忙了一点儿，但是速度快一点儿的话，八点钟之前到达火车站应该是没有问题的。

开始的时候，由于柜子太光滑，好几次他都快站起来了又滑了下去。最后，他把握了惯性，一晃一荡，终于站了起来，下半身随即传来一阵阵剧痛，但是他顾不了那么多了，只能咬牙硬挺着。旁边正好有一把椅子，他用那些小细腿紧紧地抓住了椅背和扶手，全身靠在上面——谢天谢地，这些小细腿总算听话了。做完这些，外面传来了总经理的声音，他凝神静气地听了起来。

"他说了些什么？我一个字也没有听懂，你们呢？"总经理向他父母问道，"他不是在耍我们玩吧？""天啊！"母亲已经大哭了起来。"他也许正病得厉害呢，我们却在这里折磨他，格蕾特！格蕾特！"她又喊道。"母亲？"妹妹在另一边的房间里大声地回答道，她们俩隔着格雷戈尔的卧室对喊起来。"你得立刻去趟医生家，格雷戈尔病了，快点儿，快点儿，去把医生请来，你听到格雷戈尔说话的声音了吗？"比起母亲大喊大叫的声音，总经理的声音显得尤其低沉。"那是虫鸣声。"他说。

"安娜！安娜！"父亲站在前厅冲着厨房的方向一边拍手，一边喊道，"立刻去找个开锁匠来！"话音刚落，就听见两个女孩子朝前厅跑去的脚步声，还有裙摆拖在地上发出的窸窸窣窣的声音——妹妹穿衣服的速度可真快，她是怎么办到的呢？——接着就传来她们一把把大门拉开的声音，不过却没有合上大门的声音，她们定然是没有关门就仓皇跑了出去。家里出了大事的人家，活该让家门大敞大开，住公寓的人家碰到这事都这样吧？

格雷戈尔倒是冷静了下来，别人虽然听不懂他说的话，但他

16

自己听来，他刚才脱口而出的话已经非常清晰好懂了，比先前好多了，也许是他的耳朵已经适应了环境的结果吧。不管怎样，大家已经知道他的状态不对劲了，而且也在积极地想办法帮助他。他们各司其职，安排得合理又有序，他感到心下安然，这种感觉真是太好了。他感到自己又回到了正常的、人的世界里，真希望医生和锁匠能快点儿赶来，不管是谁先到，他都祝愿他手到病除或者马到成功。想到接下来可能会有一番至关重要的谈话，为了保证到时候自己的声音不出问题，他试着咳了几下清清嗓子，不过他也不敢咳得太大声，谁知道自己的咳嗽声还是不是普通人类的咳嗽声呢，反正他现在也不怎么敢相信自己的耳朵了。隔壁客厅里也是一片静寂。有可能父亲母亲正与总经理一起坐在桌边，悄声说着什么，也有可能这三个人这会儿正把耳朵贴在门上仔细听卧室里的动静。

格雷戈尔推着椅子慢慢地向卧室左侧的门走去，这是一道双扇门，一扇门被闩死了，一扇门上了锁，锁上插着钥匙。到了门边，他猛然一推椅子，努力保持站立的姿势，把整个身体都挂在了门上。那些小细腿分泌出了些微黏液，多亏了这些黏液，使他的计划得以顺利实施。这一行动可把他给累坏了，不过他不敢耽搁，仅仅在门边休息了片刻之后便开始了下一项行动。他用嘴去咬锁孔里的钥匙，并且试图转动这把钥匙。这时候，他才发现他现在的嘴里根本就没有牙齿，这可如何是好？怎样才能把钥匙咬住不动呢？幸亏天无绝人之路，他的上下两颚显然非常强劲有力，他下狠劲咬住了钥匙。有一种褐色的液体不断地从他嘴里流出来，淌到了钥匙上，又滴答滴答地落到了地板上，肯定有什么地方受伤了，可是他现在无暇理会，一心只想着钥匙，最后竟然凭着光秃秃的颚骨，愣是把钥匙转动了。

"你们听！"隔壁传来总经理的声音，"他在开锁。"这句话给了格雷戈尔莫大的鼓舞，然而，这还不够，所有人都应当给他加油鼓劲才是，父亲和母亲也应当呐喊："好样的，格雷戈尔！"应该喊："加油呀！加把劲哪，别松口啊！"他觉得此时身边围满了紧张激动的观众，他的这番努力、这番艰辛他们都看在了眼里。在这样的臆想中，他使出了浑身的力气，不顾一切地咬紧了钥匙。他嘴里衔着钥匙，整个身体几乎挂在钥匙上，不断地调整身体的位置，调整方向，再用身体的重力把钥匙向下压去，如此这般，他拼上全身的力气挣扎一会儿，钥匙就会动上一点点。就这样，钥匙一点点地转动了起来。终于，咔嗒一声，门锁开了，惊醒了沉浸在臆想中的格雷戈尔。他呼出一口气，一边把头搁在门把上，以便将门全部打开，一边在心里想：看来锁匠是用不上了。

由于他在开锁的过程中又跳又拽，使了很大的力气，所以锁一打开，门便已经开了一点点，只是他这时正在门的背后，大家还看不到他。要是他们一股脑儿地推开门冲进来的话，他肯定会

18

被撞倒的，所以当务之急，他必须小心翼翼地从门后出来，转身走到门前去。这又是一个难度极高的动作，他正全神贯注地转着身，突然听到总经理大呼一声："啊！"伴随着这一呼声，他还听到了一声长长的吸气声，好像穿堂风呼啸而过一样的、深深的吸气声。然后格雷戈尔便看到了他，只见他立在门前，用一只手捂着张得大大的嘴巴，似乎被什么看不见的神秘力量驱赶着，一步一步，慢慢地向后退去。他的母亲——虽然家里有贵客到访，但她的头发还是昨夜睡前的发型，而且睡了一夜，又杂又乱——也看到了格雷戈尔，她先是合起双手朝丈夫看去，然后又朝着格雷戈尔走了两步，接着身子一软，一屁股跌坐在旋开的裙裾中间，躺倒在地上。她的脑袋垂在胸前，格雷戈尔看不见她脸上的表情。而他的父亲则一副如临大敌的样子，挥舞着自己的拳头，似乎是想把格雷戈尔赶回卧室去，却又没有这个勇气，四下看了看，然后用双手扶着额头哭了起来，伴随着他的哭声，他那厚实的胸膛不住地战栗起来。

这下，格雷戈尔也不敢走进客厅里去了，他躲到被闩死的那扇门后面，靠在上面，只露出一半的身子和侧弯着的头部，悄悄地观察着外面的情况。天色已经亮堂了许多，能够清清楚楚地看见街对面暗灰色的房子，以及那些整整齐齐地嵌在房子里的窗户。这一排房子其实是一座医院，房子非常长，他所能看到的，不过是其中的一截罢了。雨还在下，但是已经变得疏疏落落，硕大的雨点如断线的珍珠一般，一颗一颗地落下来，砸在地上。桌上摆着早餐，杯盏碟碗，满满当当。在父亲看来，早餐是一日三餐中最重要的，他习惯一边吃早餐一边阅读，往往等他把当日的报纸都读完了，几个小时也就过去了。稍稍抬起目光，就能看见对面墙上挂着一幅格雷戈尔当兵时拍的照片。照片上，他身穿少尉军装，脸上挂着无忧无虑的笑容，手上握着佩剑，这姿势，好像要让看到照片的人都对他那堂堂的仪表和威严的制服肃然起敬。通往前厅的门敞开着，透过前厅还能看到敞开的大门，大门前的走廊，以及通往楼下的楼梯。

"好啦，"格雷戈尔说道，他心里很清楚，此时此刻，唯有他一个人能平静自若，冷静自持了，"我马上就去换衣服，收拾样品，然后就出发。你们，你们大家还仍然希望我出发吗？喏，总经理先生，您瞧，我既不是滑头，也不是刺头，我很喜欢我的工作。出差很辛苦，可是不出差，我的日子就过不下去了。您去哪儿，总经理先生？是去公司吧？对不对？那么您到了公司会实话实说的吧？要是有人暂时失去了工作的能力，那么应不应该越到这种特殊的时候，越是要想想这个人以前的成绩，想想以后，排除困难，扫清障碍之后，这个人可能会更加勤奋、更加卖力地工作呢？我还欠着老板很多债呢，这您想必心知肚明。再说了，我还要赡养我的父母，照顾我的妹妹。我现在陷入了困境，可是这是暂时的，我马上就能从这个困境中摆脱出来。我已经很难了，

20

请您不要再给我增加新的困难了。到了公司，您可要站在我这一边哪！我知道，大家都不喜欢我们这些跑外勤的业务员，他们总以为我们挣着大钱，过着神仙般的日子。他们之所以不肯放下偏见，那是因为他们没有机会好好地、客观地评价我们的工作。可是您不一样啊，总经理先生，您对公司大大小小的事情，以及所有员工的情况了如指掌，在这方面，公司里谁也比不上您，甚至，恕我直言，老板先生本人都不如您了解公司的员工，老板他作为公司的所有者，出于自己的利益，在看待问题的时候，难免会把职员的缺点无限地放大。您心里也很清楚，跑外勤的业务员，一年到头在外面奔波，去公司的次数屈指可数，就因如此，他就成了那些流言蜚语的中伤对象，成了所有坏事的替罪羊，无缘无故地就被安上了莫须有的罪名。可他呢，他几乎连辩解的机会都没有，因为他本人往往被蒙在鼓里，只有等他出差回到家里，疲惫不堪地躺在床上，身体上还发生了不知缘由的、可怕的变化之际，才有机会得知自己究竟遭遇了怎样的不公平。总经理先生，您别走啊，告诉我，我说得是不是至少有那么一点点道理，您可不能一句话都不说就走了啊！"

早在格雷戈尔刚刚开始他的长篇大论的时候，总经理就背过身去了。他背对着卧室，抖动着肩膀，扭着脖子，大张着嘴巴看着格雷戈尔。格雷戈尔滔滔不绝地讲着话，而他呢，一边用眼睛盯着格雷戈尔，一边一刻不停地向大门挪去，悄悄摸摸，不露痕迹，好像有什么阻止他离开这个房子一样。眼见快到前厅的时候，他突然一个大步，腾起身子，好像脚底下着火了一样，跃出了客厅。一进前厅他便伸长了右臂，朝着楼梯扑去，好像在那儿有人正等着他一般。

格雷戈尔心里明白，绝不能让总经理在这个时候离开，要不然的话，自己在公司的职位百分之百保不住了。可是他的父母却不明白，长久以来，他们一直坚信格雷戈尔的工作是个铁饭碗，一辈子衣食花销是不用发愁的。更何况他们被眼下的情况吓呆了，根本没有时间也没有脑子去想接下来会怎么样，以后会发生些什么。不过，这点儿远见，格雷戈尔却是有的。必须拦住总经理，必须安抚他，说服他，争取把他拉到自己的阵营里来。格雷戈尔的前途，以及一家人的未来全都在此一举了！要是妹妹在家里就好了！她是那么的聪明，早在格雷戈尔还安安稳稳地躺在床上的时候，她就预见了什么似的哭了起来。她要是在家里，必定能够成功地转移总经理的注意力，这个家伙碰到女人就走不动路了。她要是在家里，必定会先把大门锁住，再到前厅里好好地安抚惊魂不定的总经理。只可惜，妹妹不在家，既然如此，格雷戈尔就必须亲自出马了。

格雷戈尔完全不清楚自己现在这副身体到底能不能走路，能走多快，也不知道自己现在说的话别人能不能听懂——很可能听不懂吧，可是他管不了那么多了，总经理已经跑到了门廊上，正用滑稽的姿势双手紧紧地抓在栏杆上呢。他想走出卧室的门去追他，于是猛地一下从门后跳出来，但随即向前跌去。他惊叫一声，舞动着细腿想抓住什么来保持平衡。可是想象中的剧痛并没有到来，反而觉得舒服极了，从今早醒来以后就没有哪一刻像现在这样感觉舒适自如。身下的细腿紧紧地抓着地板，非常稳健，更让他高兴的是，这些小细腿指挥起来如臂使指，指哪儿到哪儿，这让他觉得彻底扭转局势的时刻就要到来了。可是万万没有想到，意外总发生在最紧要的关头。他如今所在的位置离母亲所躺的地方只有几步路，正当他摇头晃脑地想追去门外的时候，他那刚才还失魂落魄的母亲竟然一跃而起，张开双臂，紧绷十指，大声喊了起来："救命啊！天啊，救命啊！"她弯起头来，似乎想把格雷戈尔看个清楚，但是却没有走向他，反而慌慌张张地向后退去，退到了桌子边上，忘了桌子上摆着满满当当的早餐，竟然一屁股坐了上去，碰倒了身边的一个大咖啡壶而毫不自知，任由咖啡汩汩地流出来，淌到了地毯上。

"母亲，母亲！"格雷戈尔抬起头看向她，轻声地喊道。这一刻，他暂时性地放下了要去追总经理的事情，咖啡的浓香吸引着他，看着流淌了一地的咖啡，他忍不住张开了大嘴，咂巴了好几下。看到他这一举动，母亲又高声尖叫起来，跳下了桌子，扑倒在迎面而来的父亲的怀里。格雷戈尔回过神来，他没有工夫去管他的父母了，总经理的一只脚已经踏到了楼梯上。他用下巴钩着栏杆，朝房子里瞥去最后一眼。为了追上他，格雷戈尔加速跑了起来。总经理好像知道他心里的打算似的，一个箭步蹿下了好几个台阶，消失在格雷戈尔的视野里。"呼！"楼梯间里传来他重重的呼气声。到了这个时候，父亲似乎仍然没有搞清楚状况，不知道总经理为什么逃也似的离开了，不知道他离开了之后会有什么样的后果，所以他不仅没有去追，而且还拦着路，不让格雷戈尔去追。他右手抓起总经理的手杖——仓皇之下，总经理连放在椅子上的手杖、礼帽和大衣都没有带走——左手从桌子上抄起一份厚厚的报纸，一边挥舞着手杖与报纸，一边跺着重重的脚步，试图将格雷戈尔赶回他的卧室去。无论格雷戈尔如何焦急地摇头，无论他怎么苦苦地乞求，都无济于事，没有人听得懂他的乞求，父亲反而把脚步跺得越来越用力了。

在房间的另一端，母亲不顾严寒的天气一把推开了窗户，探出身去，把脸深深地埋在双手里。街道与楼梯之间霎时产生了强烈的空气对流，一阵穿堂风骤然吹过，窗帘高高舞起，桌子上的报纸哗啦啦作响，随后一张一张地飘落在地板上。父亲嘴里发出嘘嘘的声音，手舞足蹈地催促着，驱赶着，毫不留情。可惜倒退着走路并不是格雷戈尔的强项，他还没有练习过这项技能，所以进展得非常缓慢。若是格雷戈尔能够掉个头的话，可能要顺利得多，可能他这会儿早就进了卧室了，可是他却不敢掉头，毕竟掉头这个动作做起来也相当麻烦，他害怕父亲一旦失去耐心，手里的手杖随时会朝他背上或者脑袋上招呼过来，往死里招呼。然而到了最后，格雷戈尔绝望地发现，倒退着走实在行不通，他连方向都把握不好，除了掉头他没有第二条路可走。无计可施之下，他不得不一边心惊胆战地提防着父亲的手杖，一边以他自认为极快而实际上极慢的速度掉起头来。父亲可能是注意到了他的用意，知道他的动作并无恶意，所以非但没有用手杖威胁他，阻止他，反而站得远远的，时不时地还用手杖指挥他掉头的动作。

　　要是父亲嘴里不发出那种嘘嘘声就完美了！这声音搞得格雷戈尔头昏脑涨，分不清东西南北。他都已经转了一百八十度，把整个身体都掉了一个头了，可是听着这没完没了的嘘嘘声，竟然错过了门口，差点儿又回到了原地。等他好不容易调整好身体，让脑袋正对着门口，还没来得及高兴呢，却发现自己的身体比门还要宽，以他现在的姿势肯定进不去。最好的办法当然是把双开门的另一扇门也打开，这样格雷戈尔就能畅行无阻了，可是他父亲现在依然糊里糊涂地搞不清楚状况，根本想不到这一点。至于像先前那般站立起身子，竖着进门的办法也行不通，父亲一味地想着以最快的速度把格雷戈尔弄回卧室里去，哪里还会给他足够的时间做那些准备工作呢。父亲不仅没有设身处地为格雷戈尔着想，而且还完全无视门的大小，一味地发出烦人的声音驱赶着他。可能他已经很不耐烦了，嘴里的嘘嘘声也变了调，变得更加使人烦躁，变得完全不像是格雷戈尔所熟悉的父亲的声音了。他真的受不了这个折磨了，于是狠心往前一挤，想硬生生地挤进门里去，只是，愿望是美好的，现实却是残酷的——他被卡住了。他的身体一侧高一侧低，斜斜地卡在门口，肚子的两侧都被磨破了，没有一处完好的皮肤，洁白的门上留下了丑陋的污渍。高的那一侧的细腿悬在空中，瑟瑟发抖，低的那一侧的细腿则被压在地板上，痛楚万分，他进退两难。就在这时，他的父亲从后面给了他狠狠的一击——让他真正解脱痛苦的一击——他飞了起来，鲜血四溅，远远地跌落在卧室的地板上。父亲用手杖把门砰的一声关上了，世界终于清静了。

直到夜幕悄悄降临的时候，格雷戈尔才从沉沉的昏睡中醒过来，房间外面传来的声音吵醒了他。恍惚间，他听到有人踮着脚朝前厅走去，接着又把客厅通往前厅的门轻轻地关上了。其实，就算没有这些声音吵到他，过不了多久他也该醒了，他觉得自己睡饱了，睡够了，精神好极了。街上的路灯透过窗子照进房间里，在天花板和家具的高处留下一块块惨白的光斑，而低处，以及格雷戈尔现在所在的地方，依然暗沉沉的。他很想去看看外面到底是什么情况，于是他慢慢地蹭着地板，笨拙地用头上的触角探着路——他现在才明白了触角的好处——摸索地向门口爬去。身体的左侧多了一道长长的伤疤，感觉硬硬的，紧绷绷的，很不舒服，严重地影响了他的行动，哪怕他身上长着两排腿，爬起来依然一瘸一拐的，其中有一条腿在今天上午的事故中受了非常严重的伤，毫无生气地耷拉着，拖在地板上。真是谢天谢地，只有这一条腿受了伤，这也算是个奇迹吧。

到了门边上，他才恍然大悟，原来，引诱他爬过去的并不是外面的动静，而是食物的香气。门边上有一个小食盆，盆里盛着甜牛奶，牛奶里还泡着切成一小块一小块的面包。他不禁欣喜若狂，较之今天早晨，他此刻更是饿得发了狂了，一头便扎进食盆里，差一点儿连眼睛都没在了牛奶里。可是没过一会儿他就失望地抬起了头。他发现，对现在的他来说，吃东西也不是件容易的事。他必须动用全身的肌肉，使上全身的力气才能顺利地进食，可是由于左侧肚子上的伤疤，他使不上力气，吃起食物来很是艰难。更加可悲的是，牛奶喝在嘴里一点儿味道都没有，这可是他往日里最喜爱喝的东西呀。肯定是妹妹把这个食盆放在这里的，因为只有她才记得他爱喝牛奶。腹中饥饿难耐，食之又无味，心里一番挣扎之后，他悻悻地爬回了他睡觉的地方。

客厅里点着煤油灯，往常这个时候，父亲总要大声地给母亲读上一段当日的晚报，有的时候，妹妹也是父亲的读报听众。晚上的读报活动，妹妹跟他说起过很多次，信中也常常提到。可是现在，透过门缝，格雷戈尔只看见灯光，听不到一点点声响。可能最近一段时间里这样的读报活动已经取消了吧。这会儿，不仅没有读报声，整个房间都静悄悄的，一点儿声响也没有，总不可能家里一个人都没有吧。"我们家的日子真是宁静又祥和！"格雷戈尔心里想，他转过头，呆呆地看着黑暗的角落，心里突然感到十分自豪，他的父母和妹妹能住上这么华美的房子，过上如此安宁的生活，都是他的功劳啊。万一有朝一日，这份宁静，这种富足，这份祥和都骤然消失了呢？那可怎么办？为了不让自己迷失在这样的念头里，格雷戈尔开始四处活动起来，在房间里爬来爬去。

这个夜晚显得异常漫长。有一次，有人把左边一侧的门打开了一条小缝，随即又快速地合上了，还有一次，右边一侧的门也被打开了一条小缝，然后也飞速地被关了起来。显然，有人很想进来，却又顾虑重重。格雷戈尔决定守在通向客厅的门边上，一步不移，非把这个犹犹豫豫的家伙请进来不可，或者，至少也要知道这个人到底是谁。然而，格雷戈尔白费了这一番心思，再也没有人来开门了，他的等待落了空。早先，所有的门都锁着的时候，一个个都急着想进来，现在呢，所有的门都没有上锁（他亲自打开了一把锁，别的锁肯定被他们趁着他昏睡的时候打开了，即使上了锁，钥匙也必定插在门的外边），却没有人想进来了。

直到深夜，客厅里的灯才被吹熄，才传来三个人踮着脚轻轻离开客厅的脚步声，由此，格雷戈尔至少可以断定父母和妹妹到现在都没睡，整个晚上都待在客厅里。这下好啦，真正得到清静啦，不到明天早上是不会再有人想进格雷戈尔的卧室里来了。也就是说，他现在有整整一夜的时间，正好可以心无旁骛地整理思路，思考自己的未来。在这个空无人影的房间里，他趴在地上，仰望着四周，突然觉得心里害怕极了。他在害怕什么？这是自己的卧室啊，他在这里住了五年了，为什么会害怕呢？他不明白。他下意识地掉过了头，急急忙忙地爬到了一张长沙发底下。这个举动让他感到羞愧，可是尽管躲在沙发的下面很挤，连头也抬不起来，他却一下子觉得舒心惬意了，唯一感到美中不足的是沙发不够深，身体过于宽大，这张沙发遮不住他的整个身躯。

他在沙发下面半睡半醒地待了整整一夜，一半是因为难耐的饥饿，另一半是因为心里的忧愁和不尽的企盼。他思来想去，最后做了一个决定：为今之计，他必须保持冷静，保持安静，必须要有耐心，必须为家里人着想，让大家慢慢地接受这个意外的麻烦，虽然错不在他，也非他所愿，但是他身上发生的这种事给家里人带来了眼下的麻烦，这是客观事实。

第二天一大早，天还没亮，考验格雷戈尔刚刚所下的决心是否坚定的机会就来了。他妹妹走过前厅，来到了他的卧室，打开门——身上穿戴得整整齐齐的——神情紧张地四处张望。她一开始并没有发现他（但他肯定就在房间里，总不至于长翅膀飞走吧），找了一会儿才发现他的藏身之处，吓得她不由自主地跳出房间，从外面一把把门摔上了。但随即，她又把门打开了，好像为自己之前的不礼貌举动深感后悔似的，踮着脚走了进来。她的动作像是探望重病的人那般拘谨，又像是去见一个陌生人那般拘束。格雷戈尔探了探头，把头伸到沙发的边上，观察着妹妹的一举一动。她有没有注意到门口食盆里的牛奶他一口都没有喝呢？她会不会想到他仍然饿着肚子呢？她会不会给他找一些合他胃口的东西来呢？格雷戈尔恨不得一步从沙发底下蹿出来，跪在妹妹的脚下，乞求她给他一口美味的吃食。他努力地控制着自己的情绪，抑制住自己的冲动。与其去求人，他宁可直接饿死算了，他要等妹妹自己想起来。幸而妹妹并没有让格雷戈尔失望，她吃惊地发现了满满的食盆，食盆的四周洒着一点儿牛奶，除此之外，食盆里的牛奶和面包一点儿不见少。她马上端起了食盆——没有直接用手去端，而是垫了一块抹布——走出了卧室。她会换成什么样的食物呢？格雷戈尔好奇极了，在脑子里把各种美食都想了一遍。可是他那善良的妹妹接下来的举动，他打破脑袋也想不到。她不知道他现在喜欢吃些什么，就干脆把能吃不能吃的东西都带来了一些，一股脑儿地摊在一张旧报纸上。有烂了一半的蔬菜，有晚餐吃剩下的骨头，上面还沾着白色的酱汁，还有几颗葡萄干和杏仁，一块格雷戈尔两天前说已经变质发臭的奶酪，一块干得硬邦邦的面包和一块抹了黄油而且撒了精盐的面包。她还在这些东西的边上放了一盆清水，盛水的仍然是先前那个盛牛奶的食盆，这个食盆估计以后就是格雷戈尔专属啦。这个心思细腻的女孩儿知道，当着她的面，格雷戈尔是不会出来进食的，所以做完这些事她便马上退出了房间，甚至还贴心地从外面锁上了房门，这样格雷戈尔就知道，他现在能够舒舒服服地、肆意地享用大餐了。不待格雷戈尔指挥，那些小细腿就唰唰地朝食物狂奔而去，身手敏捷，动作顺畅，好像他身上的伤口已经彻底痊愈了似的。格雷戈尔惊诧万分，他犹记得一个月前他的手指被小刀划了一个口子，就在前天，那道小伤口还疼得厉害呢。"是我的神经变得迟钝了吗？"他一边想着，一边急不可待地咬住那块奶酪，贪婪地吮食起来。吃完了奶酪，他又风卷残云般地吃完了那棵烂菜，吮完了骨头上的酱汁，吃得心满意足，热泪盈眶。而其他那些新鲜的食物他却觉得难以下咽，连闻到它们的味道都觉得恶心，为此，他还不得不把"好吃的"食物远远地拖到一边才能进食。一顿饕餮之后，他懒洋洋地躺在门边，一动也不想动，渐渐有了睡意。这时，门上传来妹妹慢慢转动钥匙的声音。这是催他躲起来的信号啊！他吓得一激灵爬起来，匆忙躲进了沙发底下。这一顿美食把格雷戈尔的肚子撑得圆圆的，这下子，沙发下面原本就很挤的空间很难塞得下他的身体了，他觉得喘不过气来，他告诉自己，妹妹在房间里待不了多长时间，必须坚持一小会儿，这主意让他苦不堪言。他憋着气，睁着微微鼓起的眼睛看着妹妹。妹妹显然对他的痛苦一无所知，专心地收拾着他留下的残局。只见她用一把扫帚把格雷戈尔吃剩的东西，以及他没有碰过的食物——显然，就算他没有碰过，现在也成了垃圾了——扫在一起，然后飞快地倒进一个小桶里，用一个木盖子盖好，提起来转身离开了。她刚转过身去，格雷戈尔就迫不及待地从沙发下面爬了出来，喘着粗气，放松了身体。

就这样，他妹妹天天都会给他送饭来，一天两次，一次是早上，趁着父母和小女佣都还在睡觉的时候，一次是午饭以后，乘着父母去午睡，而小女佣则被妹妹找借口打发出门的时候。当然，他的父母也不想看着格雷戈尔挨饿，之所以没有插手他的饮食问题，可能是因为他们还接受不了他现在的饮食习惯，毕竟道听途说是一回事，亲眼看见又是另一回事，也有可能是因为好心的妹妹不想让他们过于伤心悲痛，独自一人承担起了这项重任，毕竟眼下正是艰难的时候，父母正承受着数不尽的痛苦。

那天上午，他们是找了什么样的借口把医生和锁匠打发回去的，格雷戈尔无从得知。因为他说的话大家都听不懂，所以也就没有人想到，其实他是能听懂人话的。这一点，连他妹妹都没有想到，每次进了房间，她要么沉默不语，要么不是长吁短叹，就是向上天祈祷。直到后来，她对这种现状略微感到习惯一点儿了之后（彻底习惯，那是不可奢望的事情），格雷戈尔偶尔能够听到妹妹对他的评价，哪怕往往只有短短的一句话，可是听在他的耳中却显得极其亲切。若是发现格雷戈尔把东西吃了个精光，她就会说："今天他胃口真不错呀。"可是大多数情况下，格雷戈尔是吃不完她带来的东西的，这时候，她就会用听起来有点儿伤心的声音说："他又是一口都没吃呢。"

格雷戈尔知道，想让大家主动告诉他什么是不可能的了，所以他开始时不时地注意起外面的对话来，只要听到外面哪个房间里有人说话，他就会立刻跑到通往那个房间的门后边，把整个身子紧紧地贴在门上侧耳细听。起初的一段时间里，他们之间的谈话，明里暗里跟他都多多少少有些关联。光是讨论以后如何对待他这个问题，他们就花了整整两天的时间。吃饭的时候谈论的是这个问题，不吃饭的时候谈论的也是这个问题。没有人愿意独自一人待在家里，而没有人在家又不放心，这样一来，无论何时，家里总是至少有两个人同时在家。

早在事情发生的第一天，家里的厨娘不知道是否清楚家里的变故，或者了解多少内情，反正她当时就跪下来请求母亲解除合同让她回家去，刚一得到应允，一刻钟不到她就收拾好了行李，告别的时候涕泪涟涟，对母亲的仁慈千恩万谢，不用人提醒，她就自己赌咒发毒誓，保证这家里发生的事她绝不对人说半个字。

现在，连做饭都要妹妹与母亲亲自上阵了，不过，幸亏这也不是太辛苦，因为这时候大家的胃口都不是很好，几乎吃不下什么。格雷戈尔总是听到他们互相劝多吃点儿，然后那个人就会用"谢谢，我吃好了"之类的话来回答。好像也没有人在吃饭的时候喝上一杯了。很多次，格雷戈尔听到妹妹问父亲要不要喝点儿啤酒，她甚至自告奋勇地要亲自去买，得不到父亲的回应，怕是父亲不高兴她抛头露面，就改口说请楼下的女管理员去买，然后就会听到父亲大声地回答说:"不要!"于是喝酒的话题就此打住了。

　　事情发生的第一天,父亲就陆陆续续地将家里的财务状况,以及日后的打算原原本本地告诉了母亲,当然也没有瞒着妹妹。他常常能听到坐在桌旁的父亲说着说着就起身去取一些锁在一个小保险箱里的发票或者账本之类的东西。这个小保险箱是有来头的,这是五年前父亲的生意破产之后留下的唯一财物。他还能清晰地听到父亲是如何用复杂的手法把保险箱的锁打开,取出要找的东西之后再次锁上的声音。自从格雷戈尔困步在自己的卧室中以来,父亲此时所讲述的财务状况是他听到的最好的消息之一了。一直以来,他都以为破了产的父亲早就不名一文了,父亲也从来没有主动跟他提起过家里的财产情况,而他呢,也从来没有问过。父亲的生意破产之后,全家人都陷入了绝望,格雷戈尔当时一心只想着如何能挽救这个家,如何让一家人尽快地从破产的阴影中走出来。所以那时,他以极大的热情加入了公司,卖命地工作,几乎一日之间就连升三级,从小伙计晋升为外勤业务员,工资报酬当然也水涨船高了。辛勤的汗水换来了业务上的成功,换来了提成,换来了一沓沓的现金,当他把这些钱带回家摆到桌子上时,全家人惊喜交加的情形如今还历历在目。那个时候真是美好啊!后来,虽然格雷戈尔带回家的钱越来越多了,能够以一己之力承担起全家的花销了,并从此正式扛起了家里的担子,可是家人们的脸上却再也见不到最初的那种快乐了，至少没有了最初那种惊喜交加的激动。大家都习以为常了，家人们是习惯了接受，格雷戈尔习惯了给予。他心甘情愿地把钱拿出来，家里人把钱收起，嘴上说声谢谢，最初的那种独一无二的温情却再也找不回来了。只有妹妹和他的关系一直很亲近，为了妹妹，他心中有着一个秘密的计划。除了工作，他别无特长，可是妹妹却与他不同，她酷爱音乐，小提琴拉得尤其动听，所以，不管学费多么昂贵，他打算明年把妹妹送到音乐学院去进修，至于这笔额外的支出，想想办法总能解决的。在格雷戈尔为数不多的不出差的日子里，妹妹常常在闲聊的时候提及音乐学院，对她来说，上音乐学院是一个遥不可及的梦想，她也从来没有想过要去实现这个梦想，然而，只要她提及音乐学院，即便是聊聊这个梦想，父母就会很不高兴。可是格雷戈尔不管那么多，他已经这样决定了，而且准备在圣诞节前夜郑重地公布他的计划。

这些念头对眼下的状况来说毫无意义。他直起了身子，紧紧地贴在门上，想把外面的谈话听个仔细，可是脑海里却常常冒出这些无用的念头。有的时候，他听着听着就会犯困，根本就集中不了精神，脑袋就会不受控制地垂下去磕在门上，发出一声细微的轻响，他立刻清醒过来，继而又直起了脑袋。可是这声轻响早已惊动外面的人，他们的谈话声戛然而止。过了一会儿，父亲冲着卧室说了一声："他又在折腾什么呢？"然后他们才又捡起先前的话题来。

　　不管如何走神，如何犯困，格雷戈尔到底还是把事情的大概搞清楚了（因为父亲前前后后重复讲了很多次，一来是因为父亲很久没有处理家里的经济事务，显然有点儿生疏了，二来是因为很多事情母亲听不懂，只讲一遍她是明白不了的）。原来，破产事故发生之后，家里并不是一贫如洗，很早的时候，父母就存了一小笔钱，这笔钱这些年来一直没有动用，甚至还有利息可得，所以这笔钱应该是有增无减。另外，格雷戈尔每个月给家里的那些钱——除了自己的零花钱，他可是把所有的工资都给了家里——根本就花不完，这些年下来也存下来一笔小钱。贴在门后的格雷戈尔激动得频频点头，家人的节俭和远见大大出乎了他的意料，这让他非常高兴。原本，除去家里人的必要开支，他是准备把那一部分多出来的钱用来还债的，早一天把父亲欠老板的债务还清，他就能早一天从这个工作中解脱出来，可是如今看来，父亲的安排并无不妥，甚至更好。

　　当然，这笔钱虽说不少，但是光凭这笔钱的利息是维持不了一家人的生活的。这笔钱能让一家人花上一年，或者最多撑上两年，再久就不可能了。这笔钱说多不多，说少不少，其实是应急的钱，不到万不得已的时候本不应该轻易动用。维持日常开支的钱还得靠人去挣才行。然而他的父亲虽说身体还很健康，但是毕竟年龄很大了，而且这五年来没有工作过一天，还能期望他去做什么样的工作呢？他虽无大的成就，却也劳碌了一辈子，最近这五年他才真正闲下来得以休息，所以身体也发了福，行动起来很不方便。他年迈的母亲呢？她的哮喘病那么严重，在家里走上一圈都会累得气喘吁吁，两天中总有一天会犯病，犯起哮喘来，就不得不整天坐在窗前的沙发上，开着窗，用力地呼吸，一点儿活儿都干不了。怎么能期待她出去工作挣钱呢？那么他的妹妹呢？她才十七岁，还是个孩子呢，她每天过着什么样的日子呢？把自己打扮得漂漂亮亮的，睡睡懒觉，帮忙理理家务，做做娱乐活动，当然最重要的是拉拉小提琴。怎么能期待这样一个女孩子出去工作挣钱呢？每当外面房间的谈话提及工作挣钱的必要性时，格雷戈尔总是羞愧得全身发烫，放开扒在门上的细腿，扑到门边的皮沙发上，蹭着凉凉的皮沙发，心里一阵悲凉。

到了夜里，他常常趴在这张皮沙发上，一刻都睡不着，任由那些小细腿蹭着沙发上的皮子，发出沙沙的声响，在长夜里消磨几个小时。有的时候，他还会不惜力气地费上一番大功夫，把椅子推到窗户边上，攀着窗台，蹬着椅子，倚着窗子向外看去。往常的时候，他最喜欢看窗外的风景，总觉得窗外的风景能带给他自由。只可惜他现在只能在记忆里找到这种自由的感觉了。事实上，他的视力正在一天一天地退化，明明近在咫尺的东西，在他的眼里却变得模糊不清。对面的医院，以前他最讨厌一抬头就会看见这个建筑，可如今他根本看不见了。若不是他心里清清楚楚地知道他家所在的夏洛滕大街虽然静谧，但仍然地处闹市的话，他还真的以为从窗户往外看去，尽是一片荒凉的苍茫，灰蒙蒙的天空与灰蒙蒙的大地互相交融，不分彼此。他的妹妹真是个细心体贴的人，自从她接连两次看到窗前的椅子以后，就留了心，每次收拾完房间之后，她总会把椅子放回到窗前，而且还很体贴把窗户的内层打开。

看着妹妹为他想得如此周到，默默地做了那么多的事，而他却连开口说声谢谢都做不到，他觉得心里痛苦万分。妹妹显然也在努力地尝试抹去他们之间的尴尬与窘迫，而且时间越久，她便越显得自在，做起事来也越不顾忌了。时间一长，这些变化在格雷戈尔的眼里便越来越明显了。一打开门，妹妹便直扑窗户而去，门也顾不上关（往常她最怕别人看到格雷戈尔卧室里的情况，进门之后总会小心翼翼地把门关好），像是这个房间就要让她窒息似的，急急忙忙地一把拉开窗子，然后不管外面的严寒，把头伸出窗外，深深地呼吸起来。这样的举动让格雷戈尔感到非常不适。她就这样咚咚咚地在卧室里跑进跑出，一天两次，吓得格雷戈尔躲在沙发底下瑟瑟发抖。但是他心里却相信，但凡有一点儿可能性，能在门窗紧闭的情况下跟他共处一室，妹妹都不可能不考虑他的感受，让他如此担惊受怕。

大约在格雷戈尔变成虫子一个月之后，他觉得妹妹对他的这副模样应该已经见怪不怪了。有一天早晨，她比平时来得早了一点儿，一开门就正好看到格雷戈尔倚在窗前眺望，吓得像个木偶人一样愣在门口，一动不动。若是她这会儿不进门来，完全在格雷戈尔的预料之内，毕竟他现在正在窗口待着，妨碍了她一贯的跑过来开窗的行动。可是，她不仅不进门来，甚至还退了出去，并且把门也关上了，不明就里的人要是见了她的这副样子，还以为格雷戈尔待在窗前是为了守株待兔，好把她一口吞下去呢。格雷戈尔当然随即便躲回了沙发底下，可是等妹妹再次回来的时候，已经是中午了，她看上去仍然惊魂未定，显得比往常谨慎拘束多了。从这件事上，格雷戈尔看出来，如今见到他的这副模样，她仍然会畏惧，而且这种畏惧并不会随着时间的推移而减轻。他也想象得到，哪怕仅仅是看到他露在沙发外的那一小部分身体，她必定也是鼓足了勇气才做得到不拔腿便跑的。一天，为了不把自己的身体暴露在妹妹的面前（哪怕只是一小部分），他花了整整四个小时的时间，用他的甲壳把一张床单背到了长沙发上，慢慢地铺好，把整个长沙发遮起来，这样一来，妹妹就一点儿都看不见他了，就算她特意弯下腰来也看不到他。如果妹妹以为铺上床单是多此一举的话，那么她尽可以随时将床单揭掉，明摆着的，铺上床单对格雷戈尔一点儿好处都没有，谁愿意整日被遮个严严实实的呢。可是她到底没有把床单揭掉。有一次，格雷戈尔终于忍不住想看看妹妹对这项新举措有什么看法，于是他用脑袋悄悄地把床单掀起一角朝妹妹看去，结果，他似乎看到妹妹投向他的目光里充满了感激。

　　头半个月里，他的父母一直提不起勇气到他的卧室里来。他常常能听到他们跟妹妹说起打扫以及送饭的事，言辞之间，充满了对妹妹的赞同与表扬。这与以前可大不一样啦。往常的时候他听到最多的是他们对妹妹生气发火，说她是一个百无一用的女孩儿。而现在，每当妹妹去帮格雷戈尔打扫房间的时候，父亲与母亲他们两个总是殷切地等在门前，她的一只脚刚刚迈出房门，他们就迫不及待地向她打听里面的情况，于是她就会非常详细地跟他们描述房间里的情况，告诉他们，今天格雷戈尔都吃了些什么，做了些什么，以及是否有好转的迹象。没过几天，他的母亲便提出想进去看看格雷戈尔。一开始的时候，父亲和妹妹好言相劝，及时拦住了她，格雷戈尔把他们劝说母亲的话仔仔细细地听在了耳朵里，觉得他们的话很有道理。到了后来，摆事实讲道理已经对母亲不起作用了，他们不得不用力攥住她才行。她在外面大声喊道："就让我去看看格雷戈尔吧，他是我可怜的儿子啊！我得进去瞧瞧他，你们怎么就不明白呢？"听到母亲这样一喊，格雷戈尔倒是觉得让母亲进来未免不是一件好事，每天都来自然是不行的，也许一个星期一次呢？比起妹妹来，可能母亲更能理解他，理解他的处境，妹妹虽然勇气可嘉，可是她毕竟还只是个孩子。不过，也许正是因为孩子气的轻率，她才自告奋勇地揽过了这项艰巨的任务吧。

不久，格雷戈尔想见一见母亲的愿望就得以实现了。顾及父亲与母亲可能会进到房间里来，所以格雷戈尔在白天的时候就不能到窗前去了。房间地板面积那么小，爬来爬去也只在这几个平方之内，乏味极了。总是静卧在一处也很痛苦，光是要在夜里保持安静就已经让他觉得非常难熬了。吃饭已经不能让他享受到任何满足或愉悦了。百无聊赖之下，他开始在墙壁和天花板上攀爬起来，横七竖八，毫无章法，倒也乐在其中。他尤其喜欢倒挂在高高的天花板上，这种感觉与趴在地板上完全不同，挂在上面，呼吸会更加顺畅，会有一种莫名的快感贯穿全身，冲得他微微有些醺醺然。这种快乐的感觉让他忘乎所以，有的时候，连自己都不知道是怎么回事，啪嗒一声就会从上面掉下来，摔到地板上。幸亏他如今对这副身体的控制已经达到了炉火纯青的程度，就算从天花板上摔下来，也能做到身体不受丝毫损伤。妹妹很快便发现了格雷戈尔的这项新的娱乐项目（因为脚上会分泌出黏液，爬来爬去的，总免不了在什么地方留下点儿痕迹），于是她便决定把卧室里的家具搬出去，以便给格雷戈尔提供一个尽量广大的活动空间，好让他不受阻碍地到处爬行。最碍事的柜子和书桌当然要最先搬出去。

　　这个活儿她一个人干不了，请父亲帮忙她又不敢，家里的小女佣是绝对不可能来帮忙的，因为这个小女佣比她还小，今年才十六岁，厨娘辞职离开以后，她虽然勇敢地坚持留下来，但是却要求待在厨房里一步不出，厨房的门还必须上锁，没有特别重要的事情她是不会开门的。如此一来，妹妹别无他法，只得趁着父亲不在家的工夫请母亲来搭把手。听到女儿的请求，母亲欢喜极了，高兴得恨不得大叫三声，可是到了格雷戈尔的卧室门前，她却又闷闷地一言不发了。在让母亲进门之前，妹妹先自己走进卧室看了一圈，看到一切如常才让母亲走进来。躲在沙发底下的格雷戈尔慌慌张张地把床单又往下拉了拉，拢了拢，又把身子往里面使劲缩了缩，好让床单不显得那么突兀，看上去像是被人随手扔在沙发上一般。这一次，他并没有勇气掀起床单去窥视，母亲能够进到卧室里来，他心里已经非常高兴了，但是这一次亲眼见到母亲的机会他却放弃了。"过来吧，看不见他的。"妹妹说道，听起来，她像是牵着母亲的手慢慢地走了过来。接下来，格雷戈尔便听到了她们挪动柜子的声音。这个柜子有些年头了，非常沉重，两个柔弱的女人根本抬不起来，只能又推又拉地一点儿一点儿地往外挪。妹妹显然是想把最重的活儿留给自己，而母亲却怕她累着，责备着她，妹妹显然对母亲的责备充耳不闻，依然我行我素地扛起了重活儿。但是这项行动进展得却不算顺利。大约一刻钟之后，母亲就提议说，不如不要搬走柜子了，一来这个柜子这么沉，在父亲回家之前她们可搬不走它，到时候，这个柜子在房间当中杵着，肯定就会影响到格雷戈尔，二来格雷戈尔是不是愿意她们把这些家具搬走，这样是不是对格雷戈尔更好，她们谁也说不准。在她看来，把家具搬走这个主意一点儿也不好，看到空荡荡的四壁，她心里就难受得很，说不准格雷戈尔心里也不好受，甚至比她有过之而无不及呢，毕竟他在这里待了那么长时间，早就习惯了这些家具，空无一物的房间会让他觉得孤单，觉得自己被人遗忘了，被人抛弃了。

"你说是不是这样？"最后，母亲把声音放得很低，差不多咬着耳朵跟妹妹说道，虽然她不知道格雷戈尔躲在什么地方，她也坚信他听不懂人说的话，可是她依然怕自己说话的声音被格雷戈尔听到，"你说是不是这样？要是把这些家具都搬走的话，是不是就是告诉他，他不会好起来了，我们对他彻底不抱任何希望了，要让他自生自灭了？我觉得，最好还是让房间保持原样，别做任何改动，这样的话，要是哪一天格雷戈尔变了回来，回到了我们身边，也察觉不出任何异样来，这也有助于他忘记这一段时间内发生的事情。"

听了母亲的一席话，他觉得自己的脑子糊涂了，思维混乱了，一定是这两个月来天天待在家里，被关在这个房间里，无法跟人交流，哪怕说上片言只字都不能的缘故，否则的话，如何解释他现在心里的想法呢？他现在心里是求着她们把房间搬空啦。但是，他真的想这样吗？房间里的家具都是几辈子传下来的古董，布置得温馨又舒适，真的要把这么一个美好的房间变成一个空空荡荡的洞穴吗？真的想在这样的洞穴里肆无忌惮地到处爬行，然后把他曾经作为一个人的过往都忘却吗？或者，他是不是已经开始忘却了？若不是听到了久违的母亲的声音，他是不是就此浑浑噩噩下去了？不！什么也不准搬走！把所有的东西都放回原处去！这些家具是他恢复原状的希望，他不能放弃！要是这些家具妨碍了他那无聊的爬行，那也没有什么坏处，只有莫大的好处！

只可惜，妹妹并不这样想。在一切有关格雷戈尔的问题上，她习惯性地认为自己比父亲和母亲更有发言权（她这样想，也不无道理），现在，既然母亲提出了不同的意见，那么她就更不能让自己在这方面的权威受到质疑了，所以她更加坚定了把家具搬出房间的想法，而且不仅仅是她一开始就打算搬走的柜子和桌子，而是所有的家具都要搬走，当然那张长沙发除外，作为格雷戈尔的藏身之处，长沙发是不能动的。她会做出这样的决定并且坚持自己的意见，可不是出于孩子气的叛逆心理，也不是出于在这段时间里好不容易成长起来的自信心，而是切切实实地经过了观察和思考的，格雷戈尔需要更多的爬行空间，而这些家具，目前看来，除了碍事，一点儿用场都派不上，这就是眼下的事实。

像格蕾特这般年龄的女孩儿都有一种盲目的热血冲动，碰到任何事情都会全心全意地投入进去，撞到了南墙也不会回头。现在，她难免不是在这种热血冲动的影响下，一股脑儿地投入到照顾格雷戈尔的事业上去，把格雷戈尔的境况搞得越不好，越吓人，她才能得到比现在更大的功绩。一个空空荡荡的、只有格雷戈尔这只大虫子爬上爬下，爬来爬去的房间，除了她谁还敢踏足呢？所以谁也改变不了她的决定，母亲也不行。片刻之后，母亲也沉默了，房间里莫名的躁动让她感到不安，于是继续帮着妹妹去搬柜子了。好吧，柜子搬走就算了，万般无奈之下格雷戈尔也不想多做计较了，但是那张书桌必须得留下。他要想个办法，既能阻止她们的行动，又尽量不吓到她们。母亲和妹妹气喘吁吁地抬着柜子刚一出去，格雷戈尔就从沙发底下探出头来。可是他的运气不怎样，母亲比妹妹先回来了，格蕾特还在客厅里，张着双臂抱着柜子，左摇右晃地想把它挪个地方，可是柜子却纹丝不动。母亲对他现在的这副模样还很陌生，他绝不能把她吓着了，要是吓出病来可怎么办，于是他急急忙忙地退了回去，可是刚刚被掀起的床单的一角却免不了微微晃动起来。无风自动的床单果然引起了母亲的注意，她怔怔地愣在原地，随即又退出房间，回到了格蕾特的身边。

虽然格雷戈尔一再地安慰自己，不过是搬动几件家具罢了，不是什么惊天动地的大事，可是她们来来回回的走动声、她们的轻呼娇喝声、家具拖在地板上的摩擦声，铺天盖地、庞杂纷乱地从四面八方向他涌来，他只能收起脑袋和所有的细腿，把身体紧紧地贴在地板上。这样没过多久，他就不得不承认，他实在是忍无可忍了。她们要把他的房间搬空了，她们要把他钟爱的一切都拿走了，那个柜子她们已经搬了出去，那里面放着他的小锯子，以及很多其他的手工工具呢，她们现在在打那张书桌的主意，这张桌子放在这里已经许多许多年了，久得桌子四条腿都深深地陷进了地板里，从小学到中学，再到商学院，他哪一天没有趴在这张书桌上写作业？她们就要把桌腿从地板里撬出来了，留给他的时间不多了，他真的没有时间去斟酌她们此举有何善意的初衷了，渐渐地，由于她们只顾着干活儿，很长时间都没有说一句话，他甚至都忘记了她们的存在，脑子里只有她们来来回回沉重的脚步声。

母亲和妹妹终于把书桌搬到了客厅里，这会儿正靠着书桌大口大口地喘着气休息，趁着这个时机，格雷戈尔终于从沙发底下爬了出来。他一会儿爬到这边，一会儿爬到那边，竟不知道先抢救什么东西才好，急得团团转。这时候，他看见了孤零零地挂在墙上的那幅画，画中的女士在一堆皮草中露出脸来，朝他微笑。他急急忙忙地爬上墙去，紧紧地贴在玻璃镜框上，用身体把整幅画挡得严严实实。腹部传来玻璃的凉意，使他那躁动的心慢慢地沉寂下来。至少，这幅画，谁也拿不走了，他一边想着，一边转头向门口看去，静静地等着她们回来。

她们只休息了片刻就返了回来，格蕾特伸出一只胳膊抱着母亲，几乎是扶着她进了房间。"我们现在搬什么好呢？"格蕾特说着朝四处看去。突如其来地，她与墙上的格雷戈尔来了个四目相对。可是她在母亲的面前并没有表现出丝毫慌张，而是转过脸去，挡着母亲的视线，用微微有些发抖的声音毫不犹豫地说："走吧，我们不如还是先回到客厅去歇会儿吧？"格蕾特心里的算盘是怎么打的，格雷戈尔一清二楚。她想先把母亲安置到安全的地方，然后再回来把他从墙上赶下来。好呀！来吧！那就试试看吧！反正这幅画是他的，他绝不轻易交出去。要是非要把他从画框上赶下来，那他就跳到格蕾特的脸上去，他说到做到！

　　母亲听了格蕾特的话反倒紧张了起来，她侧过身，横着踏出一步，抬眼便看到花团锦簇的壁纸上有一团巨大的、棕色的东西，她根本就没有想到这个东西就是格雷戈尔，"啊"的一声，冲口而出，然后张着双臂，嘴里哑声喊着"天啊，天啊！"倒在了长沙发上，一动也不动了。"你这个格雷戈尔！"妹妹用力地挥着拳头，狠狠地盯着他喊道。这是自他变成虫子以来妹妹对着他说的第一句话。说完，她转身跑去客厅，去找能把母亲从昏迷中唤醒的香精。格雷戈尔也想去帮妹妹一把——反正这会儿他的画暂时也没有危险——于是费了很大的力气把那些牢牢粘在玻璃上的细腿拔下来。他飞快地爬到客厅里，像过去常常做的那样，站在她的身后，想给她出出主意。可是这一回，他却只能干干站着，看着妹妹的手指在各种各样的小瓶子之间跳动，什么也做不了，什么忙也帮不上。妹妹不经意间扭过头的时候看到了他，吓了一大跳，手中的瓶子掉到地上，摔碎了，玻璃碎片四处乱射，伤到了格雷戈尔的脸，刺鼻的药水在他身边蔓延开来。格蕾特也不再继续找下去了，索性随手一把抓起几个瓶子，火急火燎地往卧室里的母亲身边跑去，进了门，她用脚一踹就把门关上了。格雷戈尔被关在了门外，而他的母亲正躺在房间里面，生死未卜，这一切都是他的错。他现在不能去开门，如果开了门，可能会把妹妹吓跑，而可怜的母亲此时此刻怎么离得开妹妹呢。除了傻等，他还能做些什么呢？他既内疚又自责，既担心又害怕，无处宣泄的他开始到处乱爬起来，地上，墙上，家具上，天花板上，他越爬越快，越爬越觉得无助，整个房间开始在他身边快速转动起来，最后，啪的一声，跌落在大餐桌的中央。

好一会儿，格雷戈尔浑身无力地躺在那儿，周围安静极了，这也许是个好兆头吧。这时候，门铃突然响了起来。小女佣把自己关在厨房里不去开门，所以妹妹不得不出来去把门打开。父亲回来了。"出什么事了？"父亲第一句话就问道，他看到格蕾特的脸色就知道事情不对劲。门口传来格蕾特闷闷的声音——她一定把脸埋在了父亲的胸口——"母亲晕倒了，不过现在好多了。格雷戈尔跑出来了"。"我就知道早晚会出事。"父亲说道，"我跟你们说过多少次了，可是你们女人家就是不听我的。"

听了这话，格雷戈尔心里明白，就凭妹妹的三言两语，父亲肯定不会把整件事往好的地方想，定然以为格雷戈尔动了粗，铸成了大错。格雷戈尔没有将事情的来龙去脉讲一遍的时间，更没有向父亲辩解的机会，当务之急是想办法先平息父亲的怒火。于是他仓皇地爬到自己卧室的门前，紧紧地靠在门上，这样一来，父亲出了前厅就能看见他，就会知道他心里认错的诚意，知道他站在门前是为了能够快点儿回到卧室去，这一回，不用他驱赶，只要帮他把门打开，他就会立刻消失了。

　　然而父亲却没有注意到这些细节，也没有心情去猜格雷戈尔心里的小九九，而是一进客厅就"啊"的一声大呼起来，这一惊呼声似乎带了一半的怒意，还带了一半的喜意。格雷戈尔抬起紧紧贴在门上的脑袋，朝父亲看去。真没有想到，竟然还能看到做这身打扮的父亲！这一段时间里他终日沉迷在自己的爬行活动中，不再像以前那样时刻注意着外面发生的事情了，疏忽了对家人们谈话的关注。若是他没有忽略家人们，见到这样巨大的变化，他不应该太过惊讶才对。可是他到底错过了什么？眼前的这个人还是原来的父亲吗？在格雷戈尔的记忆里，父亲总是无精打采的。他早上匆匆出门的时候，父亲还在被窝里呼呼大睡。晚上回家的时候，看见的是穿着睡袍懒洋洋地躺在沙发椅上的父亲，见了他，父亲固然很高兴，可是却从不起身迎接他，最多也是抬起手臂跟他招招手。在某些星期天或者重要的节日的时候，一家人偶尔会一起出去散步（次数当然很少，一年里也出去不了几次），父亲总是习惯走在格雷戈尔与母亲中间，穿着他的旧大衣，拄着拐杖，一步一顿地慢慢挪着步，若是他想要说点儿什么，大家便不得不往回走，围到他的身边，原地蹀步地听他讲话。可是那个父亲跟眼前这个人真的是同一个人吗？

眼前的这个人穿着银行里跑腿打杂的职员常穿的制服，身板挺得直直的，一身蓝色的制服熨得服服帖帖，金色的纽扣闪闪发光，笔挺的领子里面挤着肥硕的双下巴，浓浓的眉毛下面一双黑色的眼睛炯炯有神，他那一头苍苍的白发往日里总是乱糟糟的，今天却抹了发油，梳了一个整整齐齐的偏分头，一丝不苟地贴着脑袋，油光锃亮。只见他把手上的那顶绣着某家银行徽标的帽子远远地往客厅里的沙发上丢去，任凭帽子上的金色徽标在空中划出一道美丽的弧线，然后向后拢了拢制服长长的下摆，把双手插进裤兜里，紧绷着脸，抬步朝格雷戈尔走了过来。

他的脚步却迟疑而缓慢，每走一步都把脚抬得高高的，似乎他自己也不知道该如何是好。格雷戈尔看着父亲高高抬起的脚上穿着的靴子，硕大的靴底让他心惊胆战。此地不宜久留，他心想，早在虫子生涯的第一天他就已经见识过父亲对他的严厉苛刻了，对付起他来，父亲必不会手下留情。于是他抢在父亲走近之前拼命跑了起来。父亲的脚步一顿，他就停下，父亲的脚步一动，他就急忙往前跑动。就这样，他们两个一前一后地在房间里兜了好几圈，父亲都没有使出任何手段来，气氛也不甚紧张，因为父亲抬脚的速度很慢，所以连你追我赶的场面都没有出现。因此，格雷戈尔觉得暂时还没有爬到墙上去的必要，更何况，若是父亲看到他在墙壁上或者天花板上乱跑一气，就会以为他心里打了什么恶毒的主意，那可就适得其反了。但是格雷戈尔心里还是在想，这样跑下去，自己可坚持不了太久了，因为父亲轻轻松松地抬脚走一步，他就必须使出全身的力气跑上无数步。他现在就开始觉得喘不上气来了，虚弱的肺拖了他的后腿，毕竟一直以来，哪怕他早前还不是虫子的时候，他的肺就称不上强健。他累得连眼睛都快睁不开了，累得脑子都发了蒙，只知道一味地向前跑，忘了他还有别的逃跑路线，他甚至都不记得自己拥有了新的本领，忘了这个房间里虽然到处都是精致的家具，家具上精心雕琢的边角上布满尖角，但是墙壁和天花板仍然是他广阔的天地。就在他停在地上，喘着粗气，积蓄着下一次逃跑的力气的时候，突然有什么东西从他身边飞过，险些砸到他的身上，掉到地板上滚出一段距离才在他的身前停下。原来是一个苹果。紧接着又有第二个苹果朝他飞过来。格雷戈尔吓得站在原地一动也不能动了，其实就算他能动，也无处可逃，无处可躲，因为父亲终于要向他发起总攻了。

　　他拿起餐柜里的果盆，把盆子里的苹果全都装进衣服口袋里，连瞄准都顾不上，接二连三地朝格雷戈尔砸去。一时间，地板上到处都是红红的小小的苹果。这些苹果像是有了磁性似的，在地板上碰碰撞撞，滚来滚去。有一个苹果落到了格雷戈尔的背上，又滚落到了地板上，幸亏这回父亲出手的力度不大，格雷戈尔并没有被伤到分毫。可是下一秒，他就没有那么幸运了。又一个苹果砸到了他的背上，并且深深地陷进了身体里。剧痛突如其来，格雷戈尔想躲到一边去，似乎只要离开这个地方剧痛就会消失似的，可是他的身体却像被钉子钉在了原地一般，一步不得挪动，一时间，所有的神经都失去了知觉，整个身体软绵绵地趴在地上。随着妹妹的一声尖叫，他卧室的门骤然开了，他的母亲从里面冲了出来。母亲身上的衣服散了开来，定然是在刚刚昏过去的时候，妹妹为了能让她呼吸顺畅把她的衣带解开了。此时的她上身仅穿着内衣，腰间一层层的裙子一路跑一路往地上滑落，绊了她的脚步。她跌跌撞撞地跑过来，扑到父亲的身上，伸出双手紧紧地搂住了他，抑或放在了父亲的脑后——格雷戈尔的视野渐渐地模糊了起来，看不真切了——只听得母亲苦苦哀求父亲手下留情，饶过格雷戈尔一命，这便是他彻底昏死过去之前看到的最后一幕。

　　背上的伤口折磨了格雷戈尔整整一个月之久。这个伤口，以及深深陷在伤口里的苹果（这期间，没人敢把这个苹果取下来）提醒了包括父亲在内的所有人，格雷戈尔仍然是家里的一分子，不管他如今的模样多么可怜，多么恶心，大家都不应该用对待敌人的态度去对待他。家人之间要团结，要友爱。不管心里多么厌恶，都必须忍耐包容，这是身为家人的义务。忍耐再忍耐，除此之外，别无他法。然而，对格雷戈尔来说，这伤口既是祸也是福。格雷戈尔如今基本已经失去了行动能力，而且往后也不见得能恢复，爬动起来像个断脚残腿苟延残喘的废物一样，几步路都要爬上半天。鉴于这个事实，家人们给了他相应的补偿，到了晚上的时候，他们就会把他卧室的门打开。对于用身体上的伤残换来如此的便利，格雷戈尔心里是相当满足的。从此他就不必像以前那么偷偷摸摸，而是能够光明正大地倾听一家人的谈话了。傍晚来临之前，他就会机敏起来，望着卧室的门，殷切地等上一个乃至两个小时，等门开了，便躲在黑暗里看着门外的一家人在温暖的灯光里围坐在桌边，侃侃而谈，其乐融融。

在变成虫子以前，在格雷戈尔出差在外的那些日子里，每到晚上，当他拖着疲倦的脚步回到旅馆，一头钻进潮湿发霉的被子里的时候，总是不由自主地想起家里，想象着家里的温馨与热闹，往往只有伴随着这样的想象，他才能在孤独中安然入眠。如今，他亲眼见到的却与他以前想象的大相径庭。大多数情况下，到了晚上，家里都是安安静静的。用过晚餐之后不一会儿，父亲便会坐在沙发椅上打起瞌睡来。这个时候，母亲和妹妹则会互相提醒对方噤声，然后各自忙起自己的事情来。母亲会坐在灯光下，深深地弯着腰，埋头为一家裁缝店做些缝缝补补的活计。妹妹在一家公司当售货员，每到晚上便会学习速记和法语，掌握了这两门知识，以后便有机会谋得更好的职位。有的时候，父亲会冷不丁地醒过来，好似不知道自己睡过去了，看一眼母亲，嘟囔一句"你今天又缝了这么久！"便又进入了梦乡，母亲和妹妹听了，互相瞧了瞧，悄声微笑起来，她们的笑容疲惫而又幸福。

父亲一天到晚都穿着他的制服，回到家里也固执地不肯脱下，他的睡袍挂在衣柜里成了落满灰尘的摆设。吃饭做事，乃至坐在椅子上打瞌睡，父亲都把一整套行头穿戴得整整齐齐的，好像时刻待命，不管何时，不管何地，只要他的上司一发话，他就会从睡梦中跳起来去执行任务。因此，不管母亲和妹妹多么仔细地注意清洁，不可避免地，那套本来就半新不旧的制服渐渐变得越来越脏了。很多个晚上，格雷戈尔就这样整晚整晚地看着这件满是污渍的制服，以及制服上擦得金光闪闪的纽扣，看着那个套在制服里的老人歪在椅子上，姿势别扭，却仍然睡得安详而香甜。

到了十点钟，母亲必定会轻声将父亲唤醒，劝说他到床上去睡觉。这把沙发椅可不是能睡好觉的地方，父亲每天早上六点就必须到单位执勤，睡眠对他来说尤其重要。可是，自打穿上那套制服当上勤杂以后，父亲就变得异常固执。他无视母亲的提醒，依然歪躺在沙发椅上打着盹。把睡着的父亲从沙发椅上叫起来，可不是一件容易的事情。母亲和妹妹轮番上阵，催促他很多次，他却固执地躺着，慢腾腾地摇着头，不愿起身，甚至连眼睛也懒得睁开。过了一刻钟，母亲便把活计放到一边，拽拽父亲的衣袖，附在他的耳边，柔声地劝着他，妹妹也放下手上的功课，去给母亲帮忙。可是父亲不仅不起身，反而一个劲地往椅子里头缩去。于是母亲和妹妹便一人拉起他的一只胳膊，托在腋下想将他拉起，这时，他才睁开眼睛，看看一边的母亲，再看看另一边的妹妹，说："人生啊！老了老了，还不让我清净。"然后，在她们的帮助下，费了一番工夫才站起身来，好像他的双腿已经承受不了自己的重量似的，在她们的搀扶下慢慢地来到卧室前，挥手让她们回去，可是还没有进门，他的脚步又蹒跚了起来，母亲和妹妹只好匆匆扔下手里的活计和功课，跑过去，扶着他，生怕他一不小心跌倒在地。

在这个家里，人人都忙于生计，疲惫不堪，还有谁能挤出时间来精心照料格雷戈尔呢？家里的日子过得越来越节俭，小女佣也终于辞退了。他们请了一个女帮佣，做些最粗最重的家务活儿。这个女帮佣身材高大，骨骼粗壮，脑袋上蓬着一头乱糟糟的白发。她每天早上和晚上的时候各来一次，其余的家务活儿便全都落在母亲的肩上，母亲还接了很多缝纫的活计。即便如此，境况也不是很好，他们甚至不得不将各种祖传的首饰卖了。那些首饰，母亲和妹妹以前视若珍宝，平时是不戴的，只有参加聚会或者过节的时候，她们才会兴高采烈地戴上一天。某天晚上，家人们聚在一起讨论某件首饰该卖多少钱合适，格雷戈尔才偶然得知这件事。家人们讨论得最多的还是房子的问题。以他们一家现在的经济状况，住这么大的房子显然不合适了，可是如果换房子的话，如何把格雷戈尔一起搬过去却是个极大的难题。格雷戈尔听了却不置可否，他心里很明白，家人们并非只是出于照顾他的原因才不能搬家，因为搬运他很简单，只要找一个大小合适的箱子，钻上几个气孔就行了。最主要的原因其实不是别的，而是陷入彻底绝望之前的挣扎与顾忌，亲戚朋友之间，有哪一家像他们这样不幸，被打入尘埃里？

这世间穷人家的苦难，他们都尝了一遍，无一遗漏。他的父亲给银行里那些小职员跑腿送早餐，他的母亲为了给素不相识的人缝衣服没日没夜地熬着身体，他的妹妹在柜台后面跑来忙去，受着顾客们的颐指气使。他们再也承受不起更多的苦难了。母亲和妹妹把父亲扶到床上以后，又一起回到了客厅。她们放下自己的活计和功课，脸贴着脸，互相紧紧地挨着坐了下来。然后，母亲指着格雷戈尔的卧室说："把门关上吧，格蕾特！"之后，格雷戈尔又陷入了无尽的黑暗之中，门外的两个女人呢，或者正抱头垂泪，或者呆呆地盯着桌子也欲哭无泪吧。每当这个时候，格雷戈尔背上的伤口就会发作，痛得他几乎昏死过去。

格雷戈尔整日整夜地睡不着。有的时候，他会想，下一次，卧室的门一打开，他就能变回去，就能像以前那样以一己之力扛下家里的担子，再次把家里的每一个人捧在手心里。有的时候，他会想起那些很久不曾想起的人和事，老板和总经理，那些助手和学徒，那个反应迟钝的勤杂工，两三个在别的公司工作的朋友，某个地处偏远的旅馆里的那个女服务员，与她那一场甜蜜的邂逅，还有一家礼帽店里的女收银员，他曾经非常认真地向她表白过，只可惜晚了一步，没有得到她的芳心——认识的，不认识的，藏在他记忆深处的，还有他早已遗忘的人，一个个不分前后地纷纷跳进了他的脑海里。可是这些人对他，以及他们家目前的困难来说能有什么帮助呢，他即使想去求助也无法上门哪，想到这里，格雷戈尔有些侥幸，又有些高兴，既然如此，就让他们统统从记忆里消失吧。

转念之间，他彻底失去了千方百计为这个家着想的心情。他的心里充满了对家人的愤懑，责怪他们没有照顾好自己。虽然他自己也不知道到底想吃些什么，但还是在心里偷偷地做着计划，策划着如何能闯到厨房的储藏间去，不管自己有没有胃口，肚子饿不饿，先把他们欠他的东西拿回来再说。现在，妹妹再也不像以前那样对格雷戈尔精心呵护了，再也不去琢磨格雷戈尔喜欢吃什么，喜欢喝什么了，而是每天在早上和中午出门之前用食盆随手装一点儿残羹冷炙，然后用脚匆匆地将食盆踢进格雷戈尔的卧室里，到了晚上再拿扫帚随手一扫就出去了，至于格雷戈尔是不是吃了东西，吃了多少东西——大多数的时候当然是一口都没有吃——她也毫不关心了。打扫卫生就更是漫不经心了，妹妹总是到了晚上才会进来打扫，说是打扫，其实也不过是拿块抹布糊弄一番罢了。灰尘落在墙壁上，留下一道道明显的痕迹，地板上随处可见结成一团团的灰尘和垃圾。开始的时候，格雷戈尔还会趁妹妹进来的时候故意跑到一个特别脏的地方，希望用这样的方法让她感到内疚。可是就算他在那个地方待上几个星期，妹妹也不见得会意识到自己的错误，更不用期待她改进多少了。她明明看见了满屋子的灰尘，可是却宁可当作什么都没有看见。

对灰尘，她如今可以做到视而不见了，但是在捍卫自己打扫格雷戈尔房间的权利方面却日益神经敏感起来。不管是谁，只要插了手，她就会发狂。有一次，母亲对格雷戈尔的房间做了一次大扫除，她用了几桶水就把房间打扫得像模像样。可是房间里到处湿淋淋的，这让格雷戈尔非常恼火，他不躲不藏，伸长细腿，生气地趴在长沙发上，一步不挪。母亲的好心没有得到好报，可是厉害的惩罚还在后面呢。到了晚上，妹妹发现了格雷戈尔房间里的异样，感觉到自己的权利受到了严重的损害，就立刻冲进客厅，号啕大哭起来。母亲于是举起双手，向她信誓旦旦地保证，从此不再干涉她的打扫工作，可是妹妹哭得更加厉害了。父亲吓得一激灵从他的沙发椅上跳起来，与母亲一起惊愕地看着他伤心的妹妹，手足无措。妹妹大哭不止，最后父亲和母亲也受到她的感染，情绪激动起来。父亲看着站在他右侧的妻子，责怪她不该自作主张去清扫格雷戈尔的房间，拍板说以后这活儿就全权交给妹妹。可是转过头，他却对站在左侧的女儿吼了起来，不准她以后再去打扫格雷戈尔的房间。父亲激动得语无伦次，连路都走不动了，母亲只好扶着他往卧室里去。妹妹止住了哭声，浑身发抖地抽噎着，两只小拳头不断地敲打着桌面。格雷戈尔也在自己卧室里面生着气，他们为什么不关门，为什么要让他看到这场风波，听到这场闹剧？他气得吱吱乱叫起来。

其实，妹妹无须辛辛苦苦工作了一天，拖着疲乏的身体回到家之后还要像以前一样去照顾格雷戈尔，母亲也不必伤害妹妹的权利去打扫卫生，格雷戈尔也无须每天饿着肚子，无人照料。有一个人能轻而易举地帮助大家解决这些矛盾——他们新请的女帮佣。这个女帮佣，想必在她漫长的人生中早已见惯了各种各样的大风大浪，在她的眼中，格雷戈尔显然连小浪花也算不上。有一次，她很偶然地（并不是好奇心作祟）打开了格雷戈尔卧室的房门，格雷戈尔被突如其来的访客吓了一大跳，那个访客虽然没有进门，也没有来追他，可他仍然吓得在地板上仓皇乱爬，而那个始作俑者呢，她正抬起胳膊抱在胸前，看着这令人惊奇的一幕呢。从那以后，每天早上和晚上来帮佣的时候，她准会悄悄地将门打开一条小缝，朝里张望，寻找格雷戈尔的身影。头几天里，她还尝试着用她自以为非常和善的声音招呼格雷戈尔，喊着"过来呀，你这大甲虫！"或者"快来看看这大甲虫啊！"试图将他唤出去。这些话，格雷戈尔当然是不予理会的，他待在原地连动都懒得动，权当这门压根儿没打开过。既然她有时间在这里大呼小叫地扰人清梦，怎么不干脆让她进来把房间打扫打扫呢？一天清晨，可能春天就要到了，窗外下起了大雨，雨点噼里啪啦地打在窗玻璃上，听得格雷戈尔心中烦躁。这时候，那个女帮佣又来了，嘴里又叨叨起了她那一套，这一回，格雷戈尔忍无可忍了，做出攻击的样子，张牙舞爪地朝她转过身去，但是他的动作既迟缓又僵硬。女帮佣没有一点儿害怕的样子，反倒是顺手抓起门边的一把椅子。只见她张大了嘴巴，把椅子高高地举了起来。很显然，不把手里的椅子用力砸在格雷戈尔的背上她是不打算把嘴闭上的。格雷戈尔悻悻地回过了头。"怎么？爬不动了吗？"她泰然地把椅子放了回去，问道。

这个时候，格雷戈尔已经基本上吃不下东西了。偶然经过食盆，他会咬上一口家人们为他准备的食物，含在嘴里，也不吃，像叼着一个玩具一样，含上几个小时又吐了出来。一开始，他把自己食欲不振归咎于房间的卫生状况，到后来，可能是感慨于房间里每况愈下的环境，他悲伤得食不下咽了，再后来，他就不得不对不断恶化的环境采取妥协的态度了。家人们显然已经习惯把暂时用不上的东西往格雷戈尔的房间里堆了。他们现在把其中一个房间租了出去，家里多了三个租客，所谓用不上的东西真是多得数不胜数。这三位先生全都留着一脸络腮胡子，看上去就不太好说话（格雷戈尔透过门缝见过他们），对于环境卫生他们显然有着相当苛刻的要求。既然租住在这里，那么他们不仅仅有权要求租下的房间保持整齐干净，对整个房子的清洁卫生他们也提出了严格要求，尤其是厨房的卫生。桌子上，柜子上，角角落落里摆置用不上的或者脏兮兮的东西，他们是无法接受的。除此之外，他们还搬过来很多自己的家具和摆设。如此一来，家里就多了很多暂时用不上的东西。这些东西卖又卖不掉，扔又舍不得，塞到格雷戈尔的房间里正好。同样被塞到他房间里的还有厨房里的炉灰箱和垃圾箱。更有甚者，但凡手上有暂时用不上的东西，那个着急忙慌的女帮佣就看都不看一眼地往他房间里一扔，要是运气好的话，格雷戈尔还能在那个物什落地之前看到那只往里扔东西的手。可能女帮佣是想着等有了时间再把这些东西拿走，或者把它们先临时放在一处，等方便的时候再一起拿去处理掉，可是事实上，把这些东西扔进来之后她就再也不管了。若不是格雷戈尔在爬行的时候碰到了这些破东西，挪了挪，动了动它们，那么这些东西当时被扔在哪儿，估计就会在哪儿长出根来。开始的时候，格雷戈尔是被迫挪动这些东西的，因为要是不去挪动它们，他实在没有下脚的地方，地板上没有一寸可供他爬行的空地。到了后来，他觉得这样的活动不失为一种娱乐，越爬越有乐趣，只是每每这样运动一回，他都会累得几乎昏死过去，伤心地躺在地上，一连几个小时，一动也不能动。

　　租客们有的时候会在家里共用的客厅里享用他们的晚餐，每到这个时候，格雷戈尔的卧室与客厅之间的门就会被关起来。对于房门是开着还是关着，格雷戈尔早就不再执着了。很多个晚上，即使房门打开，他也不再像以前那般全神贯注地注意客厅里的一举一动了，而是爬到房间最阴暗的角落里独自躲起来，只不过家人们一无所知，也漠不关心。但是偏偏这一天，丢三落四的女帮佣没有把门关严实，直到晚上，客厅里点起了灯，租客们从他们的房间里出来以后，门也一直开着。透过没有关严的门，格雷戈尔看见他们高坐在大餐桌旁（很久以前，这几个位子曾经专门属于父亲、母亲与格雷戈尔），打开餐巾，拿起刀叉。随即母亲手里端着一大盆肉走了过来，后面跟着妹妹，手里也端着一个更大的盆子，盆子里盛着垒得高高的土豆。她们把手里的盘子放在租客们的跟前，盘子上腾起阵阵热气。那些租客立刻伸过头去，似乎想看看饭菜的成色，坐在中间的那个人好像是他们三个中最有发言权的，只见他驾轻就熟地拿起了自己的刀叉就着盘子割下了一块肉，显然是要看看肉是不是煮透了，要不要打发回厨房重新回一下锅。母亲和妹妹一直站在一旁，紧张地看着他的举动，直到他脸上露出满意的神色，两位女士才松了一口气似的微笑起来。

如今，厨房成了家人平时用餐的地方。不过，在进厨房用餐之前，父亲总是习惯先来一趟客厅与几位租客打个招呼。他先是对他们行个鞠躬礼，然后把帽子拿在手上，围着餐桌走上一圈。这时候，这几位先生就会站起身来说上几句话，不过他们的声音藏在浓密的胡子里，让人听不清楚他们到底说了些什么。父亲离开之后，他们就埋头大吃起来，连话也顾不上说，客厅里顿时传来各种千奇百怪的声音。真是奇怪，不管混有多少种声音，格雷戈尔总能听出牙齿互相碰撞咀嚼食物的声音，清晰至极，似乎，他们想委婉地提醒格雷戈尔，吃饭是要用上牙齿的，没有牙齿，而光有一个漂亮的颌骨，又能顶什么事呢？什么东西都吃不了呀！"我什么都吃得下，"格雷戈尔忧伤地想，"只不过，这些东西不合我的胃口罢了。这些租客吃得脑满肠肥，而我却快要饿死了！"

正当格雷戈尔黯然神伤时，一阵悠扬的小提琴声从厨房那边传来。格雷戈尔不知道自己有多久没有听到这优美的声音了，似乎变成虫子以后就再也没有听到过了，而恰恰今天晚上，他又听到了，也许是冥冥之中注定吧。租客们刚刚用完了晚餐，坐在中间的那个人拿过一份报纸，分给另外两个人一人一页，他们三个人靠着椅背，一边看着报纸，一边抽起烟来。小提琴声一响起，他们便听到了。他们站起来，踮着脚走到通往前厅的门前，一起挤在门口听了起来。他们的动作显然不够轻，厨房里的人早就听到了他们的动静，没过一会儿，就听到厨房里传来父亲的喊声："拉琴的声音吵到先生们了吧？我这就让她停下。""不，恰恰相反！"中间的那位先生说道，"小姐是否愿意到我们客厅这里来拉琴呢？这里毕竟要宽敞舒适得多。""噢，好的！"父亲立刻喊道，好像他就是那拉琴的人似的。租客们听了便走回到客厅，各自落座，等拉琴的人过来给他们奉上美妙的音乐。他们没等多久，一行人便浩浩荡荡地进了客厅。父亲捧着谱架，母亲拿着琴谱，妹妹提着小提琴。一进客厅，妹妹便细致地做了演奏前的准备工作。父亲与母亲显然是第一次把家里的房间出租给陌生人，对三个租客的态度极其恭敬，拘谨得连自己家的椅子也不敢坐。父亲穿着一丝不苟的礼服，右手插在两颗纽扣之间，背靠着门站着。一个租客给母亲搬了把椅子，随手放在客厅的一个角落里，母亲虽然接受了那个租客的好意，可是却不敢轻易挪动那把椅子，直接在角落里坐了下来。

妹妹的演奏开始了。父亲与母亲一个站着，一个坐着，全神贯注地看着妹妹拉琴的双手，生怕错过一个动作。格雷戈尔被琴声吸引着，慢慢地从他藏身的角落里爬了出来，把脑袋探出了门外，慢慢地爬出了自己的卧室，如此明目张胆，如此泰然自若。最近一段时间里，他确实开始放纵自我了。以前，他处处以他人为重，时时顾及别人的感受，并以此倍感自豪。卧室里到处都是灰尘，走一步就会扬起一堆灰尘，使得他身上覆了一层厚厚的灰尘，不仅如此，他的背上和脚上还缠着一团团线头、头发丝和食物的残渣，他爬到哪儿就把脏东西拖到哪儿。以前，他每天都要躺在地毯上把自己的身体擦得干干净净，可是现在，再肮脏他都觉得无所谓了。以他现在的卫生状况，要是以前的话，他肯定跑到最隐蔽的角落躲起来了，可是现在，爬在客厅光可鉴人的地板

64

上他竟然丝毫不觉得羞愧。

其实，他也没有必要藏头藏尾，因为并没有人注意到他爬出了房间。父亲、母亲和妹妹都沉浸在小提琴的乐声里，而那三个租客先是兴致勃勃地挤在谱架的周围，双手插在裤兜里，看着谱子上的音符，妨碍到了妹妹的演奏也毫不自知，看了一会儿便对谱子失去了兴趣，低着头、聊着天回到窗边坐了下来。父亲显然把他们的反应分毫不差地看在了眼里。他们已经用行动清清楚楚地告诉了他，他们本来以为能听到一场美妙的、别开生面的小提琴演奏会，可是现在却失望极了，他们听够了这嘎吱嘎吱的声音，只不过出于礼貌才不得不继续忍受下去而已。尤其是他们抽烟的样子，猛地吸一口，然后让烟圈同时从鼻子和嘴巴里出来，要不是他们心里实在烦躁，他们不会抽得这么猛。可是，妹妹的琴拉得多么美妙啊。她的脸微微侧向一边，略含不安与忧郁的目光顺着琴谱而流动。为了能够遇上妹妹的目光，格雷戈尔又向前爬了几步，把脑袋贴在地板上努力地向上看去。他真是一只虫子吗？虫子能感知到音乐，并被音乐如此深深地打动吗？他义无反顾地向前爬去，如痴如醉，如饥似渴。他决心爬到妹妹的跟前去，拉住她的裙子，告诉她，这里的人都不值得她如此倾心演奏，只有他才真正懂得欣赏她的音乐，需要她的音乐，她应该带上小提琴到他的房间里去。而且，他再也不会让她离开他的房间，至少，在他有生之年不会。他第一次觉得，长成这样一副吓人的怪模样也不无好处。他会守着卧室的每一道门，谁要是敢冲进来带走妹妹，他一定奋起攻之，绝不留情。但是，他是不会强迫妹妹的，哪里需要他强迫呢？妹妹会心甘情愿地留下来。她会待在他的身边，坐在长沙发上，侧着头，竖着耳朵听他说话，然后他就会向她吐露心里的秘密计划，告诉她，他要把她送去音乐学院深造。若不是发生了这场不幸的变故，去年圣诞节——圣诞节应该早就过去了吧？——他就会向大家宣告这个决定，不管谁反对，他都不会改变主意。听完这番话，妹妹一定会感动得热泪涟涟，然后格雷戈尔就会直起身子，趴到她的肩膀上，自从开始上班，妹妹就只穿低领的衣服，脖子上也不戴丝带了，格雷戈尔正好可以在她的脖子上轻轻一吻。

"萨穆沙先生！"中间的那个租客突然朝父亲喊了一声，接着什么话都没说，只是伸出了食指，指了指慢慢爬在地板上的格雷戈尔。琴声戛然而止，刚才出声的那个人先是朝他的同伴们摇了摇头，笑了笑，然后又把目光投向了格雷戈尔。父亲似乎觉得当务之急不是先把格雷戈尔撵走，而是如何安抚那几位先生。虽然那几位并不惊慌，对他们来说，格雷戈尔的出现可比听人拉小提琴有趣得多啦，可是父亲依然急急忙忙地跑了过去，一边用他的身体挡住他们看向格雷戈尔的视线，一边张开双臂请他们回到自己的房间里去。这时候，租客们的脸上才有了几分愤然，不知是不是父亲的行为激怒了他们，抑或因为自己的后知后觉而心生不悦，跟格雷戈尔这么一只虫子同在屋檐下住了这么久，他们居然毫无察觉！他们一边跟父亲又挥胳膊又扯胡子地吵吵嚷嚷，一边慢慢地朝自己的房间退去。突然中断演奏的妹妹怔怔地看着谱子，垂下来的手上依旧握着小提琴和琴弓，好大一会儿，一动不动，好像仍然沉浸在自己的演奏里。母亲则又犯了哮喘的毛病，瘫坐在椅子上费力地喘着粗气。吵嚷声惊醒了妹妹，眼看着那几位先生就要被父亲撵进房间了，她一激灵跳将起来，把手里的小提琴和琴弓一股脑儿地塞在母亲的怀里，抢在他们之前飞快地跑进了他们租住的房间。只见她动作熟练地拍了拍枕头，又掀起被子，抖动几下，被子在半空中舞动，变得蓬蓬松松，服服帖帖。她动作飞快，一刻不停，租客们还没进门，她就已经把他们的床都铺好，并悄无声息地退了出来。父亲的执拗脾气又上来了，他一改以往恭恭敬敬的态度，一味地推搡着那几位租客，直到把他们撵到房门前，退无可退，咚咚咚地跺起了地板才作罢。"我在此宣布，"惯于发言的那位先生抬起一只手，瞧了瞧母亲和妹妹，说道，"鉴于此处，这个房子里，这个家里，有如此令人恶心的东西存在，"——他说着朝地板狠狠地啐了一口——"我要求即刻退租。这几天房租我是一个子儿也不会出的，不仅如此，我还要考虑是否要向您索要赔偿，请您相信，我会给您一个非常充分的索赔理由的。"说完，他便默然地等着别人接话，果然，他的两位朋友立刻接过话头，说道："我们也要求即刻退租。"听到这句话，他便一手抓住门把手，砰的一声用力摔上了房门。

父亲晃晃悠悠，摸索地走到自己的沙发椅边上，一屁股坐了下去，伸长了双腿，似乎要像往常那样在椅子上打起瞌睡来，可是他不住地点着头，明显没有丝毫睡意。自从被租客们发觉以来，格雷戈尔就静静地待在原地，一步也没再挪动。计划的失败让他心灰意冷了，但也有可能是长期的饥饿导致他如今虚弱得动弹不得。他知道，一场批判他的暴风骤雨随时可能爆发，他心惊胆战地等待着。小提琴从母亲的怀里慢慢滑落，又从她颤抖的手指中跌落到地板上，嗡的一声响彻整个房间。格雷戈尔依然纹丝不动。

"亲爱的父亲，亲爱的母亲，"妹妹一拍桌子，开始说道，"这样下去可不行了，也许你们还没有看明白，可是我明白，我不想在这个怪物面前提我哥哥的名字，所以，我只能说：我们必须想办法把它弄走。为了照顾它，容忍它，我们已经做出了常人无法想象的努力和牺牲，我相信，为此，没有人能对我们有半点儿指责。""她说得一点儿也没错。"父亲喃喃自语道。母亲依旧喘着粗气，眼里露出迷茫的神色，突然，她用一只手捂着嘴，闷声闷气地咳了起来。

妹妹马上跑到母亲身边，用手扶住她的额头。妹妹的话似乎让父亲想到了什么主意，他坐直了身体。桌子上，租客们吃剩的餐盘还没有收拾。他把自己的帽子放在一堆盘子之间，心绪不定地把玩了起来，时不时地，朝安安静静地趴在地上的格雷戈尔投去一瞥。

"我们必须想办法把它弄走。"母亲咳得厉害，咳得什么也听不见了，妹妹转头对着父亲，说道，"它会要了你们俩的命，我知道，会有这么一天的。我们每一个人，在外面工作已经够辛苦，够累了，不能回到家还要忍受这种没完没了的折磨。我是真的受不了了。"说着说着，她的眼泪如雨般倾盆而下，流淌到母亲的脸上，又被她机械地用手拭去。

"孩子，"父亲的声音里充满了怜爱之情，显得出人意料的通情达理，"那我们该怎么办呢？"

听到父亲的话，刚刚还振振有词的妹妹这会儿却只顾着哭，哭得肩膀一耸一耸的，拿不出什么具体的主意来。

"要是他能听懂我们的话——"父亲说道，像是假设，又像是说出了心里疑问。妹妹听了，一边哭一边用力地摆了摆手，好像在说，这是不可能的，想都不用想。

"要是他能听懂我们的话，"父亲闭了闭眼睛，妹妹斩钉截铁的否定抹去了他心中最后的疑问，他把话又重复了一次，说道，"或许还有同他商量的余地。可是现在——"

"它必须消失！"妹妹喊道，"这是唯一方法，父亲！你只需这样想，它不是格雷戈尔。这么长时间了，我们一直把它当作格雷戈尔，这才是我们痛苦的根本、不幸的根本。可是，它怎么可能是格雷戈尔呢？如果它真是格雷戈尔的话，那么他早就会明白，我们人是不可能和这么一只虫子一起过日子的。如果真是格雷戈尔的话，他早就会自己离开，走得远远的了。那样，哥哥虽然不在了，可是我们却依然能够把他放在心里，怀念他，尊敬他。可是这只虫子呢，我们走到哪儿，它追到哪儿，它把我们的租客都赶走了，接下来，把我们也赶走，它摆明了是要霸占整个房子，让我们去大街上流浪。你就等着瞧吧，父亲！"说着，她突然尖声叫了起来："它又过来了！"妹妹在害怕什么？格雷戈尔看到妹妹吓成这副模样，心里觉得很是莫名其妙。看起来，她宁可牺牲母亲也不愿意让格雷戈尔靠近。只见她一把丢开了母亲，从椅子上跳了起来，慌慌张张地奔向父亲，向他背后躲去，父亲被妹妹这副慌张的样子惊得站了起来，张开双臂，把她护在身后。

格雷戈尔完全没有吓唬别人的意图，更不用说去吓唬自己的妹妹了。他不过是想掉个头，转个身，好回到自己的卧室去而已。当然，他现在的动作可能有些怪异，可能让人有所误会。对格雷戈尔来说，掉头本来就不是一件容易的事情，何况他现在身体极度虚弱，必须用脑袋支着地板才能找到一点儿力气。他低下头去，脑袋重重地磕到了地板上，看了看，发现自己的好意家里人似乎已经心领神会，短暂的惊慌已经过去了，这会儿，他们都默不作声地、面带忧伤地看着自己。母亲伸长了腿躺在椅子上，这一场变故使她筋疲力尽，累得几乎睁不开眼睛。妹妹一只手搂着父亲的脖子，紧靠他坐着。

"那现在掉头应该没有什么问题了。"格雷戈尔心想，于是开始继续他怪异的掉头动作。他累得气喘如牛，时不时地还要停下来歇上一歇。

一掉过头来，他便迫不及待地往自己的房间爬去。当然，没有人在后面催着他，走快走慢都由他自己做主。他从不曾想过，从客厅到他卧室的距离竟然如此遥远。那么，先前一口气爬到客厅里，他究竟是如何做到的呢？拖着虚弱的身子爬了那么远，还丝毫不觉得疲惫，真是不可思议。他一心只想着如何快速爬回房间去，竟然没有注意到，这一路，家人并没有出声打扰他，他们不约而同地闭上了嘴巴，一个字也没有说。

直到他顺利地到了门边，微微转过头去，他觉得脖子僵硬极了，像以前那样大幅度的回头，他如今是办不到了，无论如何，他还是看到了客厅里的情形，大致没什么变化，不过，妹妹已经站了起来。最后，他还看见了母亲，她已经沉沉地睡着了。

他最后一条腿刚刚迈进房间，背后的房门便被人以迅雷不及掩耳之势关了起来，落了闩，上了锁。身后传来的巨响把格雷戈尔吓得脚都软了，是妹妹。她动作如此敏捷，又如此慌忙，她早就已经站了起来等着这一刻了。格雷戈尔并没有听到有人走动的脚步声，她一定是踮着脚，跃着大步纵身跳过来的。只听得她一边转动门上的钥匙，一边朝父亲和母亲大喊："总算好了！"

"现在该如何是好呢？"格雷戈尔看了看四周自言自语地问道。四周一片黑暗，很快，他便发现自己彻底不能动弹了。对此，他丝毫不觉得意外。靠着这些纤细的小腿能坚持到此刻，甚至能做到一直行动无阻，他早就觉得不可思议了。除了全身僵硬不能动弹以外，他觉得身上并无大碍。虽然身上有点儿疼，但是这种疼痛的感觉变得越来越轻，越来越轻，仿佛一切痛楚都在渐渐消失。那个深深嵌在背上的、早已腐烂了的苹果，以及那个一直发着炎却被层层细软的灰尘包裹起来的伤口，他都几乎已经感觉不到了。他又想到了他的家人，心中充满了感动和爱意。他必须离开这个家，必须消失，在这一点上，他与妹妹的观点一致，甚至，可能他自己比妹妹还更加坚定。他静静地趴在地板上，脑海里越来越空，心里越来越平和。教堂的钟楼敲响了三点的晨钟，窗外渐渐亮了起来，他看了一眼，闭上了眼睛，脑袋不由自主地垂了下去，搁在地板上，再也抬不起来了，最后一丝微弱的气息从他的鼻孔里飘出来，散在晨曦里。

一大清早，女帮佣就来了。她做事向来急急忙忙，毛毛躁躁的，她一来，家里就吵吵闹闹不得安宁，肆无忌惮地打扰大家的清梦，跟她提了多少次意见都没有用。她习惯性地来到格雷戈尔的房间，用力地打开房门。起先，她并没有发现什么异常，见到他待在地板上不动也不跑，还以为他在那儿装模作样，表现出一副受尽委屈的样子，是为了抗议她的打扰呢。是的，在她的眼里，他什么都能听懂，什么都能看懂。正好手上拿着一把长柄扫帚，她便站在门口，用扫帚撩了撩格雷戈尔，可是他还是一动不动。女帮佣生气了，用力捅了捅格雷戈尔，直接把他推离了原地，没想到他还是一动不动，这时候，她才觉得不对劲。随即，她便恍然大悟地睁大了眼睛，尖叫了一声，急不可耐地一把拉开房门，朝着漆黑一片的房子放声大喊起来："快来看哪，它已经死了！它不动了，已经死了！"

女帮佣的大嗓门吓得萨穆沙夫妇从床上坐了起来，一时间，惊魂不定的夫妇俩并没有反应过来她到底在喊些什么。可是下一刻，他们便明白过来了，一边一个，从床上跳了下来。萨穆沙先生一把抓起被子披在身上，萨穆沙太太也顾不上穿衣服，他们一个披着被子，一个穿着睡衣便往外跑去。等他们到了格雷戈尔的房间，客厅的门也开了，格蕾特走了进来。自从家里把房间租出去以后，格蕾特晚上就一直睡在客厅里。她身上的衣服倒是穿得整整齐齐的，好像她根本就没有睡似的。她的脸色也苍白极了，可能真的一夜没睡吧。"死了？"萨穆沙太太一脸疑问地看着女帮佣，问道。她完全可以自己上前去查看一下，可是她却没有这样做，其实即使不去查看，她也应该能看出来这消息的真假。"我觉着是的。"女帮佣说，为了证明给大家看，她又用扫帚捅了捅格雷戈尔的尸体，把它推出去老远。萨穆沙太太伸出手来，想制止她这粗鲁的举动，可是手伸出一半又缩了回去。"好啦，"萨穆沙先生说道，"让我们感谢上帝吧。"他在胸前画了一个十字，三个女人也跟着画了一个十字。

格蕾特目光呆呆地看着那具尸体，说："你们看，他多瘦哇！他已经不吃不喝很久了。那些食物，端进去是什么样的，端出来就是什么样的。"大家这才发现，确实，格雷戈尔的身体又干又扁，往常他有那些小细腿支撑的时候，大家都看不出来，抑或大家只顾着防备他，根本就没有去注意他到底长得什么样子。

"来，格蕾特，到我们房间里来吧，我们一起待一会儿。"萨穆沙太太脸上带着一丝痛苦说道。格蕾特一步三回头地跟着父母进了他们的卧室。女帮佣关上门，敞开窗户。尽管天还很早，窗外涌进来的空气却微微带了些温暖，都已经三月末了。

三位租客从他们的房间里走出来，看着空空如也的餐桌，面面相觑，他们显然被人遗忘了。"早餐在哪儿呢？"那个坐在中间的人很不满意地问女帮佣，女帮佣也不答话，只是竖起一根手指放在嘴前，又朝他们使劲招手，示意他们跟她去格雷戈尔的房间。他们跟着她进了房间，天色已经大亮了，房间里的情形一目了然，他们三个都把双手插在他们半新不旧的上衣口袋里面，围着格雷戈尔的尸体站着。

这时，萨穆沙夫妇卧室的门打开了，萨穆沙穿着他的礼服走了出来，一边的胳膊上挽着他的太太，另一边挽着他的女儿。三个人看起来都刚刚哭过，格蕾特靠着父亲的肩膀，时不时地把脸往父亲的肩膀上擦去。

"请立刻离开我的家！"萨穆沙先生一手指着大门，一手拥住身边的太太和女儿说道。"您这是什么意思？"中间的那位租客难以置信地问道。萨穆沙先生的话让他大吃一惊，脸上勉强堆起了不自然的笑容。另外两个人则把手背到身后，不停地搓揉起来，暗自兴奋，似乎等着一声令下就扑上去大干一仗，这一仗他们稳赢不输。"就是字面上的意思。"萨穆沙先生说着，与身边的妻女一齐向他走去。后者先是低头盯着地板看了一会儿，似乎把整件事情重新斟酌了一遍，重新思考了一下主客次序的问题，然后抬头看着萨穆沙先生，说道："那我们就走吧。"他的气焰顿时矮了半截，语气有些犹豫，好像做出这个决定之前先要得到萨穆沙先生的允许似的。萨穆沙先生则瞪大了眼睛，他并不说话，只是把头轻轻地点了好几下。那位先生看了，果真悻悻地拖着脚步往前厅走去。他的两位朋友惯于察言观色，早在他说话的时候就停下了手上的小动作。眼看着他离开了，立刻跳起来跟上他的脚步往前厅跑去，生怕慢一步萨穆沙先生就会拦着他们，让他们无法继续追随他们头头的脚步。到了前厅，他们从衣帽架上取下自己的帽子，从手杖筒中抽出各自的手杖，欠了欠身子行了个礼，一声不吭地出门而去。萨穆沙先生好像防着他们会随时反悔一样，带着身边的妻女追到了走廊上。三位先生迈着缓慢却坚定的步子沿着长长的楼梯逐级而下，他们的身影一会儿消失在楼梯的转角处，一会儿又从另一个拐角处冒出来。一家三口倚着楼梯的栏杆看着他们的身影越来越远，越来越小，渐渐地失去了关注他们的兴趣。直到一个头上顶着货物的肉店伙计与他们迎面相遇，然后又傲慢地擦着他们的肩膀走上楼梯的时候，萨穆沙先生与妻女才离开了栏杆，如释重负般转身进门回家。

　　他们做了一个决定，这一天谁都不去上班，一家人要好好休息，一起出门去走走。他们辛苦了这么久，是该好好休息一天了，不，是必须休息一天了。于是他们到桌子旁边坐下，各自写起请假条来，萨穆沙先生写给自己的领导，萨穆沙太太写给裁缝店的客户，格蕾特写给商店的老板。他们正埋头写着，女帮佣过来了，说她做完了早上的活儿要回家去了。忙着写请假条的三个人谁也没有抬头，只是点了点头表示知道了。然而，那个女帮佣却并没有立即离开的意思，一直在房间里站着。他们无奈地放下了笔，很不高兴地向她看去。"还有事？"萨穆沙先生问道。女帮佣朝他笑笑，并不搭话。她笑得神秘兮兮，好像有什么非常好的消息要告诉这家人，但如果没人主动问她，她也不会主动把消息拱手相告似的。她头上的帽子上插着一根鸵鸟羽毛，萨穆沙先生最讨厌这根羽毛，从她来家里干活儿的第一天起就看不惯了。这会儿，这根羽毛正随着她哧哧而笑的动作颤颤巍巍地四下晃动呢。"您到底有什么事？"萨穆沙太太问道。女帮佣对别人很无礼，可是对萨穆沙太太显然拿出了自己最恭敬的态度。"是这样，"女帮佣一边回答，一边又高兴地笑了起来，笑得几乎说不出话了，过了好一会儿才接着道，"那个东西，隔壁房间里那个东西，您不必再为怎么把它弄走而发愁了，都已经妥妥帖帖的了。"萨穆沙太太和特蕾特听了又低下头去看自己面前的请假条，好像请假条还不完善，还要再添几句话一样。萨穆沙先生看着女帮佣的架势，知道她想把事情原原本本、详详细细地讲上一遍，于是伸出一只手，果断地打断了她的话头。女帮佣憋着一肚子的话没能说出来，又想起来自己还有急事，于是气急败坏地喊了一声："再见！"转身离去，出门的时候还将门摔得震天响。

"今天晚上就让她走人。"萨穆沙先生说道，可是他的太太没有回应他，他的女儿也没有接他的话，看来，那个女帮佣把她们好不容易平静下来的心又打乱了。她们站起来，相拥着走到了窗前，久久凝立。萨穆沙先生坐在自己的沙发椅上，转过身去，静静地看着她们。过了好一会儿，他喊道："好啦，都到我这边来。过去的就让它过去吧，你们也关心关心我呀！"听了他的话，两个女人立即飞奔过来，又亲又抱地安抚起他来。

三言两语地写完了请假条之后，一家三口一块儿出了门，坐上电车向郊外奔去，他们已经有好几个月没有一起出门了。车厢里只有他们一家，阳光把整个车厢照得暖洋洋的。他们舒舒服服地坐在宽敞的座位上，靠着椅背，议论着将来的打算。仔细分析之下，他们发现未来的日子并不见得会很糟糕。他们三个人都有自己的工作——啊，他们以前都不曾互相关心过各自的工作情况——而且工作看起来都非常不错，尤其长远看来，都有不错的发展前景。若要使眼下的生活重焕新貌，也是轻而易举的事情，只要换个房子就行。现在住的房子还是格雷戈尔挑选的，他们想要换一个新的房子，要小一些，便宜一些，位置好一些，主要是各方面都要便捷实用一些。聊着聊着，看着越来越激动活跃的女儿，萨穆沙先生和萨穆沙太太不约而同地想，尽管她前一段时间吃尽了苦头，受尽了折磨，尽管她的双颊略微有些苍白，可是她依然出落得亭亭玉立，他们的女儿已经是一个漂亮又丰满的大姑娘了。他们互相看了看，渐渐地放低了声音，心有灵犀地想着，是时候为女儿找一门好亲事了。电车正好到站了，格蕾特第一个站了起来，伸了伸懒腰，展露出她年轻丰满的身体。眼前这一幕落在萨穆沙夫妇的眼里，像是女儿对他们做出了无声的回应，认同了他们的好意，赞同了他们对未来的新的憧憬。

饥饿艺术家

近几十年来，人们对饥饿表演愈发降低关注。以前的人还能靠饥饿表演挣不少钱，但到了今天，这些都已不可能，风光的时代已经过去了。那时候，整个城市的人都在谈论饥饿艺术家，为了看一场饥饿表演，观众人数总会噌噌上涨。人人都希望每天至少去瞧一眼饥饿艺术家，表演到了最后几天，还总有一些人买了长期票整天坐在饥饿表演的小铁笼子前，甚至到了夜里，还有人前去观看表演，为了看得更清楚一些，还有人带着火把去。天朗气清，阳光明媚时，人们会把表演笼子抬到露天的地方去，特别照顾小孩子看表演。大人观看表演大多赶赶时髦，多些消遣的谈资，而孩子看到脸色惨白、瘦骨嶙峋的饥饿艺术家时往往会惊得目瞪口呆，吓得紧紧拉住伙伴的手。饥饿艺术家穿着紧身的黑色衣服，肋骨一条条突出来。笼子里也没有椅子，只是撒了一些干草。饥饿艺术家坐在干草上，时不时还要礼貌地点头招呼，或者用力地微笑着回答一些问题，有时还要把手臂伸出笼子，让观众摸一摸，来感受他瘦到什么地步。但随后，饥饿艺术家又如老僧入定般陷入沉思，不顾周遭的一切。笼子里唯一的家具是一座钟，照理说，饥饿艺术家应该对钟鸣报时是非常重视的，他却对此完全不屑一顾，只是闭目入定，偶尔拿起一只极小的杯子抿一口，沾一沾嘴唇。

除了来来往往、川流不息的观众以外，笼子周围还有几个大伙推选出来的固定监督守卫人员。奇怪的是，那些被推选出来的守卫都做杀猪卖肉营生。他们三人一班，日夜不停地监视饥饿艺术家，以防他用不为人知的手段偷偷地进食。但实际上这不过是安慰大众的形式而已，因为真正了解饥饿艺术家的人都知道，在表演过程中，饥饿艺术家绝不会吃东西，在任何一种情况下，哪怕有人强迫他，他都不会吃哪怕一点点东西，这是他作为艺术家的尊严。显然，不是每一个守卫都能理解这一点。曾有一些守卫，到了值夜的时候，故意表现得松松散散，远远地找一个角落，埋头一起打牌，似乎很大方地给饥饿艺术家一个偷偷进食的机会，他们总认为他有秘诀能偷藏食物。对饥饿艺术家来说，没有什么比这样的守卫更能折磨人了，这些守卫让他情绪低落，让他的饥饿表演变得艰难万分。碰到这样的守卫，饥饿艺术家有时还会克服身体的虚弱，尽力高声吟唱，他想告诉那些守卫：对他的怀疑有多么不公道。可是，一切都是徒劳。他们只会惊奇于他的花样手段，惊奇于他竟然能一边吟唱一边进食。相比之下，他更喜欢那些趴在笼子上朝他脸上照手电筒的守卫。夜晚，表演大厅里的灯光昏昏暗暗，为了让守卫满足尽兴，饥饿艺术家的经纪人往往会事先准备好几支手电筒。至于那些灯光多么刺眼，饥饿艺术家毫不在意，反正他也睡不着。不管灯光多么明亮，观众多么拥挤，大厅多么嘈杂，只要饥饿艺术家愿意，他随时都能打盹。饥饿艺术家其实很乐意与这些守卫一起通宵不眠，也乐意与他们开开玩笑，讲讲他一路经历的趣闻逸事，或听听守卫的故事，让彼此顺利熬过通宵。这样守卫就知道饥饿艺术家的笼子里没有任何能吃的东西，就知道他真的比他们任何一个人都能挨饿。他最高兴的还是早晨来到的时刻，他自掏腰包给守卫送上美味早餐，守卫一看到早餐就胃口大开，蜂拥而上，通宵守卫之后的疲乏困顿一扫而光。虽然也有人觉得这顿免费的早餐有贿赂之嫌，倘若要问他们是否愿意不享用免费早餐只承担守卫任务，则个个避而远之，但他人仍对此满怀猜疑。

反正猜疑纷纷，从来没有哪场饥饿表演能置身其外。没有任何一位守卫能做到不分昼夜、毫不间断地守在饥饿艺术家身边，也没有哪个见证人能拍胸脯保证他这一轮挨饿是真实毫不掺假的。能作证的只有饥饿艺术家自己，也只有他才是自己这场饥饿表演的唯一忠实观众，而出于某些原因，他从来不会满意自己的表演。笼子里的他形销骨立，一些观众甚至不忍目睹而远远遁走，可是让他瘦到这个地步的，其实不是挨饿这一行为本身，而是他内心对自己的不满意。只有他自己知道，挨饿很容易。他开诚布公地告诉大家，挨饿是世界上最简单的事，但没有一个人相信他，连专门研究饥饿表演的行家也不相信他这个说法。善良一点儿的人觉得他太过谦虚，而大多数人则认为他自吹自捧，更有恶意揣度的人，认为他不过是个骗子，认为挨饿之所以"容易"，是因为其中有不可告人的门道。不管别人怎么猜测、怎么评价，他都默默忍受着，长年以来，他已经习惯了这般忍受。他无法忍受的是他内心深处自己对自己的不满意，这种感觉就像一条小蛇时时刻刻啮咬着他的心。谁都可以证明，他从来不会主动离开他表演的笼子。可实际上，哪怕是表演结束后，他也不愿意离开笼子。经纪人给饥饿表演设定了一个表演期限，四十天，绝不可超过这个期限，即便在世界级的大城市表演，也不会超过这个期限。经纪人这样做有一定道理。根据长年的巡回表演经验，大约在四十天里，随着广告越来越火，满城观众的热情也会日益高涨。超过四十天后，新鲜感消失，观众也会厌倦，看表演的人数随之锐减。就保持新鲜感而言，城市和乡村之间当然还有点儿区别，但总的来说，四十天是最佳的表演期限。到了第四十天，表演结束的那天，笼子被鲜花装点一新，露天剧场里挤挤攘攘，鼓乐震天，兴奋不已的观众打开笼子的门，两位医生走进笼子给饥饿艺术家做基本体检，用麦克风向全场通报体检结果。还有两位被幸运抽中的年轻女士，专门负责搀扶饥饿艺术家。台阶下方的一张小桌子上早已精心准备好病号餐，就等着女士将艺术家从笼子中搀扶出来。这是最激动人心的时刻，却也是饥饿艺术家最抗拒的时刻。当女士弯下腰，向他伸出双手，虽然他还是不自觉地将瘦如芦柴的手臂抬起，但站起离开却非他所愿。

为什么恰恰要现在，四十天后再停止表演呢？他完全能够坚持更长时间，不休不止，为什么非要现在、正当他渐入佳境的时候就结束呢？为什么要夺去他的荣耀？他不仅能成为古往今来最伟大的饥饿艺术家（他也许已经是最伟大的了），还能超越自我，永无止境，他认为自己的抗饿能力不可估量。为什么那些看起来对他无比崇拜的芸芸大众不给他一点点耐心？他还能继续坚持，为什么他们不愿意坚持？他看起来很疲惫，但坐在干草上很舒服，现在有人又推又拉，想把他扶起来带去吃东西，一想到吃的他就感到恶心欲吐，实在是看在女士的面子上勉强不吐出来。他抬头看向女士，注视她们那看起来温柔友好而事实上却残酷无比的眼睛，动了动虚弱无力的脖子，摇了摇沉重无比的脑袋。接下来的套路一成不变，经纪人一言不发地走过来——音乐吵得他也讲不了话——用双臂把饥饿艺术家举到头上，似乎想要邀请上帝来看一眼这个他创造的子民，这个坐在干草上、可怜兮兮的殉道士。饥饿艺术家确实是个地地道道的殉道士，只不过是在完全不同的意义上罢了。经纪人小心翼翼地扶住饥饿艺术家细细的腰部，好像要用那过分小心谨慎的动作来告诉大家，他手里拿的是一碰就折的东西。他把虚弱得站立不住、全身摇来晃去——也不排除可能被他悄悄地推了一把——的饥饿艺术家交到已经被吓得面无血色的女士手里。这个时候的饥饿艺术家就像任人摆布的人偶一样，脑袋耷拉着，好像要滚落下来，不可思议地停在胸前似的，整个身躯像掏空的口袋，出于生物机能反应，双腿在膝盖处紧紧靠在一起，双脚不停地摩擦着地面，好像在寻找结实的落脚之处。他全身却极轻的重量都靠在其中一位女士身上，这位女士顿时紧张无措、寻求帮助——她可没有想到这光荣差事还会有这一出——她先是尽量伸长脖子偏向一边，这样至少能避免自己的脸接触到饥饿艺术家，可是这也没有多大作用，而且她那位比她幸运得多的同伴颤颤巍巍地托着饥饿艺术家那仅剩一把骨头的手，自顾自地往前走，毫不理会她的求助，气得她在满堂笑闹中号啕大哭起来，早有准备的仆人不得不把她替换下来。接下来要让饥饿艺术家吃饭了，说是吃饭，其实不过是经纪人给半昏半醒的饥饿艺术家草草喂几口，其间还说些俏皮话，引开观众对饥饿艺术家健康状况上的注意。接下来经理人还会大声宣布一句——当然声称是饥饿艺术家说的——祝酒词，在人群中广为传诵，乐队也与之吹号呼应。随后，人群渐渐散去，除了饥饿艺术家，大家都满意而归。

饥饿艺术家过了多年这样的日子，其间也有定期、短暂的休整，他满身荣耀，为全世界所崇敬，却大部分时间情绪低落。没有一个人真正关心他为何情绪低落，这难免使他更加沮丧。人们又能拿什么去安慰他呢？他还能求些什么呢？如果真有这么一个好心人，去同情他，去跟他解释，说他的伤心痛苦大概源自忍饥挨饿，那真的会让饥饿艺术家愤然而怒，尤其是在饥饿表演的后期阶段，饥饿艺术家会愤怒得如同困兽般抓住笼子的栅栏开始张牙舞爪，这样就会吓跑"好心人"。对付这种突发状况，经纪人有一个惯常使用的惩罚手段。经纪人先真诚地向观众道歉，向他们承认，挨饿会使人焦躁易怒，腹中有食的人难以理解，由此请他们原谅饥饿艺术家的不当举止。然后经纪人会提及饥饿艺术家常常声称自己比演出期限还能饿得更久的事，说明挨饿会使人头脑发昏。经纪人会赞扬饥饿艺术家志存高远，有良好的愿望与自我克制的精神，尤其是饥饿艺术家能如此声称自己挨饿更久，更表明其自我克制精神可见一斑。接着经纪人会找出一些饥饿表演到第四十天时候的老照片，照片上的饥饿艺术家躺在床上，奄奄一息。照片却变成了反驳饥饿艺术家说法的有力证明，经纪人借此正好可以卖个好价钱。饥饿艺术家虽然已经熟知这一套路，每次碰到他们如此颠倒黑白，总使他焦躁愤怒，无法忍受，但也毫无办法。过早结束饥饿表演造成的后果，竟然被这些人当作结束表演的缘由！与愚昧做斗争，与愚昧的世界做斗争，只会徒劳无功。每次经纪人出面解释，饥饿艺术家开始还满怀希望、双手攀着栅栏认真倾听，等到经纪人拿出那些照片的时候，他总会松开双手，唉声叹气地跌坐到干草上。观众得到安抚，又围过来欣赏他的表演。

　　见过那些场面的观众如果几年以后回忆起这一幕来，常常自己也说不清、道不明。因为其间发生了前面提到过的"变化过程"，这个"变化过程"突如其来，大概有更深层次的原因，但是谁又愿意去追根究底呢？总之，也不知是从哪一天开始，喜欢尝新猎奇的观众潮丢下他们曾崇拜过的饥饿艺术家，涌向了别的表演。经纪人带着他走过半个欧洲大陆，一而再，再而三地尝试找回过去的荣光，但一切皆是徒劳，就像突然全世界都悄悄地、不约而同地厌弃了这种表演性的挨饿。事实上，这并非发生在一朝一夕。有些预兆早已出现，当年陶醉在无限风光里的他们不曾注意，现在才后知后觉地想起，但要采取什么弥补措施，却早为时已晚。虽然他们坚信，饥饿表演的春天还会回来，但是信仰却不会带来生活的安慰。饥饿艺术家现在该做些什么呢？作为一个曾经拥有过成千上万的鲜花和掌声的艺术家，饥饿艺术家怎么会改行换业，去集市的小舞台上演出？对饥饿艺术家来说，不仅仅是年龄的问题，而是他无法放下对饥饿事业的狂热追求。饥饿艺术家终究还是与其经纪人——他一度患难与共的伙伴——分道扬镳了，投身到一个大型的马戏团。为了不受刺激，饥饿艺术家都不敢瞥一眼合同条款。

　　铁打的马戏团，流水的马戏演员。马戏团数不清的演员、动物和器械用具，随时随地都能派上用场，饥饿艺术家也能派上用场，当然，为此他得接受马戏团开出的低廉价码。此外，马戏团能用上的不仅仅是饥饿艺术家这个人，而更是他这块有名的老牌子。这种饥饿表演独门绝活儿不会因年龄的增长而偷工减料，所以呀，绝不能说接受马戏团的聘任是一个过气的、不在能力巅峰的艺术家的逃避行为。恰恰相反，饥饿艺术家保证——这真不是夸夸其谈——他还能像以前那样结结实实地进行饥饿表演，不仅如此，他甚至还宣称，如果表演能按照他的意愿进行（马戏团爽快地答应了这一要求），那么他这一回将要真真正正地震惊全世界。饥饿艺术家因为这一宏愿早把当下的形势忘得一干二净，而行内人听了，不过付之一笑罢了。

　　事实上，饥饿艺术家算是看得清现实的。他的表演不会是什么重头戏，他的表演笼子不会放在舞台中央的聚光灯下，而是随意地放在外面观众路过能看到的地方——兽笼场边上。这一切，饥饿艺术家也坦然地接受了。笼子上放了一块广告牌，字体巨大，五颜六色，花里胡哨。马戏表演间歇的时候，人们争先恐后地涌到兽笼那边去看表演的动物，路过时，他们总免不了看一眼饥饿艺术家，在他的笼子前停一停脚。要不是走道太过狭窄，要不是队伍后急于看动物的人不满不明原因的堵塞，开始怨声载道地往前挤，让人根本无法安安静静、仔仔细细地欣赏饥饿艺术家的表演，也许人们还会在他的笼子前好好待上一会儿。饥饿艺术家以表演为人生目的，人潮蜂拥之际当然也是他期盼的时刻，但出于上述原因，一到演出间歇时间，他就开始吓得瑟瑟发抖。最初，饥饿艺术家总是急不可耐地期待马戏表演间歇，为人潮的涌动而激动万分。直到有一天，不管他之前如何坚持己见，如何用过去的经验自我麻醉，他都不得不承认，人潮的目的地不是他的笼子，他们不过是去看那些马戏表演而已，一再如此，毫无例外。饥饿艺术家还是远远地看着人潮汹涌来的那一刻比较好，因为，等人群靠近一些，饥饿艺术家的耳边就会充斥着两边人马之间的各种尖叫对骂声。喝骂一方是那些停下来慢悠悠地观看饥饿表演的人，他们并不懂什么是饥饿表演，不过是与另一方人故意作对罢了，这真令饥饿艺术家万分尴尬。喝骂的另一方当然是那些一心去看动物表演的人，一拨又一拨，你方唱罢我登场。这一大批人过去之后，匆匆赶来一些姗姗来迟的人，其实但凡他们有点儿兴趣，就能停下脚步看看饥饿艺术家的表演，反正也没人在后面不断催促了，可惜的是他们却大步流星，目不斜视，一心赶路，生怕没有时间去看动物表演。也有极少数幸运的时候，还会碰到一大家子来看饥饿艺术家的表演，父亲用手指着饥饿艺术家，详细认真地跟孩子解释他们看到的情况，对孩子讲述早年看饥饿表演的经历，那时的表演虽然相似，但场面之盛大，与现在有天壤之别。孩子不管在学校里还是在生活中都没有挨过饿，对大人的话始终一知半解，他们又能从哪里知道饥饿这回事呢？孩子那好奇求知的眼睛闪闪发光，让人对一个崭新的、即将到来的、更加仁慈的未来充满憧憬。有时，饥饿艺术家心里会想，要是表演的地方不那么靠近兽笼场就好了，那样情况肯定会好上一点儿。兽笼场离得那么近，观众会做什么选择可想而知了。更别提兽笼场臭气冲天，夜间动物闹腾，给猛兽送生肉块的动静，投食时的狂嘶乱叫，这一切让他不得安生，长期抑郁消沉。但是让他去跟马戏团领导投诉，他又心生胆怯了。不管怎么说，还得多谢那些动物表演才能有那么多人走过路过，路过的人中说不定就有一个是专程来看饥饿艺术家的呢，而且万一他一提，领导想到了他的存在，想到他——确切一点儿来说——不过是通往兽笼场的一个障碍罢了，那谁又能知道，领导会把饥饿艺术家的表演笼子挪到哪个角落里去呢？

只不过是一个小小的障碍，一个正变得越来越小的障碍。在如今这个时代，要是期待人们对饥饿艺术家能有什么关注，那简直是件怪事。而现在的人对怪事早已习以为常，见怪不怪了，饥饿艺术家的命运也早已被宣判了。饥饿艺术家再怎么忍饥挨饿，再怎么竭尽其能，也无法挽救他的命运了，人们对他已经熟视无睹了。去试一试跟人解释一下饥饿艺术吧！如果对方不能感同身受，那就是对牛弹琴。饥饿笼子上的漂亮大字变得越来越脏，模糊不清，不知哪天被撕了下来，也没有人想到换上新的。记录饥饿天数的数字牌起初还有人每天来更新，而现在牌子上的数字，也不知已经多久没有变更了，因为才过了几个星期，哪怕这个活儿无比微小，马戏团工人也已感到厌烦。这么一来，饥饿艺术家虽然实现了梦想，像他以前所宣称的那样、毫不费劲地、持续不断地表演下去，却没有人来计算他表演的天数，没有一个人知道，连饥饿艺术家自己都不知道，他的表演到底取得了什么成果，他开始身心疲惫。如果哪天有个无所事事的家伙在笼子前停下脚步，拿那个一成不变的数字玩笑逗乐，说那是骗人的鬼把戏，那么，这才是最最愚蠢的骗子把戏，只有没有心肠的、生来恶毒的骗子才想得出这样的谎言，因为饥饿艺术家一直兢兢业业，童叟无欺，而当下世人却昧下了该给他的报酬。

即便如此，饥饿艺术家仍坚持了很多天，而这样的坚持最后也结束了。有一天，有位看管人注意到那个饥饿表演的笼子，问他的仆人，为什么一个好端端的笼子闲置不用，而里边的谷草早已发霉变味，对此无人知晓。直到其中一个人看到了一旁的数字牌才想起了饥饿艺术家。他们用一根杆子拨开干草，在里面找到了饥饿艺术家。看管人问道："你还扛着饿呢？你究竟要扛到什么时候呢？"

"请大家原谅我吧。"饥饿艺术家的声音含糊不清，声若蚊蚋，看管人把耳朵贴到栅栏上才听懂了他的话。

“好的，我们原谅你。”看管人回答，并用手指了指额头，向仆人暗示饥饿艺术家已近疯癫。

饥饿艺术家说：“我一直想让你们钦佩我的表演。”

看管人迎合道：“我们很钦佩的。”。

“可是你们不该钦佩的。”饥饿艺术家回答。

看管人说：“好吧，那我们就不钦佩了，为什么我们就不该钦佩呢？”

饥饿艺术家说：“因为我是不得不为之，没有别的办法。”

看管人说：“瞧瞧，瞧瞧！你为什么就没有别的办法呢？”

“因为我，”饥饿艺术家稍稍抬起他瘦小的脑袋，像亲吻似的噘起嘴唇，贴近看管人的耳朵，来保证他的话不会被听岔听漏了，说，“因为我找不到我爱吃的食物。要是我能找到，请相信我，我不会以此表演为生，我会把肚子填得饱饱的，像你，像大家一样。”这几句话成了他的遗言，他那放大的瞳孔里最后留下的是不再骄傲却仍然坚定的信念：他将继续他的饥饿表演。

“快收拾一下！”看管人说完，仆人就把饥饿艺术家与干草一起匆匆埋葬。笼子腾出来关了一只年轻的黑豹，观众喜欢看这只野性未驯的家伙在闲置已久的笼子里翻来滚去，即使是最迟钝的人也觉得舒心不少。黑豹过着饮食无忧的日子，饲养员经常会把美味的食物送到黑豹嘴边，它看起来也不挂念野外的自由，它那优雅、雄健壮硕、随时能将人撕成碎片的身躯看起来就像拥有某种自由，这种自由似乎藏于利齿之间，它的乐趣似乎就在于张大嘴巴发出勇猛有力的吼声。观众对它的乐趣有些忍受不了，但他们克制住自己，把笼子围得水泄不通，还久久不愿离去。

法的门前

　　在法的门前站立着一个守门人。

　　一个从乡下来的人走到这个守门人跟前，请求他让他进入法的门里去。但是守门人说，现在不允许他这么做。乡下人想了想，然后又问道，那么以后可不可以让他进去法的门里。

　　守门人说："这有可能，但现在不行。"

　　因为通往法的大门一直敞开着，守门人又走到一边去了，乡下人便弯着腰，探着身子，向门里张望。守门人看到他这样做，笑着说，"如果你很想进去，那就不妨试试，暂且不要管我是否许可。不过你要注意了：我可是很厉害的，而且我只是一个最低级的守门人，从一个厅堂到另一个厅堂都驻守着守门人，而且一个比一个更厉害，就说第三座厅堂前的那位吧，连我都不敢正眼瞧他。"

　　乡下人没有料到会碰到这么多困难，他本来想，法律之门应该是每个人随时都可以进入，但是，他现在仔细地打量了一下穿着皮大衣的守门人，看着他那又大又尖的鼻子和又长又密又黑的鞑靼人似的胡子后，他便决定，还是等一等，得到人家允许再进去更好一些。

守门人给了他一个小矮凳，让他在大门旁坐下。

于是他就这样在那里坐着，日复一日，年复一年。在此期间他还多次尝试请求守门人让他进去，守门人也被弄得厌烦不堪。守门人时不时地也和他简短地聊上几句，问问他家里或其他情况，不过，都是一些无关痛痒的问题，提问题的口气非常冷漠，就好像那些大人物提问一样。到最后，守门人总是对他说，现在还不能放他进去。乡下人为这次旅行原本准备了很多东西，为了能讨好守门人，他把所有的东西都花光了，无论这些东西有多么贵重。守门人虽然把礼物都收下了，但每次总是说："我收下你的东西，是想让你觉得我办事周全。"

这些年来，乡下人差不多一刻不停地观察着这个守门人。他忘记了还有其他的守门人，对他而言，似乎这第一个守门人就是他进入法的大门的唯一障碍。

最初几年，他还大声地咒骂自己的不幸遭遇，后来，他渐渐老了，就只能独自嘟囔几句。他甚至变得孩子气起来，因为在对守门人的多年观察中，他对守门人皮领子上的跳蚤都熟悉了，他想请求跳蚤来帮助他，说服守门人改变主意。最后，他的视力变

94

差了，他不清楚是他的周围世界真的变暗了还是只是他的眼睛在欺骗他。可是，就在这黑暗中，他却清清楚楚地看到一束从法的大门里射出来的永不熄灭的亮光。

现在他生命垂危，命不久矣。在临死之前，过往经历纷纷涌现在他的脑海里，汇集成一个迄今为止他还不曾向守门人提出过的问题。他向守门人招了招手，示意他过来，因为他那僵硬的身体再也站立不起来了。守门人不得不向他俯下身体，俯得很低才能听到他说话，因为这两个人的身高差别太大显得对乡下人尤为不利。

守门人问："事已至此，你现在还想知道些什么？你这个人真不知足。"

乡下人答："所有的人都向往法律，可是，为什么这么多年来，除了我以外就没有其他人要求进去呢？"

守门人看出乡下人到了弥留之际，为了让他那渐渐消失的听觉还能听清楚，便在他耳边大声吼道："这道门别人都不得进入，因为它是专为你而开的。现在我要去把它关上了。"

在流放地

"这是一台奇特的机器。"军官以一种赞叹的目光看着那台他早已了如指掌的刑罚机器,对来考察的旅行者这样说道。司令官要求带着旅行者全程展示,参观他们是如何对一个不遵守命令、侮辱上级的士兵进行惩罚的,在此种情况下,旅行者无法推却,只能跟随军官参观。在整个流放岛上,能对此种刑罚感兴趣的人并不多见。在这个周遭满是光秃石壁、一地沙土、窄小的山坳里,除了军官和旅行者之外,还有那个被判刑的反应迟钝、蓬头垢面、张着大嘴的犯人和手里拉着一根沉重铁链的士兵,铁链的另一头分出几根较细的链条,分别锁住了犯人的脚踝、手腕和脖子。犯人看起来像是一条被驯服的狗,即便是让他在山野间自由地乱跑,但只要士兵在行刑前吹一吹口哨,他一听到声音就会自己跑回来。

旅行者对这台机器并无多大兴趣,心不在焉地跟在犯人后面随意地晃来晃去。而军官则在努力完成最后的准备工作，他一会儿钻进深埋在地下的机器基座里，一会儿爬上梯子检查机器的地面设备。军官兴致盎然地做着这些本来属于机械师完成的工作，也许是因为他自己已经是这台机器的一个忠实的追随者了，也许是出于其他原因他认为这些工作不能假手他人。"一切准备就绪！"他终于喊道，然后从梯子上爬了下来。他看上去疲惫不堪，嘴巴张着，气喘吁吁，军装领子里还塞了两块柔软的女式手帕。"在这个炎热地带，这身军装太厚了。"旅行者说道，但他并没有按照军官所想的那样询问有关机器的事。"确实如此，"军官一边在一个事先准备好的水桶里搓去手上的油污，一边回答道，"但是它代表着故乡，我们不愿失去故乡。现在，请一起来看看这台机器吧。"紧接着，他一边用毛巾擦着手，一边指着机器说："之前这台机器还需要一些人手来帮忙，但现在，它完全能够自动工作了。"旅行者点了点头，跟着军官走动。为了不留口误，军官接着说："当然偶尔也会有些故障的，虽然我希望今天不要发生任何故障，但是，总要有心理准备。这台机器接下来要不间断地工作十二个小时呢，即使会出现故障，也是一些非常小的故障，能立即被排除就好。"

　　然后，他从一摞藤椅里拉出一把递给旅行者，问道："您不坐坐吗？"旅行者不好推辞，只能从命。他坐的地方正好在土坑边上，他小心翼翼地往坑里瞟了一眼，只见那土坑并不是很深。

土坑的一边堆着从坑里挖出来的泥土，另一边就是那台机器。"我不清楚，"军官说，"司令官有没有跟您讲解过这台机器。"旅行者做了个一无所知的手势，对军官来说，这正中下怀，因为这下他能亲自讲解一番了。他握住一根操纵连杆支撑着身体说道："这台机器是我们老司令官的一项发明，从最初机器实验到竣工，我全程参与了所有的工作。但是，这项发明却完完全全是他的功劳。您听说过我们的老司令官吗？没有？这么说吧，如果我说，整个流放岛的设施都是他的作品，这并非言过其实。我们作为他的朋友，在他去世的时候就知道，这个岛上的设施是自成一体的，不管他的继任者心中有多少新计划，他留下的这一切，至少多年内，谁也不能做分毫变动。我们的预言也得到了应验，新司令官得承认这一点。您不认识老司令官，真是遗憾！——但是，"说到这里，军官停顿了一下，"我把话题扯远了，看，他的机器就在我们眼前。如您所见，它由三个部分组成。这些年来，每一个组成部分都有名字。下面的部分叫'床'，上面的部分叫'绘图机'，而这儿中间悬着的部分叫'耙子'。""耙子？"旅行者问道，他听得并不认真，头顶炙热的太阳正烘烤着这片毫无遮蔽的山谷，酷热的天气让人精神涣散。正因如此，他看着军官一身隆重的正式军礼服，扛着沉甸甸的肩章，缠着满身的绦带，依然讲得眉飞色舞，而且还一边讲，一边用一个扳手时不时地这儿那儿地紧一紧螺丝，心中觉得惊奇。那位士兵看起来与旅行者的情况差不多，他把连着犯人的铁链缠在两只手腕上，挂着自己的步枪，垂着头，旁若无人地打起了瞌睡。对此，旅行者毫不奇怪，因为军官讲的是法语，不管是士兵还是犯人，他们都听不懂法语。所以，犯人那么努力地试图跟上军官的讲解，就更加让人觉得奇怪了。军官指向哪儿，他就抬起睡意蒙眬的目光看向哪儿。所以，当旅行者的提问打断军官的讲解时，他和军官一样，转头看向了旅行者。

"对，就是耙子。"军官说道，"这个名字很恰当，那些针像耙子一样排列整齐，且整个工作流程也像耙子一样，只不过它在原地工作，更具艺术性。您马上就能明白我的意思了，在这里我们要让犯人平趴在这张床上。——我是想讲一讲这台机器，我们是如何让它自己按程序工作的，这样您就能看得更加明白。还有，绘图机里有一个磨损严重的齿轮，机器工作时会有轰鸣声，人们会听不清说话的声音，但在这里，难以找到合适的机器替代品。——好了，我们继续。这儿是床，我刚才说过了，这儿上上下下都垫了一层棉絮，这样做的目的您待会儿就能看到。犯人要腹部朝下趴在棉絮上，当然要脱掉身上的衣服，这个皮带用来固定双手，下面这个固定双脚，这个固定颈部。床头的这个地方，我刚才说过了，犯人脸朝下趴上去，那么，这个小小的毡团，这个东西调节起来很方便，正好能够塞进犯人的嘴里。这个毡团可以减小犯人的喊叫声，避免咬到舌头。当然，趴在上面的犯人也

99

要配合，不然的话，颈部的皮带会把他的颈椎折断的。""这是棉絮？"旅行者探过身去问道。"对，没错！"军官笑着说，"您摸摸看。"他拉过旅行者的手，向床上伸过去。"这是一种特制棉絮，不易辨认，关于棉絮的作用，我等下再作解释。"旅行者开始对这台机器萌发了一点儿兴趣，他把手抬到眼睛上方遮住太阳，顺着机器往高处看去。这是一个庞然大物，"床"与"绘图机"一般大小，看上去像两个黑黝黝的大箱子。绘图机挂在离床上方大约两米的地方，两者的四角连接着四根铜柱，在太阳下闪闪发光。在这两个大箱子之间有一根钢索，上面吊着"耙子"。

军官几乎没有察觉到旅行者先前的漫不经心，但是却实打实地感觉到了他刚刚冒头的兴趣，因此，他暂时停下讲解，以便旅行者能有足够的时间好好观察。那个犯人则跟着旅行者有样学样，但他无法抬手遮阳，只好眯着眼望向机器高处。

"那么，机器上面的人得趴好了。"旅行者说着，直起身子靠在椅背上，跷起了二郎腿。

"是的，"军官往后推了推帽子，用手在滚烫的脸上摸了一把，说道，"您可听仔细了！不管是床，还是绘图机，它们都有自己独立的驱动电池，床本身需要一个独立电池，绘图机的电池还供应着耙子的电力。上面的犯人一旦固定好，床就会开始工作起来。机器以微小的幅度，但却以极快的频率同时朝上下左右四个方向颤动，您肯定在医院里见到过类似的装置。不过，我们这张'床'的一切运作都经过精确计算，这说来就有点儿尴尬了，'床'的运行必须根据'耙子'的运行做调整，而'耙子'的运行则由判决如何执行来决定。"

"这次到底是怎么判的？"旅行者问道。"您连这都不知道吗？"军官咬了咬嘴唇，吃惊地说道，"对不起，我的讲解可能有些前后颠倒了，请您千万原谅！以前，此类讲解是司令官的职责，但是新任司令官却不履行这项光荣的义务，即便如您这般尊贵的客人到访。"旅行者一听"尊贵"二字就连连摆手，但是军官却仍然没有改变用词。"像您如此尊贵的客人来访，他竟然连我们这次审判的形式都没告知，这又是出的什么幺蛾子，这真是——"他气得差点儿破口大骂起来，但是又生生打住了，只说道，"没人告诉我这些，也错不在我。再说了，说到讲解我们的审判方式，我才是最有权威的，因为我这里有老司令官曾经手绘的机器使用说明书。"他拍了拍胸前的衣袋。

"老司令官亲手绘制的说明书？"旅行者问道，"那他岂不是一个全才，当过士兵，干过法官，还是设计师、化学家、绘图家？"

"没错。"军官目光凝滞，想了想点头说道。然后，他用审视的目光看了看自己的双手，他觉得自己的手还不够干净，不能去碰那些说明书，于是走到水桶边，又认真地洗了洗双手。接着，他取出一个小皮夹，说道："我们的判决听起来并不严格，机器用耙子在犯人的身体上写下那条他们所违反的戒律。比如，这个犯人，"军官指向那个犯人，"他的身体上将会被写上：服从上级！"

　　旅行者飞快地朝那个人瞟了一眼，军官指向他的时候，那人正垂着头，竖起耳朵，全神贯注地想听明白些什么。但是，很显然，从他那紧紧抿在一起的又宽又厚的嘴唇就可以看出，他什么也没能听明白。旅行者看着那个犯人，心中虽有千般疑问，但只问道："对他的判决他知道吗？""不知道。"军官说完就要接着开始他的讲解，却被旅行者打断了，"他不知道自己被判的什么罪？""不知道，"军官再次回答道，他停顿了片刻，似乎要问旅行者为什么要这么问，但还是说，"把判决告诉他毫无意义，反正，接下来他从他身上就能知道这个答案。"旅行者本想闭口不问，突然察觉到犯人投向他的目光，似乎在请求是否可以帮忙问一问之前讲解过的那一套程序。于是旅行者向前倾了倾身子，继续问道："既然判决都下来了，他总是知道的吧？""也不知道。"军官说着朝旅行者笑了笑，好像就知道他会提出一些千奇百怪的问题。旅行者抬手摸了摸额头，说道："是这样啊，那么也就是说，即使到了现在这个时候，他也不知道辩护有什么结果？""他从来就没有辩护的机会。"军官看着别处，似乎在自言自语，又像是不希望别人看到他尴尬的样子。"他总得有一个为自己辩护的机会啊！"旅行者说着从椅子上站了起来。

军官意识到，再这么拖延下去，将会影响他继续讲解机器。于是，他走向旅行者，一只手挽着他，另一只手指着犯人（犯人已经明显地感觉到大家的焦点集中在他的身上，笔直地站着——那个士兵也紧紧拉住手上的铁链），说道："事情是这样的，我被任命为这个流放岛上的法官。虽然那时候我年纪尚小，但是由于我旁观了老司令官的所有刑罚事宜，所以对这台机器也最了解。我行事的基本准则是：罪行总是不容置疑的，这个基本准则在别的法庭上是行不通的，因为他们的法庭上有很多个法官，而且法庭之上还有更高一级的法庭。在这儿就完全不是那么回事，或者说，至少在老司令官治理下不是那样的。我知道，现在这位新任司令官有意要插手我的法庭，但是迄今为止，我没有让他如愿，以后也不会。——您是要了解这桩案子吧？它与其他所有案件一样简单明了。今天早晨，有位上尉来报案，称这个人是分配给他当勤务兵的，铺位就在他的门前，但是这个人却在执行任务的时候睡着了。他的任务是每个小时在正点的时候去上尉的门口立正敬礼，这不是什么繁重的任务，但绝对是必要的，因为他既担着守卫职责，也负责着勤务，必须随时保持清醒。昨夜，上尉想要检查一下这个勤务兵是否尽忠职守，半夜两点钟声敲过后，他打开门，看见勤务兵蜷成一团睡得正香，就取过马鞭，当头打在他的脸上。这个勤务兵非但不起来求饶，还抱着他上司的双腿，一边摇晃一边大喊：'放下鞭子，不然我咬死你。'——事情的经过就是这样。一个小时前，那位上尉前来报的案，我录完他所诉案情就立刻下了判决，随后就让人用链子把这个人拷了过来，事情经过就是这样。如果我事先传唤这个人，再问一次他的口供，那只会让事情复杂化。他会撒谎，就算这个谎言能被我成功揭穿，他也还会接着再撒另一个谎来弥补，没完没了。现在他在我的手上，我不会给他撒谎的机会了。——您看，案情这样清楚了吧？时间过得好快啊，犯人行刑的时间早就到了，可我还没有把这个机器讲解完呢。"他把旅行者送回到椅子上，一边走向机器一边继续讲解道："请看，这个耙子的形状与人体一致，这儿是对应上半身的耙针，这儿是双腿的耙针，这根小小的刺针是专门为头部设计的，这些能看清楚吗？"他朝旅行者亲切地弯下腰，准备再做一番更加详尽的讲解。

旅行者看着耙子皱起了眉头，他对军官有关审判程序的那番表述并不满意，但是他心里明白，也一直在提醒自己，这是一个流放岛，存在一些特殊的审判规则无可厚非，行为处事的方式按照军规执行也理所当然。他寄托了些许希望在新任的司令官身上，因为现在看来，这个军官的思想已经固化，不可能接受新的执法程序，而流放岛的新任司令官却在有意慢慢地引进一个新的审判程序。想到这里，旅行者问道："司令官会来行刑现场吗？""这个不确定。"军官说，这个回答过于直白，让他感到有些尴尬，脸上表情也有点儿挂不住了，"正因如此我们才要抓紧时间继续。这下我还不得不压缩一下我的讲解内容，真是非常遗憾啊。不过，等行刑结束机器打扫干净后——机器每次工作之后都会被弄得很脏，这是它唯一的缺点——明天我还可以再详细地向您讲解。但是现在我只说最要紧的，犯人在床上趴好以后，床就会开始颤动，耙子会下降到躯体之上不断地调节高度，只让针尖接触到躯体，等到高度调节完毕之后，这根钢索就会立即紧紧绷起，变成一根钢条。这时，好戏就开始了。没有听过讲解的人是看不出这跟刑罚之间有什么联系或者区别的。耙子的运行看上去似乎是一成不变的，耙子颤动着将针尖刺入犯人的躯体，这个时候被固定在床上的躯体也同时在颤动。为了方便大家监督刑罚的执行，耙子是由玻璃制成。固定那些玻璃耙针在技术上是有一些困难的，但是之前经过多次试验，终于成功安装并使用。任何麻烦在我们这都不是问题，如今，每个人都能透过玻璃看到那条戒律是如何被刻入犯人躯体的，您何不走近点儿看看这些耙针？"

旅行者慢慢站起来，走到耙子边上，弯下腰去。"您请看，"军官说，"两种不同的耙针按不同顺序排列着，每根长的耙针边上都有一根短的。长的那根刺写，短的那根喷水冲血，这样就能一直清晰地看到那条戒律，而血水则会顺着这条小槽汇流到主槽，最终经主槽的下水管流到这个土坑里。"军官用手准确地描绘着血水流过的地方，当他讲到下水管出水口的时候，为了更加形象地描述，他用双手比画起出水的样子。旅行者抬起头，用手向后摸索着，想回到椅子那儿去。这时，他惊奇地发现，那个犯人也跟过来仔细地打量着耙子的构造，他把铁链另一头那个睡眼惺忪的士兵扯得身子前倾着。犯人来到玻璃耙子上方，弯腰端详。看得出来，他那飘忽不定的眼神急着想寻找他们刚才所观察的东西，也看得出来，由于他并不明白刚才的讲解，他的寻找徒劳无功，但他始终盯着玻璃耙子，一会儿到这儿弯下腰找找，一会儿到那儿弯下腰看看。旅行者想把他从那儿赶回去，因为他认为这个行为很有可能是违法的。但是军官却用一只手攮住了旅行者，然后用另一只手从土堆上抓起一个硬土块扔向那个士兵。那个士兵顿时一激灵睁开双眼，看见犯人胆敢在不该在的地方做不该做的事，急忙扔下步枪，猛地一脚将靴子踩进土里，用力拉扯手上的铁链，将犯人一把扯倒在地上，然后居高临下地看着他蠕动挣扎，铁链子不断叮当作响。"把他拉起来！"军官意识到犯人带偏了旅行者的注意力，于是喊了一声。旅行者想去看犯人的情况，直起了身子，眼看就要离开耙子边上对耙子不再过问。"待他好一点儿！"军官又喊了一句，他沿着机器绕了过去，亲自攮着犯人的腋下想要扶起他，可是犯人的脚总是在地上打滑，在士兵的帮助下，军官总算是把他扶了起来。

　　"现在我一切都明白了。"旅行者等军官一回到身边就直接说道。"我还有最重要的没说，"军官拽着旅行者的手臂指向高处，说道，"那儿，绘图机里有控制耙子运行的齿轮装置，根据判决的具体内容，齿轮装置会按照图纸要求进行不同的组合工作。我现在还一直在使用老司令官的图纸，就是这些！"说着他从那个皮夹里取出几张纸来。"请原谅我不能将它们交到您的手上，因为在我拥有的东西里面，它们是最最珍贵的。您请坐，我这就放在您的面前给您展示，就这个距离，您也能把一切看得明明白白的。"他展示了第一页。旅行者很想从图上看出点儿什么，但他在纸上只看到一根根迷宫似的、纵横交错的线条。那些线条密密麻麻，中间想找个空白处都很不容易。"您请看。"军官说。"我看不懂。"旅行者回答。"很清楚的啊。"军官又说。"这个极具艺术性，"旅行者委婉地说道，"我无法解读。""对啦，"军官一边把皮夹塞回去，一边笑着说道，"这可不是给小学生读的样板花体字，得花点儿时间好好钻研一番才行，然后您也一定可以认出这些字的。使用简单的字体当然是不行的，刑罚不能一击毙命，而是要控制在平均十二个小时的时间之内完成。其中第六个小时是预设的转折点，要有很多很多的装饰性笔画围绕着戒语展开，戒语只是在躯体上形成一条窄窄的带状痕迹，而躯体的其他部分则是用来文刻这些装饰性笔画的。现在您能明白耙子，以及这整台机器工作的神奇之处了吧？——请您看好了呀！"他跳上梯子，转动一个齿轮，朝旅行者喊道："注意了，请往边上去！"然后整台机器就开始动了起来，要不是那个齿轮嘎嘎地响个不停，一切就完美极了。军官似乎被那个嘎嘎作响的齿轮惊了一下，对着齿轮狠狠地挥了挥拳头，然后万分歉疚地朝旅行者张了张双臂，接着急急忙忙爬下来。他想从下方观察一下机器运转的情况，根据他的经验，机器不正常的地方他是可以注意到的，也确实有地方不正常。接着他又爬了上去，双手在绘图机的内部掰了掰，然后顾不上梯子，直接沿着一根杆子迅速地从上面滑了下来。由于噪声实在太大，为了让对方听见，他很紧张地对着旅行者大声地喊道："您可以想象一下这个工作程序吗？当耙子在犯人的背上刺写完第一遍戒语之后，这层棉絮就会卷起来，让犯人的身体可以慢慢地翻转过去侧躺着，这样耙子可以在新的地方进行下去。棉絮是根据特殊工艺制作而成，恰好敷在刺写戒条的地方，能迅速给伤口止血，为下一轮更深入的刺写做好准备。然后，耙子边上的这些尖锐的突起，就是这儿，它们能随着身体连续的翻动将伤口上的棉絮扯下来，再根据惯性扔到土坑里，耙子接着继续工作。如此反复刺写十二个小时，一遍比一遍刺得更深。前六个小时，犯人的生命不会有什么影响，只不过身体有一些痛罢了。两个小时之后，这层棉絮会被取下，机器上的犯人这个时候也没有力气再喊叫了。请看，床头这里有个食盆，盆里会放点儿热粥，可以用电加热保温，行刑的犯人想吃就能吃，不过要费点儿劲只能用舌头舔着吃，能吃到多少算多少，没有人不珍惜这个机会。行刑的场面我经历得多了，还从来没见过哪个犯人不珍惜这个机会。

六个小时的刺写过后，机器上的犯人才会失去进食的欲望。我一般会在这个位置蹲下，仔细观察这个现象。最后一口，很少有能咽得下去的，只会在嘴里咕哝几下，然后就会吐出来，吐进土坑里。这时，我得矮着身子，不然会全吐在我脸上。六个小时之后，犯人变得那个安静啊！再愚蠢的人也会变得聪明起来。这个变化从眼睛开始不断蔓延开来，这个眼神真是魅力无穷，诱得人都想与他一起躺到耙子下去。接下来犯人不会有什么大的动静，他们会辨认起那条戒语，尖尖地噘起嘴巴，好像在听那条戒律一样。您也看见了，那些戒语，光用眼睛看，是很难分辨出来的，但是我们的犯人，用自己的伤口就能分辨出来。这个工作量非常大，需要用六个小时的工夫才能完成。到最后，耙子已经完全刺透犯人身体，他会被耙子串起来，直接扔进土坑里，啪的一声，落在血水和棉絮之中。如此，刑罚就结束了。这个时候，我和那个士兵会把土坑快速埋上。"

旅行者双手插在大衣口袋里，一边侧身倾听军官讲解，一边看着机器运转。那个犯人也在一旁看着，显然什么都没明白。他的身体微微向前倾斜，认真地看着那些晃来晃去的耙针。这个时候，那个士兵看到军官的命令手势，随即用一把匕首从犯人身后把犯人的衬衫和裤子割开，衣服从身上滑落下来，犯人想伸手去捡地上的衣服，遮住光溜溜的身体，可是却被那个士兵一把扛起，结果他身上最后的布块抖落到地上。军官关了机器，四周瞬间安静，犯人被士兵扛到床上。他身上的铁链被取下来，换上用来固定身体的皮带。远远看去，犯人好像轻松舒服了一点儿。因为这个犯人比较瘦，机器上的耙子只好又往下降了一截。针尖下行触及他的身体，就像一阵暴雨打在他的皮肤上。他的右手被士兵牢牢抓着，只能使劲地伸出左手拼命乱抓，但又不知往哪儿抓才好，可也恰好伸到旅行者所站的方向。军官站在一旁密切关注着旅行者的一举一动，他已经将行刑过程讲了个大概。现在，他看着旅行者的脸似乎在期待着什么。

很不巧，用来固定犯人手腕的那根皮带突然断了，可能是士兵刚才拉得太过用力了。士兵举起断了的皮带向军官求助。军官一边朝他走过去，一边转头对旅行者说："这台机器有太多地方是拼拼凑凑的，少不了这里断点儿什么，那里坏点儿什么，这在行刑过程中司空见惯，请不用为此担心，况且替代皮带的东西很好找，我用这条铁链就行。只不过犯人在翻身转动的时候，会影响右侧手臂的舒适度。"安装铁链的时候，他接着说："保养这台机器的物资，现在很有限了。老司令官还在的时候，曾有一个专门为此而设的小仓库，我可以随用随取。岛上曾有一个装备库，里面存有各种各样的配件。我承认，在这方面我是有点儿大手大脚了，我指的是从前，不是现在。总之新司令官是这么说的，这只是他用来反对旧设施维修的一个借口罢了。现在好了，他自己管起了这个机器小仓库，我要是让人去取一条新的皮带，他就要我

110

这边带人出这个断掉的证明，然后新的皮带要过十天才能领到，还是质量最差的那种，不怎么中用。至于没有皮带的这段时间里，我该怎么保持机器正常运转，这就乏人问津了。"

旅行者心里盘算着：对别人的事务指手画脚总显得不合时宜。他既不是这个流放岛上的一员，也非这个流放岛所属国家的公民，要是对这个行刑过程妄加评判，甚至出手制止，那么就会有人说：你不过是个外人，住嘴！被人这么说了，他还无法反驳，到时只能补充性地解释，说他本人也不明白此事，此行的目的不过是为了观察，而绝不是为了改变别人的司法程序。可是，眼下发生的事情却太具有迷惑性了，该刑罚的司法程序中暴露的不公平、不人道是毋庸置疑的。实际上没人会怀疑旅行者会有什么私心，因为那个犯人他既不认识，也不是他的一国同胞，甚至连同情都是他的一厢情愿。

凭着多个高级部门的介绍，旅行者在这儿才受到了极其热情的接待。至于他被邀请来参观这一场刑罚，在某种程度上可能意味着他本人对这个法庭的看法也是被某些人所期许的。这种可能性看起来非常大，因为他听到这位军官有根有据地说起现任司令官对这个司法程序并不赞成，甚至在这个问题上，与军官站在两个几乎敌对的立场上。

这时，旅行者听到军官发出一声愤怒的喊声。原来，他刚刚好不容易才把毡团塞进犯人的嘴里，可是犯人受到毡团的刺激起了恶心反应，双眼一闭就呕吐了起来。军官急忙拉出毡团，稍稍抬高犯人的头，想要把他的头转向土坑。可是已经来不及了，犯人呕吐出来的污秽已经流了一床一地。"这一切都是拜司令官所赐！"军官一边喊道，一边不受控制地捶起了铜柱。"这下好了，机器被糟蹋得像猪圈一样。"他颤抖着双手向旅行者讲述了之前事情的经过，"我曾向司令官再三强调，希望他明白，犯人行刑前一天是不能进食的。可是新的温和派却持有不同的意见，司令部的那些女士，不给这个人清肠也就算了，还给他吃了满肚子的甜食。他这一生本靠着那些又腥又臭的鱼活命，而现在却吃了这么多又香又甜的食物！好吧，这也就算了，我也没有什么可反对的，但是为什么不给我一个新的毡团呢，我这三个月以来一直在请求这一件事情。这个毡团，已经有一百多号人在行刑中吮吸嘶叫过了，放在嘴里，想想谁又会不恶心呢？"

犯人这会儿已经趴好，看起来舒服多了。士兵则忙着用犯人的衬衫擦拭机器。军官向旅行者走去，旅行者似乎预料到了什么，下意识地向后退了一步，可是军官却抓住他的一只手把他拉到一边，"我有几句话想跟您私底下说说。"他说道，"可以吗？""当然。"旅行者说着垂下眼睛倾听起来。

"您今天有机会参观并为之赞叹的这个司法程序和这样的行刑方式，近来我们岛上已经没有公开的拥护者了。我是他们中唯一的代表，同时也是老司令官遗产的唯一代理人。对于延续发展这个司法程序，我已经不抱幻想了。我竭尽全力也只能维持现有的局面。老司令官还活着的时候，全岛皆是他的追随者。老司令官的信服力，我自诩有其几分，但论及他的威望，我却一分也无，如此一来，那些追随者都隐蔽起来，他们人数虽然众多，但是都宁愿做缩头乌龟。在今天这样一个行刑的日子，如果您愿意，可以到茶馆去仔细打听，也许会听到一些模棱两可的言论。现在，我请问：这样一项毕生的杰作，"他指向机器说，"该不该因为这个司令官，以及他的那些女人而毁于一旦？我们能袖手旁观吗？就算是作为一个在我们这个岛上仅仅逗留几天的外人，能无视吗？必须争分夺秒，他们已经在着手准备推翻我的法庭审判资格，司令部里已经开了咨询会，而我却没有被召集参与，甚至您今天的到访对我来说都像是表明了他们的态度。这是自己胆怯就把您一个外人推出来。——放在以前，行刑的景象可完全不同啊！早在行刑的前一天，这山谷就人山人海了，都是前来看热闹的。一大早，老司令官和他的女士们就来了，军号震醒了整个军营。我会向长官们报告一切已准备就绪，所有的高衔军官必须出席，机器周围的观众席上整整齐齐坐满了人，这几摞藤椅不过是那个时候留下来的可怜的零头罢了。机器行刑前被擦拭得锃光瓦亮，几乎每次行刑过后我都要更换一些零件，观众都踮着脚排到了那边的山岗上。在成百上千双眼睛的注视下，老司令官亲手把犯人放到耙子下。而今天这个不入流的士兵所做的工作，当时可是我这个法庭主席的工作，我为之引以为荣啊。行刑的时刻终于到来了！没有不和谐的声音扰乱机器的运行。有些人这时候就不会再盯着看了，而是闭上眼睛在沙地上躺下来倾听。大家都明白，彰显正义的时候到了。一片静寂中耳边只传来犯人那一声声被毡团压低了的呻吟叹息，那个时候，机器能使犯人发出的呻吟声比毡团所能压制住的更大。如今，这台机器再也做不到了，那个时候，耙针的针尖上还可以滴出一种腐蚀性的液体，如今这种液体也不允许使用了。行刑到了第六个小时，那时候，要求近距离观看的人比比皆是，但是根本不可能满足那么多人的请求。司令官英明地决定，孩子们优先。而我呢，由于职业的优越，总能一直陪在左右，我常常一边搂着两个孩子在那儿蹲着。我们是多么幸福地享受着那一张张痛苦变形的脸，我们挂着脸颊，多么醉心地沐浴在这终于到来却又即将逝去的正义之光中！那是怎样的时光啊，我的同胞们！"军官沉浸其中，显然忘了站在他面前的是谁。他拥抱着旅行者，把头靠在他的肩膀上。旅行者尴尬局促极了，他的目光越过军官，焦急地向远处看去。士兵已经结束了他的清洁工作，正把米粥从一个罐子里往食盆里倒。犯人好像已经完全恢复过来，他不管不顾地伸长了舌头开始舔食米粥。士兵一再把他的头推开，因为这粥可是为下一刑罚阶段准备的。士兵在贪婪的犯人面前，用脏兮兮的手伸进食盆里舀食。

军官很快回过神来，"我并非想要您的同情，"他说，"我知道，如今是不可能再回到往日的盛况了，可总算这台机器还能工作，还能自己运转。即使它孤零零地站在这山坳里，也能独自运转。尸体最后还会被抛起来，沿着迷人的弧线掉落到土坑里，如往日一般。唯一不同的是，再也没有像苍蝇一样聚集在土坑周围的成百上千的人了。以前，我们还不得不在土坑边安置一圈结实的栏杆，现在栏杆早就被拆了。"

旅行者不想与军官面对面地站着，于是漫无目的地看向四周，军官却以为他在打量荒凉的山坳。为此，他攥住旅行者的手，追着他的目光，移步上来问道："您也注意到这不光彩之处了吧？"

旅行者沉默着没有理会他，军官陪着他沉默了一小会儿，他双腿叉开，双手叉在腰上，低着头静静地站着。过会儿他向旅行者露出鼓励的微笑，说道："昨天司令官向您做出邀请的时候，我就在您的附近。我听到了他的邀请，我太了解司令官了。做出这个邀请有何用意，我当即就心知肚明了。可是就算他手上有足够大的权力来对付我，他也还不敢随意地使出来，只能先让我领教一下您这位有声望的外人的评价，他做这番打算也算是煞费苦心了。这是您来我们岛上的第二天，您对老司令官，以及他的思想理念一无所知，您奉行欧洲式的思想，也许您根本就是一个反对所有死刑方式的人，尤其是反对这种机器行刑方式。如您所见，此次行刑并没有公众参与，真够遗憾的，行刑的机器还有所

115

损坏——那么综上所述，我的司法程序一定是错误的。您会做出这样的判断，一定不难预见吧？（司令官肯定如此作想。）如果您觉得这是错误的（我还是在表达司令官的想法），您是不会保持沉默的，因为您对自己多方验证得出的判断一定深信不疑。不过，不同民族的不同特点，您一定见识了很多，也一定多有尊重，所以，您也许不会像在您的家乡那般行事，不会全力以赴地反对这个司法程序。实际上司令官也完全不需要您这样去做，轻飘飘的、漫不经心的一句话足矣。这句话甚至都不必是您深信不疑的，只要看上去迎合他的期望就行。我敢肯定，他一定会想方设法地盘问您，他的女士们会在旁边围坐成一圈竖起耳朵听。您可能会说些诸如'我们那儿的司法程序与此不同'，或者'我们那儿，审判前要听被起诉人的口供'，又或'我们那儿，只有中世纪才存在虐刑'之类的话。所有这些评论在您这里毫无疑问，也千真万确，评论无过错，也不会对我的司法程序造成什么冲击。但是这些话要是听在司令官的耳朵里会是怎么样呢？请让我想象一下。他，一个充当好人的司令官，立刻把椅子一推，快步地跑到阳台上去。我能猜想到，他的女士们跟在他身后蜂拥而至的样子，我还能想象到他那时的声音——女士们称之为雷霆之声——然后他会声称'一位伟大的西方学者受命来审查各国司法程序，他刚刚提到，我们所沿用的旧的司法程序是不人道的，这样一位伟大的人做出了这样的判断，我自然不能让这个司法程序再继续沿用下去了。那么，我命令，从今往后……'等等。您请思量下，他所声称的并不是您本来的言论，您没有说过我的司法程序是不人道的话，恰恰相反，依照您的真知灼见，您认为它最为人道，最符合人的尊严，您也非常欣赏这台机器——可是要阻止这一切，已经太晚了。您根本上不了阳台，那里已经挤满了那些女士，若您想要引起大家的注意，想要呼喊，必然会有一位女士伸手捂住您的嘴巴——而我与老司令官的毕生之作呢，则彻底输了。"

旅行者不得不使劲忍住笑意，他本来觉得异常难答的问题，原来竟然如此轻松简单。他委婉地说："您高估了我的影响力，司令官看了我的介绍信，他很清楚，我对司法类的程序并不熟悉。如果我要陈述什么想法观点，那也只是一个普通人的想法或观点，与其他普通大众的想法或观点并无不同，总之，比之司令官来，我的想法无足轻重。我相信，在这个流放岛上，他的权力是至高无上的。如果他对此司法程序所持的态度确实如您所猜想那般，那么我觉得，恐怕无须我这点儿微薄之力，这个司法程序的末日也要到来了。"

军官听明白了吗？他还是没弄明白，他用力摇了摇头，回头朝犯人和士兵看了一眼，把那两个人都吓了一跳，犯人连米粥也不敢再吃了。他走过去紧挨着旅行者，却不去看他的眼睛，而是看着自己的军装，并降低了声音，说道："您不了解司令官，首先请原谅我的措辞，对他以及我们所有人而言，在某种程度上，您是没有威胁性的。请相信您的影响力再怎么高估都不为过，当我听到您将独自一人参观行刑现场的时候，我心里是非常高兴的。司令官的这个命令本来是冲着我来的，可是，我要借此反败为胜。要是出席的人多了，就免不了有些虚伪的闲言碎语和无礼轻视的目光。现在，您却完全不受干扰地听完了我的讲解，参观完了这台机器，接下来也请您做好参观行刑过程的准备。您一定已经有了某种判断，若是还有些小小的疑虑之处，那么，就让它们消失在参观过程中吧。好了，我现在向您请求：帮我对抗司令官吧！"

旅行者打断了他的话。"这我哪有能力办到！"他脱口喊道，"这是完全不可能的。我既妨碍不了您，也帮不了您。"

"您可以的。"军官说。旅行者看到军官挥舞起了拳头，心下稍稍有些担忧。"您能的。"军官用急躁的语气又重复了一遍。"我有一个计划，这个计划绝对能够成功。您认为您的影响力不够大，可我知道，您的影响力足够大。即使事实如您所言，但是为了能保留这个司法程序，难道就没有必要尽一切努力去尝试了吗？哪怕那是最不可能成功的尝试？请您听听我的计划吧，为了这个计划能得到实施，首要的条件是，请您尽量不在我们岛上发表对这个司法程序的任何判断。除非有人直截了当地问您，不然您绝对不要说出您的看法。如果一定要说，您务必做到言语简短，语义不定。您要让人觉得，您不愿意谈论这个话题，您要让人觉得，您心里万分苦恼，一旦不得不公开发表意见，您就会在众目睽睽之下夺路而逃的。我并不是要您撒谎，绝不是！您只需用三言两语作答，比如'对，我看了行刑'，或者'对，我听完了讲解'。只说这么多，别的什么也不提。至于如何让人看出您的苦恼嘛，不管司令官怎么想，方法多得很。不管您做什么，说什么，反正他都会按照自己的意思来歪曲事实的，我的计划正是建立在此基础之上的。明天，司令官要在司令部主持召开一个大型会议，所有高级官员都要出席。把这样的会议办得像一场剧场演出一样，这可是司令官的拿手好戏。他们还盖了一座像剧院一样的大楼，里面总是坐满了观众。作为参谋人员，我还不得不强忍住内心的厌恶出席这些会议。好了，不管怎样，他们一定会邀请您参加会议的。如果您今天按照我的计划行事，那么，邀请最后一定会变成恳请。如果万一，出于某个让人打破脑袋也预想不到的原因，您没有被邀请的话，请千万想办法争取一个邀请。只要您去争取就会得到应允，这一点毫无疑问。这样一来，明天您就将与那些女士一起坐在司令官的包厢里。为了确信您还坐在那里，他会不断地抬头向包厢看去。他们只是讨论一些无关紧要、幼稚可笑的议题吸引听众，比如大多是关于建码头的议题，没完没了的，最后才轮到讨论司法程序。要是司令官没有提出这个议题，或者没有马上提出来，那么我会亲自上阵的。我会站起来报告今天行刑的情况，非常简短，仅仅一个报告。这样的报告虽然很不常见，但是我还得这么做。司令官会给我一个感谢，像往常一样，还会给我一个和善的微笑。接下来他会按捺不住，一定会抓住这个绝佳的机会的。他大概会讲：'刚刚大家听到了关于行刑的报告，我想做一点补充，有一位伟大的学者恰恰旁观了这次行刑，正如诸位所知，这位学者的到访是我们全岛至高的荣耀。而且这位学者还出席了本次会议，这使得本次会议有了更重大的意义，我们是不是应该请教一下这位伟大的学者，听听他对此种传统行刑方式，以及决定该刑罚的法庭程序有何评价呢？'这时，自然是全场掌声如雷，而我恰是鼓掌最热烈的那个。司令官会向您鞠躬致敬，说：'那么，请允许我以在场所有人的名义向您请教这个问题。'而您呢，您要走到包厢栏杆前去。请记得把您的双手放到大家看得到的地方，要不然，女士们会抓住您的手，把玩起您的手指来。——好了，该到您发言啦。难以想象我该怎么撑过这些惊心动魄的时光，您的发言可以无所顾忌，实话实说，大肆宣扬。哪怕上半身越过栏杆，您只管大声地嚷嚷，对着司令官大声地喊出您坚定不移的看法。啊，可能您不想这样做，或许这不符合您的性格。在您的家乡，大家普遍有另外一套行事方法，那也没有关系，您也不用站起来，只要您短短说上几句就足够了，或者您就轻声说，只要您下面的那些官员能听到就足够了。什么参观行刑的人太少啦，什么有一个齿轮太吵啦，什么皮带断啦，毡团太恶心啦，诸如此类的问题您根本不用提及，真的不用，剩下的事情就全交给我吧。您就看着吧，我的话就算不把司令官赶出会场，也会让他羞愧得跪地求饶。老司令官，我向您鞠躬请罪。——这就是我的计划。您愿意帮我实施这个计划吗？您自然是愿意的，不仅如此，您务必要帮我这个忙。"军官抓着旅行者的双臂，喘着粗气，看着他的眼睛。最后那几句话，他是嘶吼着说出来的，声音大得甚至惊动了士兵和犯人。他们虽然什么也听不懂，但停止了抢食，咀嚼着嘴里的饭，向旅行者看过来。

要给一个什么样的答案，旅行者从一开始就心里明白。他这一生也算是经过一些风浪，倒还不至于在这会儿摇摆不定，他本来就是一个诚实坚定、毫无畏惧的人。即便如此，看到士兵和犯人的样子，他现在还是迟疑了一瞬间。最后，他还是不得不跟军官挑明意思："抱歉！"军官的眼睛眨了好几下，一动不动地盯着他。"您想听我的解释吗？"旅行者问道。军官无声地点了点头。"我是反对这个司法程序的。"旅行者接着说，"早在您向我吐露心声之前，我就已经在考虑一个问题，我是否有权来阻止这个司法程序，如果我介入的话，是否有那么一点点成功的可能性——当然，您私底下说的话我绝不会泄露一个字。至于我要去向谁求助，我心里也是明白的——当然是司令官了。听了您刚才的一番话，我心下更加明了。但一定不是您的话才让我做了这样一个决定，恰恰相反，是您真诚的信念。虽然这不能动摇我的决心，但却依然使我内心感动。"

军官仍然沉默着，转过身，一言不发地走到机器边，伸手握住一根铜柱，身子微微后仰，抬头看向绘图机，好似在检查机器是否一切正常。士兵和犯人看起来好像建立起了某种友情，因为全身都被捆了起来，犯人只好艰难地向士兵打着手势。士兵朝他弯下腰去，犯人一阵耳语，士兵在不断地点着头。旅行者随后走到军官身边说："我可以告诉您接下来我的安排和打算，我会向司令官说明我对司法程序的看法，但不会到什么会议上去说，而是私底下跟他说。我在这儿已经逗留太久了，被邀请去参加什么会议也不大可能，因为明天一大早我就要离开了，或者，至少我那时已经登船了。"

看起来，军官似乎没有听他说话。"那么看起来，这个审判程序是没有让您信服了。"他自言自语地说道，脸上微微笑着，像是长者听到小孩子的胡说八道。

"好吧，该是时候了。"他说道。然后，他突然带着一种请求抑或一种召唤的眼神深深地看着旅行者。"什么是时候了？"旅行者不安地问道，但是他的问题却没有得到答案。

"你自由了。"军官用犯人的语言对犯人说道。起初，犯人都不敢相信他的话。"得了，你自由了。"军官又说道。这时，犯人的脸上才第一次出现了鲜活的表情。这是真的吗？不会是军官开的玩笑吧？笑过了会不会作废？还是那位外来的旅行者唤醒了他

122

的慈悲吗？到底发生了什么？他的脸上写满了问号，但也只不过是瞬间闪过。无论如何，只要有一线可能，他都要自由，于是他开始在耙子有限的空间里挣扎起来。

"别再给我把皮带挣断了。"军官喊道，"别动！我们会解开的。"他给了士兵一个手势，然后他们两个就开始给那个犯人松绑。犯人脸上不由得泛起了笑意，他一会儿把脸扭向左边看看军官，一会儿把脸扭向右边看看士兵，当然也没有忘记看旅行者。

"把他拉出来。"军官命令士兵道。由于耙子构造特殊，这里的一切动作都要小心谨慎才行。就刚才急躁地挣扎了几下，犯人的背上已经有了好些小伤口。

军官这会儿却已经不再关心犯人了，他走近旅行者，又从夹袋里掏出那个小皮夹，在里面一页一页地翻找，等他终于找到了想要的那页后，就指给旅行者看。"请您读读看。"他说。"我看不懂。"旅行者说，"我已经说过了，这些图纸我看不懂。""请您再仔细地看看这一页。"军官走到他的身边，以便能跟他一起看，可是这也没有什么用处。于是，为了帮他看懂，军官用他的一根手指远远地指着图纸上面的纹路，害怕不小心碰到了那张纸。旅行者也很用心地去解读，这样军官至少能高兴一点儿，但也不过是徒劳。不得已，军官开始一个字母一个字母地拼读起上面的文字来，然后又连在一起读了一遍。"上面写着'要公正！'"他说，"现在您能看懂了吧？"旅行者朝着图纸弯下腰去，军官却怕他碰到图纸，又把图纸往远处拿了拿。旅行者虽然嘴上不再说什么，但是很明显，他还是一头雾水。"写的是'要公正！'"军官又重复了一遍。"可能是吧。"旅行者说，"我觉得上面就是这么写的。""那就好。"这回军官至少有些满意了，说着，他拿着图纸爬上了梯子，小心翼翼地把图纸放进绘图机里，又把齿轮装置从头到尾重新调整了一遍。这可是一项极其烦琐的工程，装置里都是些极小的齿轮，有时，军官要把整个脑袋伸到绘图机里仔细检查整个装置才行。

　　旅行者站在下面一直注视着军官工作，脖子都僵了，一览无余的阳光刺得他双眼发疼，士兵和犯人在一旁一起忙着收拾。犯人的衬衫和裤子丢弃到土坑，士兵用刺刀把它们一件件挑了出来。那件衬衫脏得不行，犯人就拿到水桶里去洗。然后，等他穿上了衬衫和裤子，他和士兵都大声笑了起来，他的衣服可不是都被从后面划成了两半嘛。也许犯人觉得他有义务去娱乐娱乐士兵，于是他穿着破破烂烂的衣服故意在士兵面前一圈一圈地转着，这让士兵蹲着捧腹大笑。不过总算他们还知道，当着两位长官的面不能太过放肆。

　　等上面的工作终于完成之后，军官又面带微笑地把所有的细节都过了一遍，然后用一个盖子把一直敞开着的绘图机盖好，就顺着梯子爬了下来，看了看土坑，又看了看犯人。当看到他把衣服从土坑里捡了出来，就露出了满意的神情。等他走到水桶边想把手洗一洗的时候，才后知后觉地发现里面的水脏得令人作呕，洗不了手了，这让他有些伤心，于是他把双手插进沙土里——这个办法不甚完美，但是聊胜于无——然后他直起身子，开始一颗颗地解开军装的纽扣。这时，他原来塞在领子里的两块女士手帕掉了下来。"这儿，你的手帕。"他说着把手帕朝犯人扔了过去。然后他对旅行者解释说："这是女士们给他的礼物。"

他先脱下军装，然后又把全身的衣服都脱了，这些动作虽然显得有些匆忙，可是他处理那些衣物的动作却又是那样的仔细轻柔，他甚至用手摸了摸礼服上的银色丝带，又把其中一根丝带摆好。等这些事情一完成，他便做了一个与之前的小心仔细完全不同的动作——虽然有些不情愿，可他还是猛地一下把所有的衣物都扔进了土坑，最后只剩下他那把挂着肩带的军刀。他把军刀从刀鞘里拔出来，断成数截，然后抓起肩带、刀鞘和断成数截的军刀，用力地扔到土坑里，只听到土坑里传来叮叮当当的声音。

他现在一丝不挂地站在那儿，旅行者咬着嘴唇，一声不吭。虽然，接下来要发生的事情他已经知道了，可是他却无权去阻止军官想做的任何事。如果说军官所拥护的司法程序真的濒临被废除的命运——这很可能就是旅行家出手干预的后果，而旅行家觉得出手干预是自己的义务所在——那么，军官现在的行为就完全正确，如果换成是旅行者自己，他也不会做出第二个选择。

起先，士兵和犯人还不明白接下来要发生的事情，他们开始的时候都没有看向这边。能够获得两条手帕，犯人正觉得满心欢喜呢，可是还没等他欢喜够，手帕就被士兵突如其来地一把抢走了。士兵把手帕挂到后腰带上，犯人要把手帕抢回来，而士兵却很机警，他们半开玩笑地打闹着。直到军官脱得一丝不挂了，他们才心生异样。尤其是犯人，他好像有了一种风水轮流转的预感。刚才是他受罪，而这会儿可轮到军官了。也许还不只要遭他所受的罪，而是更多，更多。很可能正是那个陌生人做出的命令，这就是仇恨了。痛苦没有尽头，却要将复仇进行到底。他脸上泛起一个大大的、无声的笑容，这一笑就再也停不下来了。

军官此时已经转过身朝机器走去，他对这台机器极为了解，在这之前就已经表现得很明显了。可现在，看到这台机器竟然能够在他的手下如此驯服，真让人惊掉下巴。他的手只是微微靠近耙子，耙子就自动地上上下下摆动了几下，最后固定在最佳的位置上，准备迎接自己的主人。他不过在是床的边上摸了一下，床就自己颤动了起来，毡团正对着他的嘴。看得出，军官本来并不怎么情愿，不过这种迟疑一瞬间就消失了，他顺从地接纳了它。一切准备就绪，只差皮带还在边上垂着，但是它们显然是用不上了，军官是用不着被绑起来的。犯人倒是注意到了垂着的皮带，按照他的想法，要是皮带没有绑好，那这场行刑就算不上完整，他急切地朝士兵挥了挥手，于是两个人就跑了过去，想把军官用皮带绑起来。军官这时已经伸出了一只脚，正要朝绘图机的启动手柄蹬去。一看到向他跑过来的两个人，他就收起了脚，等他们将他绑好。但这样一来，他就够不到那个手柄了。士兵和犯人都找不到手柄的所在之处，而旅行者呢，铁了心似的，一步都不会挪动的。其实也没有这个必要，皮带刚刚绑好，机器就自动开始自己的工作了。床在颤抖，针在皮肤上舞蹈，耙子在上下摆动。旅行者直愣愣地盯着看了好一会儿才想起那个嘎嘎作响的齿轮来。可是一切都是那样的寂静，连一点儿嗡嗡声都听不到。

如此寂静，静得机器本身都要失去存在感了。旅行者朝士兵和犯人望去。犯人要活跃得多，这台机器上的一切都让他大感兴趣，他一会儿弯下腰，一会儿直起身子，还总是伸出食指，指着什么给士兵看。旅行者看在眼里，觉得尴尬极了。他其实早就决定要待在这里不动的，可是，他们二位的这些举动却让他忍无可忍了。"你们回家去吧！"他说道。士兵倒是一听到旅行者的话就准备离开了，可是这话听在犯人的耳朵里简直就与惩罚无异了。他十指交叉抱拳，哀哀地乞求留下来，看到旅行者坚决地摇了摇头，他甚至双膝都跪了下去。旅行者意识到光是一句命令已经不顶用了，于是就要走过去把那两位赶走。正在这时，他听到绘图机里发出一个杂音。他抬头看去，是原来那个齿轮在作怪吗？好像不对，是别的情况。绘图机的盖子慢慢地升起来，然后又咣的一下落下去。先是露出一个齿轮的尖齿来，然后越伸越长，不一会儿整个齿轮都露了出来，就好像有什么巨大的力量在挤压着绘图机，让这个齿轮在里面没有了立足之地。这个齿轮转呀转，转到了绘图机边缘，落在了沙土里。可是紧接着，又有一个齿轮冒出头来，接着一个又一个，大的，小的，许许多多，多得看不清的齿轮从上面掉落下来，你以为这下绘图机该被掏空了吧，可是马上又有一拨新的、数量更多的齿轮冒出来，往下跌落，直直地落在沙土里。看到这个场景，犯人把旅行者的命令完全抛在脑后了。这些齿轮让他着迷，他一边伸出手想捡起一个来，一边还推推士兵，让他帮忙。可是还没等他碰到第一个，他就被紧接着砸下来的第二个齿轮吓得缩回了手，至少，齿轮开始那几下滚动真把他吓得够呛。

　　旅行者却与之相反，他感受到了巨大的不安。很明显，这台机器就要分崩离析了。它那平静的运行只是一个假象，他觉得现在有必要去照顾一下军官了，因为军官现在可照顾不了自己。但是由于他把心思全都放在齿轮的事情上，就没有工夫去注意其他机器的情况了。等绘图机终于吐出最后一个齿轮以后，他弯下腰去看耙子，却发现了更糟糕的新情况。耙子并没有在书写，而是在穿刺，床也没能让人的身体翻动，而是抖动着把身体往耙针上推去。旅行者想要出手阻止，最好能让这一切都停下来，这已经不是一场军官想要的酷刑了，这俨然就是一场谋杀。他伸出了双手，可是，耙子已经升了起来，叉着军官的身体，转到边上，这本来应该是在第十二个小时才会发生的事啊！鲜血，突然间血涌成河，到处是血水，冲水管也失灵了。失灵的还有最后一个环节，军官的身体并没有如原来设计好的那样从耙针上摔落出去，而是鲜血如注，悬在土坑的上方，迟迟没有落下去。耙子本是应该回归原位的，不过，它好像也感觉到它负荷的重物并未消失，于是就停在了土坑上方。"来帮一把！"旅行者一边抓住军官的双脚，一边朝士兵和犯人吼道。他想着自己在一边压住军官的双脚，他们两个人在另一边抱住军官的头，这样他们就能把军官的身体慢慢地从耙针上抬下来了。可是，那两位却犹犹豫豫不肯过来，犯人甚至害怕得背过身去。旅行者不得不走过去，用武力逼迫着他们来到床头。这时候，他不得已地端详了一下死者的脸。那张脸，一如生前，应得的解脱，不见丝毫，别人在机器里得到的，军官却没有得到，军官嘴唇紧闭，瞳孔张开，宛然如生，目光平静而坚毅，额间穿透出一根粗粗的铁刺。

旅行者往流放岛的营地走去，身后跟着士兵和犯人，当他见到第一排房子的时候，士兵指着一所房子说："这儿就是茶馆。"

房子的底层狭长低矮，像一个洞穴一样，墙壁和天花板都被烟熏得漆黑，临街一面的大门敞开着。除了富丽堂皇的司令部，岛上的房舍都已破旧不堪，茶馆的房子也不例外。即便如此，旅行者依然在这里看到了历史的痕迹，感觉到了上一个时代的力量。他走近茶馆，身后跟着两个人，茶馆外面靠街摆放了一些桌椅，他穿过这些无人的桌椅，闻到了茶馆里面飘出来的凉凉的、带着霉味的空气。"那个老家伙就埋在这里呢。"士兵说。"神父拒绝把他葬进墓园里，很长一段时间，谁都不知道该把他葬到哪里才好，最后就选了这么个地方。这些事情，军官肯定没有告诉您，因为，这事可把他的脸面都丢尽了。有好几次，他夜里偷偷摸摸地进来，要把那个老家伙挖出来，不过都被人赶出去了。""那个墓在哪儿？"旅行者问，他对士兵的话将信将疑。士兵和犯人两人争先恐后地跑到了他的前面，一齐伸出了胳膊，用手指向故事中坟墓的所在。他们领着旅行者一直来到了最里面的墙壁前，那儿坐着几桌茶客，看起来像是码头上的工人，个个孔武强壮，脸上短短的络腮胡子又黑又亮。没有一个人穿着外套，他们身上的衬衫也有很多口子，这是一群贫穷且受尽压迫的人。旅行者一靠近，就有几个人站了起来，背靠着墙看着他。"一个外地人。"旅行者的耳边响起一阵窃窃的议论。"他要看那个坟。"他们把其中的一张桌子挪到一边，果真露出了一块墓碑。墓碑做得简陋，也不高，恰好能够被一张桌子挡住。墓碑上的文字非常小，旅行者不得不跪下来才能看清上面的字。上面写着："老司令官安息之所。吾等筑此坟，立此碑，皆因为其追随者也，而不得具名于此。今有预言，司令官必将于若干年之后复生于此地，且领其追随者光复此岛。信之待之！"等读完站起身来，旅行者发现他的周围站了一圈人，好像他们刚才也跟他一起读了墓志铭，每个人的脸上都带着微笑，好像他们都觉得墓志铭上的话荒唐可笑，而且要求他也一定要这样。旅行者却装得对此一无所知的样子，抓了把硬币分给了他们，一直等到他们重新把桌子挪回坟墓上方，他才离开茶馆向码头走去。

士兵和犯人在茶馆里碰到了熟人，无法脱身。为了脱身，他们准是使了浑身解数。旅行者走在通往码头的长石阶上，走到中途，他们两个已经追上来了，他们可能想在最后一刻逼迫旅行者带他们离开。岸边停靠着能送人去蒸汽船上的小船，正当旅行者跟船主商量价钱的时候，他们一声不吭地沿着石阶飞奔而下，他们倒也不敢大声嚷嚷。可是当他们来到岸边的时候，旅行者已经上了小船，船刚刚离岸。他们本可以一跃上船，但他们不敢，因为旅行者从甲板上捡起一条沉重打结的缆绳施以威慑。

判　决

　　在一个春光明媚的星期天上午，在一年之中最美好的晨光里，年轻商人格奥尔格·本德曼正坐在自己二楼的房间里。这栋房子不高，构造也很简单，沿着河岸，一长排都是这样的房子，这些房子的外形几乎一模一样，只不过颜色略有不同，高低也略有错落。他刚刚给一位远在异国的少年时期的朋友写完一封信，慢吞吞、懒洋洋地把信封封上，然后双肘支在书桌上凝望着窗外那条河，那些桥，对岸那些刚刚有些春意的山丘，思索着这位朋友的事情。因为不满意自己在国内的前途，这位朋友几年前移民去了俄国，在彼得堡开了一家商店，一开始的时候生意兴隆，但是现在却清淡很久了。这位朋友回国的次数越来越少，每次回来，总要吐一吐苦水。他在异国他乡辛苦打拼多年，却依然一事无成，外国式的大胡子没能遮住那张熟悉的童年旧友的脸庞，更遮不住那越来越显病态的蜡黄的皮肤。他说，在那边，他没能与本国的侨胞建立起真正的社交关系，与当地家庭更是几乎没有往来，到头来落得孤家寡人一个。

给这样一个前途渺茫、令人同情却又爱莫能助的人写信，能说些什么呢？也许该建议他放弃国外的一切，回国发展，重拾旧时的友情关系，并且顺理成章地，再把希望寄托在朋友们的帮助上吗？这其实就是在变相地告诉他，迄今为止，他的一切努力都白费了，他失败了。他该弃暗投明，回到家乡来，从此作为一个归乡者生活在别人的指指点点之中。因为只有他的朋友抑或能给予些许理解，所以就做个跟屁虫，从此跟在那些留在家乡而功成名就的朋友们身后讨食吧。这些话说得越委婉，伤人越深。再说，这些话说上一大堆，除了令他为难以外，难道会有什么实际意义吗？也许连劝他回国都做不到——他自己也说过，他再也看不懂国内的形势了——他最终还是会选择继续留在异国。所以，那些建议只能让他更加痛苦，让他更加疏远朋友们罢了。如果他真的听从了建议，回到了国内，看到意气风发的朋友们——当然不是有意炫耀，而是现实使然——他可能会因为相形见绌而压力倍增，可能与朋友们相处不好，或者离开了朋友们就举步维艰，他可能因此而颜面大失，痛苦难堪，从而真正地失去了家乡，失去了朋友，那么，对于他来说，也许保持现状，留在异国，岂非更好？有了这些顾忌，还能想象他回国以后就会有光明的前途吗？

出于这些原因，若是还想维持这书信往来的关系，那么就不能写什么实在话，哪怕那些话对那些萍水相逢的人都可以毫无顾忌地畅所欲言。这位朋友已经三年多未曾回国了，他把其中缘由归咎于俄国的政治动荡。是什么样的政治动荡使得一个小小的商人无法回国一趟，却能让成千上万的俄国人满世界乱跑呢？正是在这三年中，格奥尔格经历了人生中的许多变故。大约两年前，格奥尔格的母亲去世了，从那以后，他就与他年迈的父亲生活在一起。格奥尔格母亲故去的消息，这位朋友是知道的，而且也在一封信中表示了哀悼，但是也许是由于身在异国他乡而对此变故无法感同身受的缘故，信中的慰问显得干巴巴的。也是从那时起，格奥尔格振作精神，全身心地投入到了生意中。也许是因为母亲在世时父亲在生意上向来乾纲独断，从来没有让他真正做主过，或者是因为母亲去世以后，父亲虽然还在公司里工作，但是却管得越来越少，更或者是——这个可能性极大——时来运转。总之，在这两年中，格奥尔格的生意突如其来地好了起来，雇用的员工增加了一倍，销售额翻了五番，而且还有不断增长的趋势。

但是对于这番变化，他的朋友一无所知。曾有几次，最近的一次，也就是在那封吊唁信中，那位朋友试图劝说格奥尔格移民到俄国去，还给他描绘过在彼得堡开分公司的蓝图。其实，比起格奥尔格现在的生意，那个数字仅仅是九牛一毛而已。对此，格奥尔格的回复从来都是语焉不详，因为他从来不曾对这位朋友提起过他如今在事业上的成就，要是现在再提起来，就显得非常突兀，令人生疑了。

如此一来，格奥尔格能写的就很有限了，只能写一些无关痛痒的小事，一些能在一个悠闲的星期天里慢慢回忆的杂乱的往事。他所做的一切不过是不想打破这位朋友对故乡的久远且固有的印象罢了。曾有一次，格奥尔格在三封间隔很久的信中都讲到了某某先生与某某小姐订婚的消息，直到这位朋友觉得奇怪，以为这件事有什么举足轻重的意义，这样的乌龙可真不是格奥尔格的本意。

但是，格奥尔格宁愿多写一些这样的消息，也不愿意在信中提及他在一个月前已经订婚的事。他的未婚妻出身富裕，闺名叫弗丽达·勃兰登菲尔德。他常常与他的未婚妻提起这位朋友，以及他们之间特殊的通信关系。"那也就是说他绝对不可能来参加我们的婚礼了，"她说，"可是，我总有权认识你所有的朋友哇。""我不想打扰他，"格奥尔格回答道，"请别误解，他也许会来的，至少我觉得是这样，但是他可能会觉得很勉强，也许会难过，也许会因为羡慕我而感到沮丧，觉得自己一无是处，一旦有了这种失败感，想要振作起来又谈何容易，何况他还得一个人踏上回程。一个人——你知道这意味着什么吗？""好吧，但是，他有没有可能从别人那里得知我们的婚事？""要是那样，我也无法阻止，但是按照他现在的生活状况来看，这是不太可能的。"要是你有这样的朋友，格奥尔格，你可真不应该订婚哪。""啊，造成这个两难的局面，我们两个都有责任。但是无论如何，我也不会再做别的选择。"然后，她一边在他的亲吻下急促地喘着气，一边心有不甘地说道："可我还是觉得很伤心。"这一刻，他真觉得，把一切如实地告诉这位朋友，其实也没什么。"我本来就是这样的人，他也知道我是这样的人，"他想，"我总不能为了迎合我们之间的友谊而变成另外一个人，一个不是自己的自己。"

终于，在这个星期天的上午，他给这位朋友写了一封长长的信，告诉他有关他成功订婚的事。他在信中写道："最好的消息，我留到最后才写。我已与一位名叫弗丽达·勃兰登菲尔德的小姐订了婚，她出身富裕，她们一家在你出国很久之后搬到此处居住，所以你可能完全没有听说过她们。有关我的未婚妻，下次肯定还有机会再向你细述。今天，我只想告诉你，我很幸福，你我之间的关系也有了一点儿小小的改变：你的朋友不再是一个普普通通的朋友，你有了一个幸福的朋友。此外，你还将拥有一个新的朋友——我的未婚妻，她让我向你致以衷心的问候，并且不久之后她将亲自给你去信，这对单身汉来说可不是完全毫无意义的吧。我知道，你诸事缠身，回国不易，但是我的婚礼不正是一个契机，一个让你终于能扔下一切事务回国一趟的契机吗？当然，无论如何，不要顾虑太多，一切请依你的意愿而行。"格奥尔格手里捏着这封信，面向窗外，在书桌前呆坐了很长时间。有个熟人从巷子里走过，跟他打声招呼，他反应过来后只来得及回以一个仓促的微笑。终于，他把信塞进口袋里，走出了自己的房间，穿过一个小小的过道，来到他父亲的房间里。这个房间他已经好几个月不曾迈入了。其实，没有什么特殊的事情，他平日也没有来这个房间的必要，因为他与他父亲总是在公司里打交道，午饭他们总是一起在同一家饭馆吃，晚餐虽然各自解决，但是晚上，虽然各种应酬很是频繁，但是如果格奥尔格不与朋友们一道或者去他未婚妻家的话，他们常常还能一起坐一小会儿，坐在共同的客厅里看各自的报纸。上午的阳光那么明媚，可是父亲的房间却依然有些阴暗，这让格奥尔格很惊讶。他们这个院子并不大，院子的一边矗着高高的围墙，没想到围墙能把上午的阳光都遮挡得一丝不露。在靠窗的一个角落里，陈列了很多纪念母亲的装饰，父亲就坐在那个角落里看报纸，因为视力不好，他只好斜斜地把报纸举到眼前，寻找合适的阅读角度。桌上还放着吃剩下的早餐，看起来，父亲并没有吃多少。

"啊，格奥尔格！"父亲说着，并且马上向他迎来。他一走动，身上厚厚的睡袍便散开了，睡袍的下摆在他腿边摆动。"我的父亲依然魁梧。"格奥尔格心想。

"这儿的光线真是昏暗。"他顺口说道。

"对，是有点儿暗。"父亲回答道。

"窗户也关着呢？"

"我喜欢这样。"

"外面非常暖和啊。"格奥尔格接着自己的话题说着，然后坐了下来。

父亲把早餐盘子收拾起来放到一个柜子上。

"我来是想跟您说一声，"格奥尔格一边茫然地看着老人的动作，一边接着说道，"我还是决定把订婚的消息通知彼得堡了。"他掏了掏口袋里的信，但是并没有拿出来，在手里捏了捏又放了回去。

"通知彼得堡？"父亲问道。

"就是通知我的朋友。"格奥尔格追寻着父亲的眼睛说道。"在公司里，他可不是这副形象，"他心里想，"不会这样张着双腿、双手抱胸地坐着。"

"哦！告诉你的朋友。"父亲加重了语气说道。

"你知道的，父亲，一开始，我是不想把我订婚的事告诉他的。我就是为他考虑，没有别的原因。你也知道，他是一个麻烦的人。我想着，从别人那里他也能知道我订婚的事，虽然以他现在的生活状态来说，这个可能性非常小，但是万一有人告诉他了，我也无法阻止。可是我以为，从我自己这里，他还是先别知道的好。"

138

"但是现在你改主意了？"父亲把报纸搁到窗台上，把眼镜摘下来，用手扣在报纸上，问道。

　　"是的，现在，我又仔细考虑了一下。如果他是我的好朋友，我想，那么我能幸福地订婚对他来说也应该是一件高兴的事。因此，我也不再犹豫了，我通知他吧。可是，把信寄出之前，我想跟您说一声。"

　　"格奥尔格，"父亲撇了撇没有牙齿的嘴巴，说道，"听好了！你因为这件事来我这里，想听听我的意见，这无疑是值得赞许的。但是，如果你现在不把事情的全部真相告诉我，那就毫无用处，甚至比毫无用处还要糟糕。我不想插手不属于这个家庭的事情，自你的母亲，我的珍爱去世以后，发生了一些不体面的事情。也许，是到了谈谈这些事情的时候了，这个谈话的时机来得比我们想象的要早了一些。在公司里，有些事情我睁只眼闭只眼，也许并没有什么瞒着我的事情，但是到底有没有瞒着我的事，我现在也不想去猜。我现在力不从心了，我的记忆力大不如前了，那么多纷杂的事情，我也管不过来。之所以如此，首先，衰老当然是一个自然过程。其次，你亲爱的母亲的去世对我的打击要比对你的大得多。但是，因为我们正好说到这件事，这封信的事，我请求你，格奥尔格，别欺骗我。这是一件小事，微不足道，所以，别欺瞒我。你在彼得堡真的有这样一个朋友吗？"

　　格奥尔格尴尬地站了起来："别管我的那些朋友了，在我心里，一千个朋友也比不上我的父亲。您知道我是怎么想的吗？您没有好好保重好自己，岁月不饶人啊。在生意上，我可少不了您，这一点您非常清楚，但是，如果生意威胁到了您的健康，要是真到了这个地步，我明天就彻底关了它。您这样下去可不行，您得换一种生活方式了。从头到尾，彻彻底底地换一种生活方式。客厅里光线那么好，可您非要在这个昏暗的地方坐着。早餐您也不好好吃，就对付上那么几口，新鲜的空气对您有好处，可您偏偏要把窗户关上。这样不行啊，我的父亲！我去把医生请来，我们得遵照他的嘱咐，我们的房间也要换一换，您搬到前面的房间去，我搬来这里。所有的家具都搬过去，房间里的摆设也不做变动。一切都要慢慢来，现在，您再到床上去躺一会儿吧，您需要休息。来吧，我帮您把睡袍脱掉吧，这个我会的，您就看着吧。或者，您想不想现在就到前面的房间去？那您就先到我的床上去睡吧，好主意，这样做才明智呢。”

格奥尔格紧挨着他的父亲站着，父亲深深地垂着脑袋，满头白发乱糟糟的。

“格奥尔格！”父亲一动不动，轻声地喊道。

格奥尔格立刻在父亲身边跪了下来，他看见父亲那张格外憔悴的脸上，一双眼睛炯炯地向他看了过来。

“你没有什么朋友在彼得堡，你向来喜欢开玩笑，连对我都不例外。你怎么可能有什么朋友在彼得堡呢！我一点儿都不信。”

"好好想一想吧，父亲，"格奥尔格一边说着，一边把父亲从椅子上拉起来，趁着他还未站稳，把他身上的睡袍脱了下来，"那位朋友还来过我们家呢，那差不多都是三年前的事了，我还记得您不是特别喜欢他。另外，至少还有两次，他来了我们家，就坐在我的房间里，可我当时没有告诉您他来拜访的事。我知道您为什么不喜欢他，我完全能理解，我的这位朋友性格有些怪异。但是后来，您跟他聊得还不错，相当愉快。他滔滔不绝地讲了很多事，您听得也很仔细，时不时地，您还点头回应他，问他一些问题，我当时还为这个朋友觉得非常自豪呢。您只要仔细想想，就一定能回忆起来。那时候，他讲了些不可思议的事，有关俄国大革命的。比如，有一次他去基辅出差的时候碰到了一次骚乱，他站在阳台上看见一个牧师在自己的一个手掌上画了一个血淋淋的大大的十字，然后把手掌高高举起，召集人众。后来您自己也把这件事当作谈资，时不时地讲给别人听呢。"

　　格奥尔格一边讲着，一边搀扶着父亲，让他重新坐下，小心地脱去他穿在长内裤外的绒裤和袜子。看到那些衣物已经不甚洁净了，他就把过失揽到自己身上，责备自己对父亲照顾不周。盯着父亲更换衣物，显然也是他的责任。关于将来如何安置父亲，他还未明确地与他未婚妻讨论过，因为他们不约而同地默认，他们结婚以后，父亲将会独自一人留在老房子里。但是现在，他当机立断地重新做了决定，婚后要把父亲接去同住。仔细想一想，如果让父亲独住的话，可能做不到及时周到地照顾好父亲。

他用双臂把坐在椅子上的父亲抱起，往大床走去。没走几步，他便发现紧紧靠在他胸口的父亲竟然拽住了他袋表上的表链，随手把玩了起来，这个发现让他感觉糟糕透顶。由于父亲紧紧地拽着表链不放手，他费了一番功夫才把父亲安放到床上。

父亲一躺到床上，一切似乎又正常了。他自己给自己盖上被子，然后又把被子拉得高高的，盖过肩膀。父亲仰面看向格奥尔格，目光不再冷冽。

"你现在想起他来了，对不对？"格奥尔格向他点点头，鼓励似的问道。

"我的被子盖好了吗？"父亲问道，好像他自己看不到自己的脚是不是盖了被子似的。

"你还是蛮喜欢躺在床上的嘛。"格奥尔格给他整了整被子，好让他盖得严实一些。

"被子盖好了吗？"父亲再次问道，好像特别执着于得到这个问题的答案。

"放心吧，盖得好好的。"

"不！"还没有听完答案，父亲就大喊了起来，并且非常用力地一把掀起被子，在床上站了起来。被子在空中伸展开来，向床的另一边滑去，他用一只手轻轻地抓住吊灯。"你想要帮我盖被子，这我知道，你这小废物，可是我的被子依然没有盖好。就连这么一件小事，你都做不好，也不愿意好好干。我当然知道你的那位朋友，我恨不能有一个像他那样的儿子！你长年累月地编些鬼话欺骗着他，不正是因为这一点嘛，还能为了什么？你以为，我没有为他掉过眼泪吗？你不就是因为这个把自己锁在办公室里嘛——请勿打扰，老板正忙——你有什么好忙的，忙着往俄国写你那些假话连篇的信罢了。但幸运的是，知子莫若父，你现在一定沾沾自喜，以为把他打败了，他已经一败涂地，毫无招架之力了，你都骑到他头上了，他已翻身无望了，于是，我的儿子大人就决定结婚了！"

　　格奥尔格仰起头看着父亲那副恐怖的样子，彼得堡的朋友，父亲突然间变得对他如此熟稔，这让他受到了前所未有的打击。在他的想象中，那个朋友是什么样子的？是远在俄罗斯，一副落魄的失败者的样子，是商店门洞大开、被抢劫一空，而他只能站在残破的货架、狼藉的货物和倾倒的灯盏之间手足无措的样子，谁让他非要千里迢迢远走他乡呢！

　　"你倒是看着我呀！"父亲喊道，格奥尔格向床边跑去，魂不守舍，跌跌撞撞，才跑了几步便愣愣地怔住了。

　　"因为她撩起了裙子，"父亲突然换了腔调，捏着嗓子说道，"就因为她把裙子撩了起来，这样，这样，这头令人作呕的母鹅！"他一边说着，一边惟妙惟肖地模仿起女人的样子来。他把睡衣高高地撩起，露出了大腿上那道狰狞的伤疤，那是他早年间参加战争留下的。"因为她这样，这样，还这样把裙子撩得高高的，你就被她勾引了，为了能毫无顾忌地在她身上发泄你的欲望，你就玷污了你故去的母亲的名声，出卖你的朋友，把你的父亲困在床上，让他不能动弹。可是你好好瞧瞧，他能动还是不能动？"他说着放开了手，什么也不扶，晃着双腿，又踢又弹。一切都被他看穿了，也揭穿了，他得意极了，露出了灿烂的笑容。

格奥尔格躲在一个角落里，远远地看着父亲。他其实早就暗暗下定了决心，在采取行动之前务必要谨慎观察，只要观察仔细了，必然能躲过那些从后面、从上面，以及从不知什么角度而来的攻击。此刻，他又想起了那个早已被遗忘的决定，但是那个决心就像穿过针鼻那一截短短的线头一样，一拉就掉了出来。旋即，他又忘记了自己的决心。

"但是，谁说那位朋友就一定被蒙在鼓里呢？"父亲一边喊，一边竖起食指来回晃动，做出一个否定一切的手势，"我就是他在这儿的代理人。"

"演滑稽戏的小丑！"格奥尔格忍不住喊了出来，可随即便为此付出了代价——咬到了自己的舌头。若是能在自己出言不逊之前就咬到自己的舌头就好了，现在，晚了。他疼得缩成一团，只能用眼神死死盯着父亲。

"是呀，我显然就是演了场滑稽戏！滑稽戏！多好的词啊！一个失去了妻子的老父亲，还能等到别的宽慰吗？你说——此时

144

此地，你就再做一次我的乖儿子，好好回答我的问题吧——我还剩些什么，还能做些什么？在我昏暗的卧室里，一举一动都被那群吃里爬外的佣人盯着，我老得只剩一把老骨头了，对不对？而我的儿子，他关了生意，卖了我打下的江山，去花天酒地，装出一副为人丈夫、说一不二的嘴脸，对他的父亲不理不睬！你是不是觉得，我没有爱过你？我，是不是生你养你的人？"

"他就要向前扑过来了，"格奥尔格想着，"只怕会扑通一声跌下来！"这个念头在他脑子里一闪而过。

父亲把身子向前倾了倾，弯下了腰，可是却并没有跌倒。他以为格奥尔格会立刻跑过来扶他，可惜格奥尔格并没有让他如愿以偿，于是他又直起了身子。

"别动，你就待在那儿，我用不着你！你心里怎么想的，我一清二楚。你浑身是力，跑过来也毫不费劲，但是你就是站着不动，因为你就盼着我跌倒呢。别想得太美了！我一直比你强，比你强劲有力得多。如果我只是孤身一人，也许还不得不向你服软，可是你的母亲，她把她的力量全都给了我，你的朋友，与我的关系亲密而美好，你的客户，现在就在我的口袋里呢！"

"他的睡衣上竟然有口袋！"格奥尔格心想。有此怪癖的人全世界也找不出第二个了，他这样想了想，又马上习惯性地丢下了这个念头。

"去找你的未婚妻吧，试试把她带到我面前来！看我不把她扫地出门，你永远不知道，我到底有什么手段！"

格奥尔格脸上写满了不屑一顾，他全然不相信父亲的话。父亲朝着格奥尔格的方向点了点头，强调他刚才说的都是大实话。

"今天，你过来问我，是否应该给你的朋友写信告知你的婚事，真是笑死我了。他什么都知道，你这傻小子，他什么都知道啊！是我写信告诉他的，你忘记没收我的纸和笔了。他虽然已经好些年没有回国来了，可他什么都知道，比你知道的多一百倍，很多事比你还清楚一百倍。他左手拿着你的信，右手拿着我的信。你的信，他看都不看，随手就把它揉成一团，而我的信，他却捧在手里仔细拜读！"

他兴奋得高高地举起双手，不断舞动着。"他比你清楚一千倍！"他喊道。

"一万倍！"格奥尔格讽刺地应和着父亲，说道。可是，还没等他把话说出口，他就觉得这话听起来毫不夸张。

"好几年了，我就等着你来问我这个问题呢！你以为我关心的是别的事情吗？你以为，我坐在这儿，是在看报纸吗？那儿！"他朝格奥尔格扔过去一张报纸，那报纸也不知是怎么被父亲带到床上去的。一张过期很久的老报纸，久到报纸的名字格奥尔格都觉得陌生了。

"你到底是翅膀硬了，这一天，你等了多久？可惜你的母亲去世了，看不到这个令人高兴的日子。你的朋友远在他的俄罗斯，早在三年前，你就抛弃了他，他就像这张变黄的旧报纸似的，该丢弃了。而我呢，你看看，我落得个什么境地？你眼睛瞎了吗？"

"你早就等着我出洋相呢！"格奥尔格喊道。

父亲带着同情的口吻轻飘飘地说道："这话你可能早就想说了吧？现在说，已经不合时宜了。"

然后，他又提高了声音，道："现在你知道了吧，天外有天，人外有人。迄今为止，你只知道你自己！你本质上是个纯洁无辜的孩子，但是追根究底，你是个恶魔一样的人！——所以听着：我现在判决你死刑，淹溺而死！"

格奥尔格夺路而逃，像是有人在不断地驱逐着他。在他身后，父亲跌倒在床上，发出一声巨响，响声在他耳边回荡。他无视楼梯上的台阶，飞步而下，撞在一个正要去收拾房间的女佣身上。

"主啊！"她用围裙遮住脸喊道，话音刚落，他已经消失不见了。他跑出大门，越过车道，不由自主地冲到河边。他紧紧地抓住河边的栏杆，就像一个饥饿的人抓住食物一样。他娴熟地荡过栏杆，这是他小时候练就的体操本领，那个时候他曾是父母引以为傲的出色的运动员。他双手渐渐失去力量，但依然紧紧地抓住栏杆，透过栏杆四处张望。一辆长长的公共汽车轰隆隆地驶过来，估计正好能够掩盖他坠河的响动。他轻轻地喊道："亲爱的父亲母亲，我自始至终都爱着你们啊。"然后放开手，直直坠落。

这一瞬间，桥上车来车往，川流不息。

司 炉

卡尔·罗斯曼当年正值十六岁,他跟他的女仆生下了一个孩子,父母将他送上了开往美国的邮轮。当轮船放慢速度,缓缓驶进纽约港的时候,那座他远远就端详许久的自由女神像如同陡然变强的阳光一样突兀地出现在他的视野里。那一瞬间,她似乎刚刚才拔出她的利剑,持在手中,抬臂指向天空,自由的气息在她的四周萦绕着。

"真高啊!"他自言自语地说道。他站在那里,一动不动地看着自由女神像,迎客的、下船的、搬运行李的,像潮水般涌出来,越来越多,在他身边挤来挤去,不知不觉中,他跌跌撞撞地被人群带到了船舷边。

一个他在船上认识的年轻人从他身边经过,问他:"哎!您不下船吗?还没准备好吗?"

"我早就准备好了。"卡尔说着朝他笑了笑,并且像所有强壮的小伙子一样，夸张地拎起行李箱甩到了肩上。当他看着这个熟人渐渐远去就要没入人群的时候，才猛地想起来自己的雨伞落在了船舱里面。他赶紧叫住熟人，请他帮个小忙看守行李，虽然那位熟人看上去并不是很愿意，但最后还是大发善心，答应在行李箱旁边等他片刻。他观察了一下四周，以便能够顺利找到回来的路，然后就匆匆离开了。等他赶到下层甲板，却遗憾地发现平时常走的通道这会儿竟然被锁了起来，或许是因为所有的旅客都要下船的缘故。他不得不放弃这条捷径，垂头丧气地找起路来。楼梯一层接着一层，拐来拐去的走廊一条接着一条，他甚至还穿过了一个只剩下一张写字台的空空荡荡的房间，这条路他总共才走过那么一两回，而且还是跟着很多人一起走的，现在找起来倒有些像无头苍蝇。他找啊找啊，直到最后，终于彻彻底底、完完全全地迷了路。一个人影也看不见，只能听见成千上万的、咚咚作响的脚步声，还有隐隐约约的、已经切断引擎的机器发出的最后的轰轰声。他茫然失措，一顿乱跑之后随意地靠在一扇小小的舱门上，不加多想地砰砰敲打起来。

"门没锁！"里面有人喊道，卡尔顿时松了一口气，打开了舱门。"您把门敲得那么急，有什么事吗？"一个个子奇高的男人问道，他虽然问着问题，眼睛却看也不看卡尔一眼。船舱里暗沉沉的，不知从哪个甲板缝隙里漏进来一点点灯光。那灯光好似经历了层层甲板，显得有气无力，格外微弱。简陋狭小的船舱里挤了一张床、一个柜子、一张沙发椅，还有一个男人，好像里面没有一寸多余的空地。"我迷路了，"卡尔说，"这船真是大得可怕，之前的航行中我都没有注意。""是啊，您说得对极了。"男人一边自豪地回答，一边不停地用双手按压行李箱上的锁，锁上的插销咔嗒咔嗒地响。"那您进来吧！"那人接着说道，"您不会就这样在外面站着吧！""不会打扰到您吗？"卡尔问道。"哈，这怎么会呢！""您是德国人吗？"卡尔心里有点儿不放心，因为他听说过很多旅美老油条欺负新人的事，尤其是爱尔兰人。"是的，是的。"那人说。卡尔还是有点儿犹豫。这时，那人突然抓住门把手，一把将卡尔推进船舱，并迅速地关上了门。"我受不了走廊里的人往我船舱里张望，"他又开始摆弄他的行李箱，"这里来来往往那么多人，个个都往船舱里张望，别人受得了，我可受不了！""可走廊里现在不是空空荡荡的嘛！"卡尔说道，他被挤到床架边站着，局促不安。"对，这会儿是。"那人说道。"说的不就是这会儿的事吗？"卡尔心想，"和这人说话真是不容易。""您到床上去躺着吧，那儿稍微宽敞一些。"那人说道。卡尔艰难地挪动四肢，试图翻跳到床上，试了几次却翻不过去，忍不住哈哈大笑起来。等他终于躺到床上了，却又大叫起来："天啊，我忘了我的箱子了！""箱子在哪儿呢？""在上头甲板上呢，让一个熟人看着。啊，他叫什么名字来着？"临行前，他的母亲在大衣夹层里缝了一个暗袋，他小心翼翼地从里头抽出一张名片来。"布特勃姆·弗朗茨·布特勃姆。""那个箱子很重要吗？""那当然了。""那您为什么把它交给一个陌生人呢？""我把我的雨伞落在下面船舱里了，就跑下来找伞，又不想拎着箱子下来。后来在这个地方迷了路。""你是一个人？就没有一个伴？""对，一个人。""也许这个人值得我信任依靠。"这个念头在卡尔脑子里闪过，"我到哪儿去找一个更好的朋友呢？""雨伞这茬儿我就不提了，您现在把箱子也弄丢了呢。"那人在沙发椅上坐下来，卡尔的事似乎提起了他的些许兴趣。"可是我相信，我的箱子还没有丢。""信念使人盲从且又愉悦，"那人用力地挠了挠他那又浓又密的深色短发，说道，"停靠的港口不同，船上的风气也不同。要是停靠的是汉堡的话，您的那位布特勃姆先生也许还继续帮您看着箱子，但是在这块儿，最大的可能性是，箱子和先生都消失得无影无踪啦。""那我得立刻上去看看。"卡尔一边说着一边从床上跳了起来。"您就安心待在这儿吧。"那人说着用手抵住卡尔的胸膛，把他推回到床上。"你这是干什么？"卡尔生气地追问道。"因为没有意义了，"那人说，"等一会儿我也要上去，我们一起去吧。要么，您的箱子已经被偷了，那现在去也无济于事，要么，箱子已经被人丢下了，那不如我们等下船了人都走完了再去找，那时候整艘船空空荡荡的，找起来也更容易一些，您的雨伞也一样。"船上您很熟悉吗？"卡尔怀疑地问道。那人的说法听起来似乎相当有道理，但是他隐隐觉得有点儿不太对劲。"我是船上烧锅炉的司炉。"那人说。"您是船上的司炉！"卡尔惊喜地叫了起来，他拄着双肘，抬起上身，上下打量着那人，说，"我的船舱前头，就是我和一个斯洛伐克人一起住的那个船舱，那儿有一个小口子，从那里能看到机器舱。""对，我就在那里干活儿。"司炉回答道。"我一直对技术非常感兴趣，"卡尔沉浸在回忆中，"要不是我不得不到美国去，我以后肯定会做个工程师。""怎么就不得不去了呢？""哎呀，不说了！"卡尔摆了摆手，挥走一肚子的往事。他看着司炉，微笑着，好像不是他不愿意多说，而实在是无可奈何，无从讲起。"原因总是有的。"司炉说道，他这么说，不知道是想听那个原因呢，还是不想听。"现在，我也许也会当个司炉呢。"卡尔说，"对于我以后做些什么，我父母现在可是毫不关心的。""我的职位会空出来。"司炉说道。他穿着一条铁灰色的裤子，皱皱巴巴的，布料却有点儿像是仿皮的。他双手插在裤兜里，伸了伸双腿，一下把裹在裤腿里的腿甩到了床上，卡尔不得不又往里边挪了挪。"您要离开这艘船吗？""对极了，我们今天就要出发了。""那是为什么呢？您不喜欢这个工作吗？""喜欢是相对的，当你必须做出决定的时候，可顾不上喜欢不喜欢。而且，您刚才说对了，我不喜欢。或许您没有认真考虑要不要做个司炉，不过也正是因为这样，才最容易做出轻率的决定，一失足成千古恨。我呢，建议您可千万别做这个决定。在欧洲，您不是打算上大学的吗？为什

152

么不在这儿上呢？美国的大学可比欧洲的要好上千万倍呢。""您说的可能都对，"卡尔说，"但是我兜里可没有上大学的钱了，我虽然读到过不知是哪个人的文章，说他白天在商店打工，晚上学习，坚持不懈，最后获得了博士学位，我记得，他还当了市长，但是，这得有很大的毅力坚持下去才行，对吧？我怕我没有这个毅力。再说了，我也不是特别优秀的学生，当初离校的时候，我都没有依依不舍的感觉。况且，这儿的学校也许要更加严格一些，英语我也几乎是一窍不通。最主要的是，我想，这里的人对外国人有偏见。""您也有过这样的亲身经历？那就好了，那我们就是同一条战线上的人了。您看，我们现在可是在一条德国船上，属于汉堡—美国航线的，但是我们船上的工作人员却不是清一色的德国人，没有道理，是不是？一个罗马尼亚人凭什么当轮船机长呢？那家伙叫苏巴尔，这是多么不可思议。这条癞皮狗在这艘德国的船上折磨我们德国人！您可别以为，"——他挥舞着手，激动得几乎喘不过气来，"我这是无事生非，我知道，您也帮不上什么忙，您自己也不过是个可怜的小子，但这实在是太令人气愤了！"他盯着自己的拳头，用力地在桌子上捶了好几下。"我可是在很多艘船上都做过事的。"——他一口气连着报出二十艘船的名字，也不停顿，让人听了还以为是一艘船的名字呢，卡尔都听得晕头转向。——"我干得很出色，他们都夸我，说船长就喜欢像我这样的工人，甚至在一艘商用帆船上，我也干过几年同样的活儿，"——说到这里，他站了起来，似乎说到了他人生中最得意、最高潮的部分——"但是在这艘破船上，一堆条条框框的死规矩，连开开玩笑也不行。在这儿，我一无是处，那个苏巴尔处处和我过不去，说我浑身都是懒骨头，只配扔进大海里，他们发了大善心才赏了我一口饭吃。您懂吗？我是搞不懂的。""您可不能由着他们捏圆搓扁了。"卡尔激动地说道。这会儿，他几乎把心里所有的担心和害怕都抛到九霄云外了，忘了他正身处一艘漂泊的轮船上，停泊在陌生大陆的海岸边。在司炉这张小床上，他感受到了他乡遇故知的快乐。"您去找船长了吗？您请他主持正义了吗？""得了，您走吧，您还是快走吧，您别再待在这儿了，您根本就没有认真听我说话，只会瞎出主意，我怎么找船长啊？"司炉说着又疲惫地坐了下来，抬起双手按在脸上。

　　"别的主意我也想不出来啊。"卡尔心想，他还是去甲板上取箱子算了，总比坐在这里给人出主意还被人嫌弃要好。他父亲把行李箱交到他手上的时候，打趣地问他："这箱子，你打算用多久？"可现在，他也许真的已经把那一路一直陪伴着他的行李箱弄丢了。唯一能让他安心的是，他父亲即便到处打听，也无从得知他现在的处境。最多，同船的人会告诉他，他们一起坐船到了纽约。卡尔就是觉得有点儿可惜，行李箱里的东西他几乎都没有用过呢，实际上他早就该用里面的东西了，比如他身上穿的这件衬衫早就该换了，他真是节约错了地方。现在，在他即将开启新的人生之路的日子里，本该穿得干干净净、体体面面的，可这下，他得穿着脏衣服见人了。除此之外，就算是箱子真的丢了，他也根本不会如此懊恼，因为他身上穿的这身西装要比箱子里的那套好多了，箱子里那套他母亲还没来得及缝补，不过是他用来应急替换的。他突然想起来，箱子里还有一大截意大利香肠呢，那是他母亲怕他在船上吃不饱饭，装在箱子里给他填肚子的，他才吃了很小的一截呢。航行途中，他几乎没什么胃口，光是下等舱提供的免费汤就够他填饱肚子的了。不过这会儿，要是箱子在身边，他倒是愿意把香肠双手奉上送给这个锅炉工。有些人，只要给他送点儿什么小东西，就能轻而易举地赢得他们的好感，这是他从他父亲那里学来的，他父亲只是给生意场上的人分了几根香烟，就赢得了那些下等职员的好感。眼下，卡尔能送的就只有身上的钱了，但是把钱送出去他可不愿意，行李箱可能已经丢了，身上唯一的钱暂时他还不能动。他的思绪又回到了行李箱上，他现在回想起来，还是搞不明白，他一路上小心翼翼地保管着的箱子，宁可觉也不睡也要看护着的箱子，他怎么就会如此轻易地把它交给别人了呢？他回想起睡在他左手边隔两个铺位的那个斯洛伐克小个子，想起连着五个夜晚，毫无理由地怀疑那个斯洛伐克人，无时无刻不在担心他会对自己的行李箱下手。那个斯洛伐克人总是随身带着一根长长的棍子，白天的时候，他就不停地把玩那根棍子，说不定就是在练习他的独门技艺。夜晚的时候，他躺在一边，虎视眈眈，就等着卡尔熬不住沉沉入睡的时候，突然一下子出手就把行李箱偷过去了。白天的时候，那个斯洛伐克人看起来人畜无害，但是一到夜里，他就在铺位上不停地翻来覆去、坐起躺倒，面带愁容地朝卡尔放行李箱的地方张望。卡尔之所以能看得那么清楚，得感谢那些焦虑不安的新移民。为了试图破译天书一样的移民手册，那些人置船上的禁令于不顾，时不时地点上一盏小灯仔细研究书中的条文。要是点灯的离他近些，卡尔还能稍稍打个盹，要是点灯的离他远些，或者没有人点灯，那他就得睁大眼睛与瞌睡做斗争了。这一番下来，累得他筋疲力尽，可气的是，这番辛苦也许就那么付诸东流了。这个布特勃姆，下次别让我碰见他！就在这时，从外面很远的地方传来一阵轻轻的、像孩童走路一般的脚步声，打破了房间里的静谧，那阵脚步声越来越近，越来越响，听起来像是一群男子齐步走路的声音。由于走廊狭窄，那群人必定前后排成一列。隐隐约约，还夹杂着金属——像是枪支——互相碰撞的声音。卡尔正伸着懒腰，打算抛开一切有关行李箱和斯洛伐克人的事在床上好好睡一觉，这阵响动惊得他坐了起来。队伍最前面那个人已经来到了舱门前，他推了推锅炉工，提醒他注意门外的响动。"那是船上的鼓乐队，"锅炉工说，"他们刚刚结束甲板上的表演，现在回去收拾呢。好了，一切准备就绪，我们可以走了，快点儿！"他一把抓住卡尔的手，在临走前还摘下挂在床边墙上的圣母像镜框，塞进胸前的口袋里，然后抓起自己的行李箱，与卡尔一道匆匆地离开了船舱。

"我现在得去趟办公室，得把我的意思告诉那些先生。现在没有旅客在场，我也不用顾忌什么了。"锅炉工翻来覆去地说着这些话，他一边走，一边还伸出脚去踢一只老鼠，老鼠却比他机灵，拼命地跑，正好跑到洞口的时候才被锅炉工一脚踢进了窝里。他的腿那么长，踢老鼠的动作却那么迟缓，想必脚步特别沉重。

他们穿过厨房来到洗碗的地方，那里有几个姑娘戴着肮脏的围裙——她们故意把洗碗水往围裙上倒了吧？——在一个大木桶里清洗着盘子。锅炉工把一个叫丽妮的姑娘喊到身边，用手臂箍着她的腰，姑娘半推半就地被拥着往前走了一小段。"发工钱了，一起去吗？"他问道。"干吗让我受累跑那一趟，还是把钱给我带来吧。"她回答，说着挣脱了他的手臂扭身跑开了。"这么漂亮的男孩子你在哪儿捡到的？"她喊道，却不等他回答就跑开了。姑娘们随即爆发出一阵笑声，她们笑得前俯后仰，手中的活儿也不干了。

他们继续往前走，来到一扇精致的门前。门的上方有一个装饰着镏金希腊女像柱的、小小的三角形门楣，看起来非常奢侈，这绝对不是普通船舱的装饰。卡尔发现这个地方他以前从来没有进来过，也许在航行期间，他们在那个走廊里安置了只有一等舱和二等舱的旅客才能通过的隔断门。现在旅客都下船了，要进行大扫除，才把隔断门挪开的吧。这一路上，他们确实也碰到了一些肩扛扫帚的男子，他们还跟锅炉工打招呼问好。船上雇用了这么多人，这让卡尔震惊不已，在下等舱的他，显然对轮船的人员配置知之甚少。这个走廊还铺设了电线，一路总能听见电铃的声音。

锅炉工恭敬地敲了敲门，听见有人在里面喊了声"进来！"，他用手势示意卡尔不要胆怯，只管进去。而锅炉工自己虽然也走了进去，但只到门边就站住了。这个房间明亮通透，透过房间的三面窗户能看到大海泛起的浪花。浪花欢快地起伏波动，这让他胸怀激荡，好像五天的航行中还没有看够似的。一艘艘大船纵横交错，要是眯起眼睛仔细看的话，还能发现载重之下的船身微微有些晃动，高高的桅杆上挂着细长的旗帜，紧紧绷着，迎风招展。远处传来轰隆隆的声音，也许是哪艘战舰在发射礼炮向谁致敬。有一艘战舰从不远处驶过，船上的炮管锃光瓦亮，反射出金属的光芒。那些小帆船和小渔船，远远看去就像是航行在大船之间的缝隙中——至少从船舱看出去是这样。这些风景的后面矗立着纽约城，摩天大楼的无数玻璃窗俯瞰着卡尔。是的，在这个房间里，你才知道自己身处何方。一张圆桌边坐着三位先生，一位穿着蓝色的海员制服，是船上的大副先生，另外两位穿着黑色的美国制服，是港口事务机构的公职人员。桌上放着一摞摞各种各样的文件，大副先是用鹅毛笔在文件上一挥，然后再将文件递给另外两位，他们两位则时而埋头阅读，时而提笔摘录，其中一个嘴里操着怪异的口音，口述些什么让他的同事记录下来，时而将文件放进他们的公文包里。

靠着第一扇窗户有一张书桌，书桌边坐着一位有些矮小的先生，他背对着门，手里摆弄着几本大开本的书，在他前面的舱壁上，大概一人高的位置，有一块结实的木板充当书架，书架上整整齐齐地摆满了书。他的手边放着一个敞开着的、一眼看去似乎空空如也的钱箱。

第二扇窗户前面什么家具也没有，视野极佳。第三扇窗户旁边站着两位先生，兴致颇高地聊着天，他们声音不高也不低。其中一个穿着一身海员制服，胸口佩了一排勋章，他斜靠在窗边把玩着军刀的把手。跟他聊天的人面向窗户，摇来晃去，卡尔时不时地能看见那位穿制服的先生胸前的几个勋章。这位先生却穿着便服，带着一个竹制的手杖，他双手叉着腰，手杖看起来也像军刀一样。

卡尔还没来得及把整个房间看仔细，就有一个侍从向他们走来，轻声问锅炉工有什么事，他的眼神流露出一种"你不属于这里，你能有什么正经事"的意味。锅炉工也同样轻声回答说，他要找财务管事先生。侍从先是用手势拒绝了他，但最后还是踮起脚，远远地绕开那张圆桌，走向摆弄大开本书的那位先生。听了侍从的话，那位先生——卡尔看得清清楚楚——愣了一会儿，然后转身看向来找他的两位访客，朝着锅炉工，也朝侍从，果断地挥了挥手表示拒绝。侍从马上转过身来，用一种被赋予了重任的语气说："请立刻离开这个房间！"

听到这个回答，锅炉工看了看卡尔，低下了头，好像在看着自己的心口，那个可以默默诉说痛苦的地方。这时，卡尔毫不犹豫地迈开腿就往里走，穿过房间往窗前走去。因为走得太急，甚至还轻轻地碰了一下军官坐着的沙发。侍从见状弓着腰，张开双臂，好像在驱赶什么似的，一路跟在他的身后，试图把他拦住，直到卡尔走到财务管事的桌子边，侍从才把他紧紧抓住，试图把他拉走。

这时，房间里的气氛顿时变得紧张起来。桌边的军官一下子跳了起来，港口事务机构的先生们却不动声色，饶有兴致地看起戏来，窗边的两位先生换了个位置，肩并肩站着。那个侍从看到先生们都注意到了这边的动静，没有他的事了，便自觉地退了下去。锅炉工站在门边，紧张地等待着时机。财务管事终于把他的靠背沙发椅向右转了一大圈，转过身来，面对着卡尔。卡尔丝毫不在乎人们看向他的目光，他从衣服暗袋里翻出他的护照，也不做什么自我介绍，打开护照摊到桌子上。财务管事似乎觉得护照无关紧要，用两根手指将护照弹到一边，卡尔接住护照，放回到衣服暗袋里，好像顺利地完成了一个自我介绍的流程。

"请允许我告诉您，"他开始说道，"根据我了解的情况，这位司炉先生受到了不公正的待遇。这里有一个叫苏保尔的，是他的上司。这位司炉先生曾在很多船上工作过，这些船的名字他能一一告诉您，在那些船上他获得了一致好评。他工作勤快，热爱岗位。恰恰在这艘船上，他得到了完全不同的评价，原因何在？照理说，这里的工作不比别的商用帆船上的工作要难上多少，这真是令人费解。所以，唯一的解释就是：是诽谤妨碍了他的前程，妨碍了他本应得到的正确的认可。我只不过是将事情简单地跟您讲了讲，具体的事情将由他本人当面跟您陈述。"卡尔一边侃侃而谈，一边转向那些先生，因为事实上，大家也都听着，其次，如果财务管事不是他想象中那个正义之士的话，有很大的可能，这些人之中就有一个真正的正义之士。他还耍了一个小聪明，并没有说明他与锅炉工才刚刚认识。其实，要不是那位拿着竹竿手杖的先生满脸通红，手杖也不在他第一次看见的那个位置，让卡尔有了某种误会，他还能说得更好一些。

　　"他说的每一个字都是事实。"锅炉工抢在有人问他之前说道，更准确地说，是抢在有人看向他之前。要不是那位戴着勋章的先生——卡尔现在得知他就是船长了——已经决定要听一听锅炉工的陈述，锅炉工的鲁莽差点儿就坏了大事。船长向锅炉工伸出一只手，喊道："过来！"他的声音天然带着一种命令似的坚决。接下来的一切就看锅炉工的表现了，在这件事上，正义必须得到伸张，也必然会得到伸张，这一点卡尔毫不怀疑。

这时，也幸亏锅炉工饱经世事，才能临场不怯。只见他不慌不忙地打开他的小箱子，不用翻找就从里面取出一沓纸和一个笔记本，走到船长面前——自然而然地彻底忽视了财务管事——将他的证据在窗台上一一摊开。看到这种情况，财务管事无计可施，只好自己出马给自己解围了。"这个家伙是出了名的事儿精，"他解释道，"他在账房待的时间都比在机器舱待的时间长，他把苏保尔那么一个好脾气的人都搞得要受不了了，请您听一听吧！"他转向锅炉工，"您这回胡闹得太过了，他们把您从出纳室赶出去多少回了？就您提出的这些要求，无一例外，全都是极不合理的，所以，您这是活该！从那儿到总出纳室，您又跑了多少趟了？我们跟您好言好语地说过多少回了？苏保尔是您的直接上级，就凭这，作为下级，您就不该再追究！可是现在，您竟然敢当着船长的面来这儿胡闹，不仅不为骚扰他而感到羞耻，而且还恬不知耻地带来这么一个小子为您那些不知所谓的控诉打头阵！这个小子是什么人？我在船上从来没有见过！"

卡尔竭力克制自己不跳出来出言反驳，就在这个时候，船长发话了："我们还是听听这个人怎么说吧，反正我也觉得苏保尔这段时间太专横了，我这么说，可不是要偏袒您。"最后一句是对着锅炉工说的，当然，总不能期望船长一开口就能为他说话。不过，看起来一切都进行得非常顺利。锅炉工开始阐述他的

162

指控，而且很好地克制住了自己的情绪，提到苏保尔时也没有忘记称他"先生"。卡尔站在财务管事那张孤零零的桌子边，心情放松下来，玩起桌子上那台专门用来称信的小秤来。他是多么的高兴啊。——苏保尔先生不公平！苏保尔先生事事以外国人为先！苏保尔先生把锅炉工赶出机器舱，让他去打扫厕所，这可不是司炉该干的活儿！——有一次，苏保尔先生的能力也受到了质疑，事实上，他并不像人们说得那么能干。听到这里，卡尔全神贯注地盯着船长，似乎把自己当成了船长的同事，不希望锅炉工蹩脚的表达对事态产生不利的影响。锅炉工滔滔不绝，可就是没有提到什么实质性的东西。虽然船长依然稳如泰山，并用眼神告诉大家，他这次一定会把锅炉工的话听完，可是其他先生却渐渐失去了耐心。房间里不再是只有锅炉工讲述的声音，这有点儿令人担忧。先是那位穿着便装的先生开始用他的那根竹竿手杖轻轻地敲打着地板。别的先生们当然时不时地朝他看去，港口事务机构的那两位先生对此似乎已经见怪不怪了，他们又重新拿起文件，虽然有些心不在焉，但还是埋头看了起来。那位军官又走回到桌子旁边，而那位自以为稳操胜券的财务官则发出讽刺的叹气声。当大家四散开来，不再专注于锅炉工的讲述时，只有那个侍从依然保持着好奇心，看着那位站在这些位高权重的先生之间的人，表示深深的同情，并且郑重地朝卡尔点了点头，好像他也有话要说。

窗前的港口依然是一派生机勃勃的景象，一艘平底货船载着高高的木桶，不知道是哪个工人技艺如此高超，把木桶堆得那么高，却没有一个木桶掉下来。这艘货船从窗前驶过，整个房间几乎都变暗了。小摩托艇上稳稳地站着掌舵人，伴着他熟练的操作，小艇在海面上留下一条笔直的线。要是有时间，卡尔真想好好欣赏这道风景！海面上还有一种奇怪的漂浮物，随着不断上下波动的海水，一会儿露出头来，一会儿又被波浪淹没，消失在卡尔那满是惊奇的眼神里。远洋客轮旁边的小艇慢悠悠地向前滑行，水手们正热火朝天地摇着桨，小艇上坐满了对旅行充满憧憬的旅客，虽然他们被要求只能一动不动地坐着，但却总有人免不了被不断变化的景色吸引住，伸着脖子左顾右盼。永不休止的海浪，绵绵不绝而又躁动不安，在海上讨生活的人啊，难免会受它这种无尽的动荡的影响！然而，陈述这事务必得要简短、明了且详尽。可是锅炉工在干什么？他说得满头大汗，那双颤抖的手早就捏不住窗台上的文件了。对苏保尔的控诉千条万条，涉及各个方面，照他说，每一条都够苏保尔喝一壶的了，可是从锅炉工嘴里说出来，只是干巴巴的一团乱麻。那位带着竹竿手杖的先生早已不耐烦地看着天花板轻轻地吹起口哨来了；港口事务机构的那两位先生把军官拖到他们的桌子边，一点儿也没有要放他离开的意思；那位财务管事明显是听不下去了，要不是看到船长还那么平静地听着，他早就爆发了；那个侍从则蓄势待发，只等他的船长发出有关锅炉工的什么命令。

事到如今，卡尔再也不能袖手旁观了，他慢慢向大家走去，一边走，一边快速思考该如何尽可能漂亮地挽回这件事。也许真的到了刻不容缓的时候了，只要再晚上一小会儿，他们两个就只能等着被请出办公室了。船长可能是个好人吧，不管是不是有什么特殊的原因，卡尔觉得船长尤其想表现出自己公平公正的那一面。可是归根结底，船长终究不是什么任人拨动的乐器，锅炉工现在的行为很有可能会惹怒船长。

于是，卡尔对锅炉工说："您得说得简单一点儿，清楚一点儿，船长可不喜欢听那么多没头绪的东西。他能知道那些侍候机器的、跑腿的小子的名字吗？船上有那么多工作人员，他也不可能把每一个人的名字都记住哇。您嘴里随便提到一个名字，他能知道那是谁吗？理一理您的那些委屈，先说最重要的，再说其他的，依次排下来，一件一件地说，也许大部分事情我们根本就没有必要再提了。您之前跟我说的时候，条理就很清晰啊！"要是在美国偷别人的行李箱没事，那么偶尔撒个谎也没有什么吧，他在心里暗暗给自己找了一个借口。

要是能有点儿用就好了！是不是已经来不及了？虽然锅炉工一听到熟悉的声音就止住了话头，但是他泪眼模糊，认不出卡尔的脸了。这个可怜的男人，尊严受到了伤害，回忆得越多便让他越痛苦，眼下的窘境使他的双眼早已充满了泪水。该怎么帮他呢？从锅炉工的沉默中卡尔默默意识到一个问题，他不可能在这么快的时间之内改变锅炉工的说话方式。而且，看起来，锅炉工刚才慷慨激昂地说的那些话好像根本没有得到大家的认可啊。从另一角度看，不管他说了多少，他说了也等于白说，那些先生根本就没有心情仔细地去听他说的话。而在这个节骨眼上，卡尔，他唯一的追随者，唯一能给他建议和帮助的人，却告诉他，他说话的方式错了，输了，一切的一切都输了。

"要是我不去看窗外，早点儿过来就好了。"卡尔心想，他在锅炉工前面低下了头，双手拍了拍裤缝，那是表示失去一切希望的意思。

可是锅炉工却误解了，他从卡尔身上感到了某种隐隐的、对他有所指责的意味，他出于好心，想跟他解释，但做了最不合时宜的事，与卡尔争执起来。这时，圆桌旁的先生们早已心生怒意，这毫无意义的吵闹声只会干扰他们手头的重要工作。那位依然无法理解船长的财务管事就要准备发作。那个侍从已经回到他的主人们身边，用蛮横的眼光打量着锅炉工。那位拿着竹竿手杖的先生，显然也是某位重要人物，连船长也时不时地亲切地看向他，顾及着他的感受。终于，出于对锅炉工的厌恶，这位先生彻彻底底地停止了他的口哨，并且拿起一本小小的笔记本，用目光不断地在笔记本和卡尔之间来回，很显然，他所关注的完全是别的事。

"我知道，"卡尔说道，锅炉工现在掉头朝他发火，他几乎有点儿招架不住，却依然努力地向锅炉工挤出一个友善的微笑，"您是对的，这一点，我从来没有怀疑过。"看着眼前激动得控制不住自己、不停地挥舞着双手的锅炉工，他真想抓住那双手，但更想把他逼到哪个角落，好悄悄地跟他说上几句话，几句别人不能听但却能使他安静下来的话。可是锅炉工已经是点着的火药桶了，卡尔现在甚至已经开始胡思乱想，万一锅炉工在绝望之中爆发，可否凭借绝望的力量用暴力征服在场的七个人。他用余光悄悄地一瞥，书桌上有控制台，上面密密麻麻的都是电路按钮，只需要用一只手轻轻地一按，他就能将这艘船顷刻间掀个天翻地覆。

　　这时候，那位看起来置身事外的拿着竹竿手杖的先生却踱步走向卡尔，他声音清晰洪亮，盖过了锅炉工的争吵声，只听他问道："您到底怎么称呼？"恰好就在这一刻，门外响起了敲门声，就好像有人躲在门后，就等着这位先生发话似的。那位侍从看了看船长，船长点了点头，侍从就走过去把门打开了。门外站着一位身穿军装的男子，他身材中等，外表看起来并不像是在机器舱工作，然而从大家脸上的神情变化来看，卡尔断定来人正是苏保尔。看向来人，大家的眼神里都略带满意，甚至船长亦是如此，唯一不同的是锅炉工。看见来人，他绷直了手臂，手里紧紧地攥起了拳头，好像到了此刻，他能依仗的只剩下自己的拳头了，又好像他已准备豁出去大干一场了，哪怕为此牺牲生命中的一切也在所不惜。他用尽全身的力气，紧绷着身子，站得笔直。

门外站着的那个仇人，身着盛装，神态轻松，朝气蓬勃，腋下夹着一本记事本，其中也许就有锅炉工的工资条和工作证明。他迎着大家的目光，毫不怯场地审视着每一个人的反应，一个接着一个。这七个人他早已熟识，即使是船长，虽然以前对他有某些误会或者仅仅曾是找了什么借口和他过不去，但现在经过锅炉工的一番无理诘难之后，他对苏保尔一点儿都不排斥了。处理像锅炉工这样的人用什么手段都不算过分，如果非要追究苏保尔对此事的责任的话，那也是因为他没有及时掐灭苗头，竟然让锅炉工把事情闹到船长面前了。

现在也许可以设想一下，锅炉工和苏保尔之间的对峙不仅传到了这个高层的圈子里，而且在普通大众那里更是传得沸沸扬扬。纵使他苏保尔如何擅长伪装，他也总免不了有露出狐狸尾巴的那一天。只要苏保尔动一动邪念，卡尔就能想办法让他在众位先生面前露出狐狸尾巴来。他大约已经摸透了每位先生的长处、短处、性情，从这一点上来说，到目前为止的这些时间并没有白白浪费。要是锅炉工再机灵一点儿就好了，可惜他看起来已经没有战斗能力了。如果把苏保尔绑到他面前，他倒是能一拳打破那颗令人憎恨的脑袋。可是如今嘛，哪怕仅仅让他上前几步，锅炉工也办不到。事实上，苏保尔一定会出现，即使他自己不主动出现，船长也会派人去叫他的，这本来应该是很容易预见的情况，为什么卡尔事前就没有想到呢？为什么在来时的路上，他就没有和锅炉工商量出一个战斗计划呢？他们实际上做了什么？他们就这么毫无准备地、看到一扇门就直愣愣地一头冲了进去！锅炉工还能不能说话呢？或者最好的情况下，能否仅仅就只说"对"和"不对"？他叉开两腿站在那里，膝盖发软，头微微扬起，张着嘴巴大口大口地喘着气。而卡尔则感觉浑身是劲，头脑清醒，在家里的时候，他也许从来没有这么清醒过。要是他的父母能看到现在的他，看到他如何在一个陌生的国度，在体面的人物面前，为了正义而努力奋战，虽然还未取得胜利，但是已经胜券在握了，他们会改变对他的看法吗？会跟他坐在一起并夸他吗？他们那固执的、失望的眼睛里还能看到他如此优秀的样子吗？哪怕只是一次呢？诸如此类的问题在他的脑海里一遍又一遍，但是打住吧，这可不是该考虑这些问题的时机！

"我过来，是因为我相信那个锅炉工又在用一些不实之词指责我了。厨房那边的一个姑娘跟我说，她看到他往这边来了。尊敬的船长，尊敬的先生们，我已经准备好反驳一切针对我的中伤造谣了，用我的书面证词，或者，如果必要的话，我还有一些不带偏见的、与此事没有利害关系的证人，他们就在门外。"苏保尔如此说道。这样说话才叫简洁明了，听众那迅速改变的面部表情似乎在告诉大家，听了那么长时间的唠叨，这回终于听到人话了。他们明显没有注意到，即使再漂亮的话也有漏洞。为什么听在他的耳朵里，第一个有实际意义的词是"不实之词"？如果不是他带有民族偏见，那么这个有实际意义的词不应该是指责吗？一个厨房里的姑娘看见锅炉工往办公室的方向走去，苏保尔立刻就明白要发生什么事情了？这不是做贼心虚吗？而且他还带了证人过来，并美其名曰不带偏见和没有利害关系？这是骗子行径，赤裸裸的骗子行径！而那些先生竟能容忍并把它当作合乎规矩的举止？从接到厨房女工的举报到来到办公室，他为什么磨蹭了那么长时间？这是阴谋，他的目的，就是为了让锅炉工唠唠叨叨地把那些先生搞得昏昏沉沉，让他们失去清醒的判断力。而清醒的判断力正是他所畏惧的，他肯定是在门后站了很长时间，直到那位先生提了一个无足轻重的问题，他觉得锅炉工的命运已经被注定了，所以才在那一刻敲的门。

　　事情已经很清楚了，苏保尔上蹿下跳的表演适得其反。可是在几位先生那里却还得给他们一些别的、更加有利的证明。他们需要有人把他们从睡梦中摇醒，好吧，卡尔，赶快，趁着证人们还没有登场，事情还没有一败涂地，好好地利用这点儿时间吧！

　　就在这个时候，船长朝苏保尔挥了挥手，后者立即——因为看起来他的事情得搁置一会儿了——走到边上与侍从站在一处，一边轻声与侍从攀谈起来，一边用余光留意着锅炉工和卡尔的一举一动，以及那位位高权重的船长的手势。苏保尔似乎在酝酿他

170

的下一段漂亮发言。

"您不是有话要问那位年轻人吗，雅克布先生？"船长打破寂静，对那位拿着竹竿手杖的先生问道。

"可不是嘛。"他微微躬了一下身子说道，对船长的注意表示感谢。然后他再次问卡尔："您究竟叫什么名字？"

卡尔认为，为了能尽快杀上战场，处理好锅炉工的事情，他得快速地解决这位半路杀出来的、有点儿顽固的提问者，因此，他一改往常的习惯，并没有递上自己的护照做个自我介绍（因为找出护照得花不少时间呢），而是非常简短地回答道："卡尔·罗斯曼。"

"那么……"那位被称呼为雅各布的先生露出一个令人难以置信的亲切的微笑，向后退了一步。船长，还有那位财务管事，那位军官，甚至那个侍从听了卡尔的名字都明显地大吃一惊，只有港口事务机构的那两位先生和苏保尔显得无动于衷。

"那么，"雅各布先生又说道，他迈着稍显僵硬的脚步走向卡尔，"那么我就是你的舅舅雅各布，而你，就是我亲爱的外甥啊。我刚刚就一直在想有没有这个可能！"他对船长说道，然后他来到呆若木鸡的卡尔面前，亲吻了他的脸颊，给了他一个结实的拥抱。

"您叫什么名字呢？"感到拥抱稍稍松开了一点儿，卡尔就问道，虽然不失礼貌，却也并不热情，他心里还费劲地想着，这档子插曲对锅炉工的事情会有什么样的影响，暂时还没有什么迹象表明苏保尔能从这件事上得到什么好处。

"醒一醒吧，年轻人，您多幸运。"船长说道，他觉得卡尔提这个问题损害了雅各布先生的个人尊严。而雅各布先生已转身面向窗口，用手帕轻轻地擦拭着脸庞，显然，他并不想当着众人的面展示自己的激动和失态。"这位是爱德华·雅各布参议员，他刚刚自称是您的舅舅。您的面前是一条光辉大道，您以前可能做梦都没有想过吧。您好好想一想吧，越快越好，打起精神来！"

"我在美国倒是有一个名叫雅各布的舅舅，"卡尔转向船长说道，"可是，要是我没理解错的话，雅各布应该是参议员先生的姓吧。"

"是这样的。"船长满怀希望地说道。

"您看，我的舅舅雅各布，也就是我母亲的兄弟，他的名字叫雅各布，而他的姓当然跟我母亲的姓是一样的啦，我母亲结婚前原本姓本德迈尔。"

"我的先生们！"参议员一听完卡尔的话就大呼起来，他已经收拾好自己的表情从窗口那里走了回来，除了港口事务机构的先生们以外，其他人都大笑起来，有些人像是感动极了，有些人的笑却并非发自肺腑。

"我刚才说的话有那么可笑吗，完全不见得呀。"卡尔想。

"我的先生们，"参议员再次喊道，"你们参与了这场小小的家庭闹剧，并非我所愿，也并非你们所愿，所以我欠大家一个解释，由于，我相信，只有船长，"——说到这儿，船长和参议员互相鞠了一躬——"才真正了解事情的真相。"看来我得集中精神，把每个字都听得清清楚楚才行了——卡尔心想。他偏过头一看，欣喜地发现锅炉工像是泥菩萨显灵似的回过神来了。

"这些长久的岁月，我在美国逗留的时间——虽然，逗留二字，对于一个像我这般全心全意的美国公民来说非常不合适，——我与我欧洲的亲属两地相隔，全无往来，其中缘由之一，在此不值一提，缘由之二，说来话长，真的太过费神。甚至一想到我迫不得已必须把往事都告诉我亲爱的外甥，从而难免涉及他的父母，以及他们的亲眷，我就感到无比惶恐。"

"这是我舅舅，毫无疑问了。"卡尔一边仔细听，一边在心里想，"也许他把名字改了。"

"我亲爱的外甥现在被他的父母扫地出门了——我们在这里借用一个不恰当的比喻——就像把一只讨厌的小猫扔出门外一样。我也不是要为我外甥辩解，他已经受到了惩罚，但实际上他所犯的错早该得到原谅了。"

"这倒还值得听上一听，"卡尔想，"但我可不愿意他把事情都说出来，再说了，他也不可能知道我的事情，他又从何得知呢？"

"也就是说……"这位舅舅真不靠谱，该提的不提，不该提的小事倒说一箩筐。他微微前倾，拄着身前的竹竿手杖，接着说道："也就是说，我外甥跟他的女仆约翰娜·布罗梅（三十五岁上下）生了一个孩子，一个健健康康的男孩儿，洗礼的时候给他起的名字也是雅各布，毋庸置疑的，虽然我的外甥一定只是在非常不经意的时候跟那姑娘提到过我，但这显然就给她留下了极其深刻的印象。这很幸运，我认为。因为他的父母出于逃避抚养费和躲避丑事的目的——我必须在此强调一点，我既不熟悉当地的法律，也不熟悉他父母的交际圈——把他们的儿子，我亲爱的外甥，打发上了船，送到了美国。他行装鄙陋，就如同大家看到的这样，完全可能，这孩子还来不及看一眼美国的繁华和奇迹，就会沦落到纽约港口的某个街头小巷，幸而那个女仆给我写了封信，那封信几经周折，前天才到我手上。她在信上说了事情的前因后果，描述了我外甥的样子，而且还非常明智地告知了轮船的名字。如果要给诸位——我的先生们——来点儿余闻笑料消遣消遣的话，我还能给你们挑出几段信上的话，"——他说着从口袋里取出两大张密密麻麻写满字迹的信纸，摇了摇——"在这儿念上一念，诸位定然能得到娱乐。这封信遣词造句虽然一般，但满纸表达的都是善意的小聪明和对孩子父亲的满满爱意。当然，我既不是为了纯粹地娱乐你们，也不是为了伤害我外甥的感情，他可能依然对那个女仆余情未了，这封信，要是他愿意的话，他的舱房还空着呢，那里安安静静的，他正好可以读一读，吸取一点

174

儿教训。"

卡尔对那个女仆可没有什么余情未了，过去的种种情形涌现在他眼前，越来越清晰。她坐在他家的厨房里，挨着橱柜，双肘拄在台面上。每回当他进厨房为他父亲取一个喝水的玻璃杯或者帮他母亲传达一句吩咐的时候，她总是这样看着他。有时候，她会从卡尔的脸上获取灵感，用非常奇怪的姿势歪着身子趴在橱柜上写信。有时候，她会用手遮住眼睛，任你怎么叫她也不会给你回应。有时候，她会跪在厨房边她自己的小隔间里，对着十字架虔心祷告，碰到这种情况，卡尔总是趁着路过的时候，透过没有关好的门缝，又羞又怯地偷偷看她。有时候，要是卡尔故意挡了她的路，她就会在厨房里跑来跑去，笑得像个会魔法的女巫。有时候，要是卡尔进了厨房，她就会把厨房门关上，把手按在插销上，直到他要求离去。有时候，她会往他手里塞一些他压根不需要的东西。直到有一次，她说："卡尔！"他懵懵懂懂地不知道她叫他做什么，皱着眉，叹着气跟她进了她的小隔间，然后她把门锁上了。她紧紧地搂着他的脖子，紧得他喘不过气来，她一边求他把她的衣服脱掉，一边把他的衣服脱掉，把他推倒在她的床上，似乎要独自占有他。

"卡尔，哦，我的卡尔！"她喊道，黑暗中，她好像能看见他，确定他在什么地方，可他什么也看不见，床上热得让人不舒服，她可能特地在床上堆了很多被子毯子和枕头。

然后她在他身边躺了下来，向他打听他有什么小秘密，可是他没有什么秘密，什么也说不出来，她就或真或假地生气了，摇晃他，扑到他的胸口听他的心跳声，挺起胸，好让他也同样听她的心跳声，但卡尔拒绝了，于是她把她光溜溜的肚子贴到他身上，用她的手，那么令人恶心的手，恶心得卡尔挣扎起来，费了好大劲才从枕头中抬起头和脖子，她的手在他双腿间乱找乱摸，然后用肚子撞了他好几下——他感到，好像她已经成了他身体的一部分似的，也许正是因为这个原因，他被吓得手足无措。在她多次要求下次再见之后，他才终于能够哭着回到房间，躲到自己的床上。这就是事情的全部，可是他这位舅舅却擅长从中编出一部长篇小说来。还有那个厨房里的女仆，她竟还想着纠缠他，还把他来美国的事全都告诉了这位舅舅。她这一手干得可真漂亮，他可是在账上又添了一笔。

　　"那么现在，"参议员大声说道，"我想听你在众人面前说一说，我到底是不是你的舅舅。"

　　"你是我的舅舅。"卡尔说道，他亲吻了舅舅的手，而舅舅则在他的额头亲了一下。"能遇到您，我万分高兴，可是如果您以为，有关您的事，我父母只跟我讲了不好的那些，那您就错了。除此之外，您刚才说的那一番话里，还有一些不对的地方，也就是说，我的意思是，您所讲的与实际发生的事有一些出入。您远在重洋之外，也确实无法判断事情的真伪，我能理解。另外，我相信，即使故事说得有点儿出入，但是对于先生们来说，却是无关紧要的，反正这件事本来与他们也没有多大关系。"

"说得好！"参议员说，他把卡尔带到一直看着他们的船长跟前，问道，"我是不是有一个很出色的外甥？"

"我很高兴，"船长鞠了个躬，以一种只有经历过军事训练的人才有的风度说道，"能结识您的外甥，我很高兴，参议员先生。你们能在我的船上重逢，我感到万分荣幸。此番旅途，他屈居下等舱，必然不尽如人意，可是，谁又能知道我的船上还有这么一位尊贵的乘客呢？眼下，我们竭尽所能地改善了下等舱的环境，乘坐我们下等舱的感受比起其他公司要好上许多，可是，能将这样的航行变成奢侈享受，我们尚未做到。"

"我也没觉得有多糟糕。"卡尔说道。

"他也没觉得有多糟糕！"参议员大笑着重复道。

"只是，我担心我的行李箱丢了——"说到这里，他想起了之前发生的事，以及他还没有完成的事。他转过身，看到房间里的人都还留在原来的位置，他们都用一种尊重和惊讶的眼神看向他。只有那两位港务官员板着一张严肃、高傲的脸，能看出来，他们觉得自己来得不是时候，对此他们颇感遗憾，但是与房间里正在发生的事情，以及将要发生的事情相比，摆在他们面前的怀表也许更重要一些。

出乎所有人的意料，船长说完之后第一个站出来说话的竟然是锅炉工。

"我衷心祝贺您!"他说着握了握卡尔的手,像是借此表示认同。当他说着同样的话转向参议员时,后者往后退了退,似乎锅炉工此举有些逾越了,看到对方的反应,锅炉工也立刻意识到了这一点。

其他人现在也不能无动于衷了,他们也必须做些什么了,于是马上一窝蜂似的围到卡尔和参议员的周围,乱哄哄的,卡尔甚至得到了苏保尔的祝贺,他也接受了,并为此表达了感谢。当房间恢复平静之后,港务官员们才最后走过来,用英文说了几句话,英语的腔调听起来有点儿滑稽。

参议员现在情绪高涨,他要彻彻底底地享受这份喜悦,虽然这种重逢的时刻本来并不重要,但是他仍然要给自己、给众人留下深刻的印象。对这一做法,船上众人不仅顺水推舟,而且还显得兴致勃勃。于是,他特意提到了自己的笔记本,说女仆是如何提到卡尔的特别之处,他又是如何为了以防万一,将这些特点一一记在笔记本上的,能有此番重逢,完全是个意外。方才,锅炉工喋喋不休,唠叨得让人无法忍受,他一半是为了躲清静,一半是为了当个玩乐消遣,这才掏出笔记本尝试着将卡尔的外貌与女仆那不专业的描述一一核对。"就这样,天上掉下个外甥!"他说道,并用这句话给自己的故事做了一个漂亮的结尾,语调中似乎期待着人们再次向他表达祝贺。

178

"那现在锅炉工的事情怎么办呢？"卡尔抓住他舅舅的话茬问道。他觉得，以他现在全新的身份地位，能够无所畏惧地仗义执言了。

　　"锅炉工的事该怎么就怎么办，"参议员说，"船长自有他的决断，在我看来，锅炉工的事我们听得够多了，太多了，在场的诸位，他们的看法必定与我一致。"

　　"事情不在于此，而在于公道。"卡尔说。他站在舅舅和船长之间，也许这样的位置给了他一种决定权在他手上的错觉。

　　尽管如此，锅炉工看起来已经放弃了一切希望。他双手半插在裤腰的皮带里，先前那番激烈的动作，使他的衬衫从裤子里掉了出来，露出了衣摆上拼接的条纹状的花纹，可他却毫不在乎。他已经把心里的苦水都倒了出来，现在，让人看见他身上的破旧衣服，哪怕让人把他从这里架出去，他也无所谓了。在他的想象中，把他架出去这活儿应该会落在那位侍从和苏保尔的头上，毕竟这两个人的身份在这里算是最低的了。这样一来，苏保尔应该能够冷静下来，不会再像财务管事说的那样受不了了。如此一来，船长就能雇佣更多的罗马尼亚人了，船上到处都是罗马尼亚人，到处都说罗马尼亚语，也许这样真的会让一切都变得更好。出纳室里再也不会有锅炉工的唠叨了，而他最后的唠叨也会给人留下相当友好的记忆，因为，就如参议员明确解释过的那样，他的唠叨间接地创造了一位大人物认回外甥的机会。况且，这位外甥之前还五次三番地尝试为他出头，认亲一事上的功劳他早就得过报酬了，他还能从卡尔那里要求些什么呢？锅炉工想不出来。再说了，就算他现在是参议员的外甥了，可他还不是船长，也无从知道那位船长的嘴里会冒出什么样的话来。——锅炉工头脑混乱，尽力不去看卡尔，但可惜，在这个满是敌人的房间里，他的目光再也没有别的地方可以停留了。

"不要误解此事，"参议员对卡尔说，"这也许事关公道，但同时也事关规矩原则。两者，尤其是后者，此时此刻，应该由船长决断。"

"这话没错。"锅炉工嘟哝道，注意到他并听懂这句话的人露出惊讶的微笑。

"除此之外，轮船刚刚靠岸纽约港，船长一定有成堆的公务需要处理，我们已经打扰他很长时间了，现在，我们必须得离开这艘船了。不过是两个机械工之间微不足道的摩擦，不要当成什么大事，我们也根本没有一丝一毫插手的必要。我理解你为人处世的原则，我亲爱的外甥，相当理解，但正因如此，我才更有必要带你立刻离开此地。"

"我马上为您准备一艘小艇。"船长说道，他对参议员言听计从，这让卡尔觉得惊奇，很明显，在舅舅面前船长把姿态放得很低。财务管事立即跑向写字台，去给管理小艇的水手长去电话，传达船长的命令。

"时间很紧迫了,"卡尔心想,"如果我谁都不想得罪的话,那真是什么也做不了。我绝不能让舅舅独自下船,他才把我找到,与我相认,我不能离开他。船长倒是很和蔼,可是也仅限于礼貌上的和蔼。一旦涉及船上的规矩原则,他肯定有一副截然不同的面孔,正如舅舅说的那样,他自有决断。至于苏保尔,我可不想跟这个家伙说话,我真后悔跟他握了手,而其他人倒不很重要,在这件事上,他们的作用可有可无。"

他一边这样想着,一边慢慢地走向锅炉工,把他的右手从皮带里抽出来,握在自己的手里。

"你怎么什么都不说了呢?"他问道,"为什么让他们为所欲为呢?"

锅炉工的额头上堆起皱纹,好像在寻找合适的词语好给卡尔一个完美的答复,他低下头,看着卡尔和自己握在一起的手。

"在这艘船上,没有人像你一样,承受了那么多不公正的事情,我全都知道。"卡尔的手指在锅炉工的手指间移来移去,锅炉工双眼一亮,情绪高涨,微微抬起头向四周看去,发现并没有人露出反感的神色。

"你必须为自己抗争,清清楚楚地告诉他们,是抑或不是,对抑或不对,不然的话,别人根本无法知道真相。你必须答应,把我们的斗争继续下去,顺着我的脚步,不要放弃。因为我本人,出于诸多原因,我怕我再也帮不了你什么了。"他亲吻了锅炉工的手，开始啜泣起来，他抬起锅炉工那巨大却毫无生气的手按到自己的脸颊上，似乎那是他不得不放弃的珍宝。——这时，他的参议员舅舅已经来到了他边上，轻轻用力把他拉开了。

"你好像被那个锅炉工下了咒了。"他说道，并越过卡尔给了船长一个心领神会的眼神，"在你觉得被全世界抛弃的时候，遇到了锅炉工，所以你现在对他心存感激，这是值得赞赏的。但是，看在我的分儿上，不要做得太过了，你要学会以你的身份地位去思考问题。"

门外传来阵阵吵闹声、呼喊声，甚至还有人被粗鲁地推撞到门上的声音。一个水手走了进来，他衣衫不整，不修边幅，甚至还围着一个女仆的围裙。

"外面有好多人！"他一边喊一边用手肘往外顶了下，好像他还挤在人群中似的。等回过神来想给船长敬礼的时候，他发现自己身上还围着围裙，就一把把围裙扯下来扔到地板上，喊道："真是太下作了，他们给我系了条女仆的围裙。"然后他才脚跟一并，敬了一个礼。有人刚想笑出声，船长却严肃地说："我看这真是太不成体统，到底是谁在外面？"

"那些是我的证人。"苏保尔向前一步说道，"我为他们不合时宜的举止诚恳地请求原谅，刚刚完成一趟跨洋航程，他们有点儿放松了，故而行为上有些放荡不羁。"

"立刻喊他们进来！"船长命令道。几乎同时，他转向参议员，亲切但语速极快地说道："请原谅，尊敬的参议员先生，请您与令外甥随这位水手离开吧，他将把你们送到小艇上。此番能结识您，参议员先生，于我是莫大的荣幸，在此我就不多说了，我只期待我们能有机会重逢，届时能与您，参议员先生，继续我们被迫中断的话题，讨论美国舰队情况。也许，那时还会出现一些美妙而令人愉快的意外呢，就像今天这样。"

"暂时，有这么一个外甥就足够了。"舅舅大笑着说道，"那么，请接受我最诚挚的谢意，后会有期。我们可能很快就能再见了呀，等我们"——他伸手拥住卡尔——"下次一起回欧洲的时候，说不定就能在一起待一段时间呢。"

"为此我由衷地感到高兴。"船长说。这两位先生握了握手，卡尔只能一言不发地把手递给船长，草草地握了手。因为这时，大约已经有十五个人开始七嘴八舌地跟船长说起话来，他们虽然有苏保尔带领，略显拘束，但进门时却还是吵吵闹闹的。水手做个手势自请走在前面，然后分开人群，为参议员和卡尔开道，他们俩则在两边众人的不断鞠躬中前行。那些人看起来心情不错，也许对他们而言，苏保尔与锅炉工之间的争执不过是一场玩笑罢了，即使到了船长面前，他们也是这样想。卡尔发现厨房里那位丽妮姑娘也在人群中，还高兴地朝他眨了眨眼，她的身上系着水手刚才扔在地上的围裙，原来，那围裙是她的。

他们跟着水手离开了办公室，拐进一条小小的走廊，没走几步就来到了一扇小门前，打开小门，前面是一架短短的梯子，梯子下面就是专门为他们而准备的小艇。带他们来的那个水手一下子跳进小艇，小艇上的其他水手则立刻站起来向他敬了个礼。参议员嘱咐卡尔下梯子时要小心，话刚说完，卡尔却攀在梯子上号啕大哭起来。参议员紧紧地抱住他，然后用左手轻轻地抚摸他。就这样，他们俩紧紧地靠在一起，一个台阶一个台阶地走进小艇里。参议员为卡尔选了一个位置，然后自己在他对面坐了下来。等他们一坐好，水手们就奋力地摇起桨来。小艇才荡出几米，卡尔就惊喜地发现他们现在所处的位置正好对着办公室的窗户。三个窗口前满满当当地挤着苏保尔的证人，证人们友好地向他们招手致意，舅舅也同时挥手致谢，其中一个水手还露了一手绝技，在摇桨的同时向他们飞了个吻。大家兴致高昂，似乎锅炉工这事真的已经烟消云散了。卡尔与舅舅面对面地坐着，他们的膝盖几乎都碰在了一起。他认真地看着舅舅的眼睛，心里生起了疑惑，终有一天，眼前这个人会取代锅炉工在他心里的位置吗？舅舅却避开了他的目光，看向了此起彼伏、不断地摇晃着他们的小艇的海浪。

乡村医生

当时的境地真是窘迫极了：三十里外的一个村子里有个人病了，病情危急，我必须出这趟诊，病人正等着我去救命呢。我心里焦急万分，奈何门外却正肆虐着一场百年难遇的暴风雪，去那村子的路早已变得艰难而又危险。

我站在院子里，身上裹着毛皮大衣，手里提着出诊包，万事俱备，登上马车就能出发了。马车嘛，我家里倒是有一辆，车身轻便，轱辘高大，跑在我们这种乡村道路上正合适。可是，我家光有马车却没有马。缺匹马呀！我家原来也是有一匹马的，可是就在昨天夜里，我家那匹一直奔波劳累、不得歇息的马儿最终劳累过度，不幸死了，都怪这个酷寒的冬天！这会儿，我的女仆人正在我们村里挨家挨户地求借一匹马哩。我知道能借到马的希望极其渺茫。雪越下越厚，道路愈发难走，我呆呆地站在院子里束手无策。

大门里突然出现一盏晃晃悠悠的灯，是我的女仆只身一人走进大门，手里只有那盏灯，没有马。当然啦，这个钟头，这个鬼天气，有谁肯把自己的马借给我跑差事呢？我在院子里转了一圈又一圈，仍然想不出法子。院子的一角是一个猪圈，已经空了好几年了。我走到那边，心神恍惚，一脚踢在猪圈的破门上，脚趾头传来一阵钻心的疼痛。猪圈的门晃来晃去，啪啪作响，里面飘出了一股温热的气息，仿佛带着马匹的气息。一根绳子从梁上垂下来，绳子上挂着一盏昏暗的马灯，微微荡悠着。矮棚里蜷缩着一个年轻的男子，听到声响，抬起头，露出一张还没有长出胡子的、天真无邪的脸来。"要我套马吗？"他手脚并用地爬了过来，问道。我不知道该怎么回答才好，只好弯下腰，四处打量，看看猪圈里还有些什么物什。女仆也跟了进来，站在我的边上。"家里有些什么，越是主人家才越不知道呢。"她说着，我们都笑了起来。"哎，兄弟，哎，大姐！"一个声音突兀地从外面传来。是一个马夫，身后还跟着两匹马。那两匹马又高又大，强壮健硕，身躯差不多与门洞一样宽，矫健的四腿蹬在地上，漂亮的脑袋像温驯的骆驼一样低垂着，只见它们稍稍抖动了一下身上的肌肉就先后从门洞里挤了进来，一进院子，它们就腾地一下抬起了前腿，高高地站立起来，身上围绕着一团氤氲的热气。"去帮帮他。"我说道。我那听话的女仆急忙跑了过去，想把马车上的挽具递给那马夫。可是还没等她靠近，那个马夫就一把抱住了她，冲着她的脸就亲了下去。女仆挣脱了那个马夫，尖叫着逃到我的身边，脸颊上惊现两排红红的牙印。"你这畜生。"我气急败坏地吼道，"你要吃鞭子吗？"可是话音刚落，我心里却生起了一些愧疚。一个陌生人，我既不知道他姓甚名谁，也不知道他打哪儿来，可他却恰恰在我四处碰壁、无马可用的时候，主动出手相助于我，我怎么好如此不讲礼数。那个马夫像是知道我心里的愧疚似的，根本没有把我的威吓放在眼里，自顾自地用手不停地安抚身边的马匹，转过身来看了我一眼，说："上车！"果然，马已经挽好了，一切准备就绪了，真是一点儿都不含糊！我看到这驾马车既精致又漂亮，于是就很放心地坐了上去，如此华丽的马车我还从来没有坐过呢。"我来驾车吧，这路你可不认得。"我说道。他说："好的，我就不跟着去了，我留下来陪罗莎。""不要！"罗莎随即大喊了一声，急忙往屋里奔去，她好像预感到了一场非常可怕的噩梦，女人的预感真灵啊。我听到她叮叮当当挂上门链的声音，又听到房门锁头落下的声音，看到屋里的灯一盏盏地灭了，似乎看见了她被什么追赶着似的，惊慌地跑过门廊，冲进每个房间，熄灭所有的灯，她以为这样就没人能找到她了。我对马夫说："你跟我一起去，不然我就不出这趟诊了，再急也没有急到这个份儿上。把我的女仆贴给你当车费，这种事我可干不出来。""驾！"他说着拍了一下手，马车立刻像离弦的箭一样飞奔了出去。上一秒我还能听见马夫撞裂房门的声音，下一秒我的眼睛和耳朵就在这风驰电掣中什么都看不见也什么都听不见了。

　　不过转眼之间，我便来到了病人的屋外，好像我从不曾长途跋涉过，只是随意地打开了我家大门，一抬脚就迈进了病人家的院子一样。马儿静静地站着，雪停了，雪地上铺洒着月光。病人的父母急急忙忙地出门迎接我，病人的姐姐也跟在他们的身后迎了出来。他们七嘴八舌地说着什么，将我从马车里搀扶出来，可是我却一句也没有听明白。病人的房间里充斥着一股难闻得让人窒息的怪味，炉灶里冒出的呛人的浓烟也没人去管，我真想去把窗户打开，可是我必须先查看病人的情况。我的病人是个男孩儿，盖着羽绒被，身上并没有穿睡衣，他眼神空洞，骨瘦如柴，不过倒没有发烧，体温不算低也不算高。突然，男孩儿坐起来抱住我的脖子，伏在我耳边悄声说："大夫，让我死吧。"我转过头去，环顾四周，发现没有第三个人听见这句话。他的父母沉默地站在一边，身子向前倾着，等着听我的诊断，他的姐姐则去搬了一把椅子过来，把我的出诊包放在上面。我打开包，在包里翻来翻去，想找一件合适的工具。那个男孩儿从被窝里向我伸出手来，提醒我不要忘记他的嘱托。我抓起一把镊子，凑到烛台边看了看，又放了回去。"哼！"我愤愤不平地想，"神灵啊，真是会挑时间出手啊，没有马拉车就给我送来了两匹，才解决了一件十万火急的事，就又给我送来了一件，不仅如此，还送来了那个马夫——"这时，我才又想起罗莎来。怎么样去救她，怎么样才能把她从马夫的身下救出来，三十里路程呢，而且这拉车的马儿我还驾驭不了，我该怎么办？不知什么时候，拴马的缰绳松了，那两匹马从外面推开了窗户，真不知道它们是怎么做到的。两颗硕大的马头从窗户伸进来，看着那个男孩儿，任凭一家人大喊大叫，毫无退却之意。"我得马上赶回去。"我心想，马儿在催我启程呢。男孩儿的姐姐以为我热得糊涂了，要帮我把毛皮大衣脱下，她这一番好意我无法拒绝。男孩儿的父亲拍了拍我的肩膀，他早就给我满满地斟上了一杯朗姆酒。他用如此宝贵的珍藏来款待我，希望借此让我明白他对我的信任。我摇摇头拒绝了，那些一成不变的老想法和老做法真让我受不了。一想到他们这套，我就没有了接过酒杯的兴致。男孩儿的母亲站在床边，示意我过去。这时候，有一匹马对着天花板仰起头嘶鸣起来。我顺着男孩儿的母亲的意思走了过去，把头搁到男孩儿的胸口上。我的胡子又冷又湿，惊得男孩儿浑身一颤。真相呼之欲出了，我早就知道，男孩儿根本就是健健康康的，不过有一点儿血液循环上的小问题罢了，可是他那忧心忡忡的母亲急着让他好起来，恨不得立刻就能看到活蹦乱跳的儿子，于是不断地给他喝咖啡，那么一大杯的咖啡灌下去。我可不是手到病除的神医，就让他继续这么装着吧。在这片地区，我挑着乡村医生的担子，一直兢兢业业，做的事远比应尽的义务多得多啦。纵使薪资微薄，可是对穷人，我从来不忘乐善好施。我还要养活罗莎，我还得照顾她呀，男孩儿的想法也没错，我也不想活啦。冬天如此漫长，也不知道什么时候是个尽头。我还有什么活头！我的马死了，村子里有马的人家谁也不肯借给我，马车都只能停放在猪圈里了。要是天上没有掉下两匹马来，我就得驾着母猪出诊啦，这就是我的境况。面对着这一家子，我一本正经地点着头。可是他们对我的境况却一无所知，其实就算他们知道了，也不会相信。讲讲病情，嘱咐嘱咐处方，这倒容易，但若是想与这些人沟通，简直难如登天。好啦，今天的出诊就到此为止啦，又白白跑了一趟。这种事情，我早就习以为常了。这些人，他们总是动不动就夜里来按我的急诊铃。这片地区，哪个人没有这么折磨过我呢？可是为了今天这一趟，我还搭上了罗莎，那美丽的女孩儿。她来我家这么些年，我几乎都没有怎么关心过她——这一趟出诊，我的牺牲太大了。理智和愤怒在我的脑子里搏斗，费了九牛二虎之力，我的理智才占了上风，才使得我不迁怒于这一家子，毕竟不管怎样，他们也不可能把罗莎赔给我。就在我拉上出诊包，伸出手想要拿回我的毛皮大衣的那一刻，这一家人聚在了一处，父亲手上拿着酒杯，闻着杯子里的朗姆酒，母亲咬着嘴唇，泪眼汪汪，可能对我失望透顶了——这些人啊，到底在期待些什么呢——姐姐手里拿着一条沾满血迹的手巾，颤颤发抖。那一刻，我心里已经做好了准备，万不得已，我可能必须把男孩儿的情况说得糟糕点儿才行。我向他走过去，他对着我笑了起来，好似我手里端着最浓的咖啡——

恰在这时,两匹马儿都嘶鸣起来,这一声嘶叫恐怕也是神灵的示意,以此助我看诊吧?——正在这个时候,我看出来了:的确,男孩儿病得不轻。在他右侧大腿靠近胯部的地方有一个巴掌大的伤口,伤处一片红色,颜色有深有浅,伤口深处颜色很深,靠近边缘的地方颜色渐渐变浅,淤血凝固得很不均匀,淤血表面还有很多小疙瘩,整个伤口裸露着,就像一个张着口子的露天煤矿似的。远看尚且如此,近看就更加糟糕了。这样的伤口,任谁看了都会倒吸一口凉气。伤口里有很多虫子,粗细和长短都和我的小指头差不多,粉红色的身子沾着鲜红的血,蠕动着,互相缠绕着,紧紧地趴在伤口里,争相从里面探出白白的头来。可怜的孩子,神仙也救不了你了。我找到了你身上这巨大的伤口,这朵开在你身上的死神之花。看着我的一举一动,一家子人却都显得很高兴,姐姐告诉了母亲,母亲告诉了父亲。月光下,有几个人踮着脚,张着双臂保持着平衡,蹑手蹑脚地从敞开的大门走了进来,父亲又把消息告诉了这几位客人。"你会救我吗?"男孩儿哽咽着悄声问道,他被自己伤口里的虫子吓坏了。在这片地区的人就是这样,总向医生提些不可理喻的要求。教堂里的牧师赋闲在家,无聊得发慌,把自己的法衣都挠破了,一件接着一件,挠得破烂不堪。旧的信仰荡然无存了,却要我们医生用一双拿手术刀的柔弱的手来拯救众生。好吧,就如你们所愿吧!我没有自告奋勇,是你们非要让我担起这神圣的责任,那就让我来决断生死吧！我一个乡村医生，又老又窘困，连我的女仆都被人抢走了呀！我还能有什么更好的结局呢？接着，孩子的父亲、母亲、姐姐，还有一些村里的长者，他们都走进房间，走上前来，争相来脱我的衣服，房子外面，来了一个老师，领着一个小学生合唱团，用最简单的调子唱了起来：

> 除去其衣，他即能医，
> 若不能医，取其性命。
> 医生而已，医生而已。

然后，我的衣服就被脱了下来，我侧着脑袋，用手指挠着胡子，静静地看着人群。我做到了面不改色，冷静自若，可是这样也没有吓住他们，他们反而抓住了我的头，握住了我的双脚，把我抬到了病人的床上。他们把我贴着墙壁放下，好让我对着孩子的伤口。接着，一干人都退出了房间并关上了门，歌唱声也停了，一片乌云遮住了月亮，床上的被褥暖暖和和的，窗户里的马儿甩着头，像是黑黢黢的剪影。"你知道吗？"我听见男孩儿在我的耳边说道，"我对你的信任微乎其微。你也不过是一个被抛弃的人，你的生活一团糟。你不但帮不了我，现在还躺在了我的床上缩小我睡床的面积，我恨不得把你的眼珠子挖出来。"我说："没错，真是屈辱至极，可是，我好歹是个医生，我能怎么办呢？相信我，我也觉得很为难。""找这样的借口就能让我心平气和了吗？算了，我也不得不退让一步，我总是在妥协，一而再再而三地妥协，一来到这个世上，我就带着一个绚烂的伤口。我赤条条手空空，只有这个伤口随我而生。"我说道，"年轻的朋友，你错了，你错在没能看到全部的人生。我，远远近近见过许多病人，去过各种人家，今天告诉你：你的伤口并不是那么糟糕，被斧子砍了两下有了这么深的伤口。你知道很多人都自愿把半个身子奉献出来，他们几乎都听不到树林里斧子的声音，更别说是斧子靠近他们了。""真的吗？你不是看我在发烧就骗我吧？""真的，相信一位注册医生的话，绝无虚言。"他信了，平静了下来。这下，是时候想想该怎么自救啦，马儿还一直忠心耿耿地站在院子里。毛皮大衣等衣服和出诊包，一把抱起来就能走，而且连穿衣服的时间也省下了，若是马儿能像来时那般神速，从这张床上跑到我家的床上，不过是眨眼间的事。一匹马乖乖地从窗户里退了出去，我把手里的一堆东西往车里扔去，可惜毛皮大衣飞得太远，只有一只衣袖挂在马车的一个钩子上，但这就行啦。我爬到这匹马的背上，缰绳系得松松垮垮，两匹马也没有套在一起，后面跟着晃晃悠悠的马车，最后面是我的毛皮大衣拖行在雪地里。我喊了声："驾！"可是它们并没有飞奔而起，我们像老态龙钟的老人一样慢悠悠地在雪地上走着，我们的身后还传来了孩子的歌唱声，歌词是新编的，内容却文不对景：

病人啊病人，乐吧乐吧，

那个医生啊，已在你们床上！

　　按这样的速度，我永远也到不了家，我原本生意兴隆的诊所肯定倒闭了，有个新的医生接了我的班，但庸庸无为，因为他取代不了我。而在我家里，那个恶心的马夫在逞凶肆虐，罗莎成了他的猎物……我不忍心再继续想下去。我这最倒霉的可怜人啊，赤身裸体，受着冻，忍着寒，赶着神仙的马，驾着人间的车，在这荒野游荡。我的毛皮大衣挂在马车后面，但我够不着呀，那群病人，手脚灵活，可却没有一个人愿意动一根手指头。受骗了！上当了！这就是听信夜诊铃的后果呀——这样的后果永远无法挽回。

豺狗和阿拉伯人

我们露宿在一片绿洲里，同伴们都已经睡着了。一个阿拉伯人，身材颀长，穿着白袍，从我身边经过。他刚喂完了骆驼，正往自己睡觉的地方走去。

我仰面躺倒在草丛里，想睡却无法入眠，远处有头豺狗在阵阵哀嚎，我又坐了起来。刚刚我还觉得那哀怨的嚎叫声离得很远，可似乎在突然之间，它就近在咫尺了。是一群豺狗飞奔着向我这边围来，它们有一双双暗金色的眼睛，腾挪着瘦长的身躯，行动矫捷却又不失秩序，像是身后有一条看不见的鞭子在驱赶着它们似的。

其中一头，从我的身后挤到我的胳膊下，钻出头来，紧紧地依偎着我，像是要汲取我的温暖，然后，它走到我面前，几乎紧贴着我的脸，开口说道：

"我，是这块地界上年龄最大的豺狗，能在这里向你致以问候我倍感荣幸。很久很久以来，从我的母亲，我母亲的母亲，乃至所有豺狗的原始之母开始，我们就一直在此地等候你，抱着渺茫的希望，望眼欲穿。请你相信我的话！"

"这我愧不敢当啊。"我说着，吃惊之下，我倒是忘了身边有一堆早就准备好的木柴。豺狗怕烟，只要一点燃柴堆，豺狗就不敢靠近了。"你的话让我受宠若惊了，我从遥远的北方来到此地，不过是一个偶然的巧合，而且，这只是一趟短暂的旅行，你们这些豺狗，到底想要做什么？"

可能是我的话听上去太过和善了，它们像是受到鼓舞一般向我围来，越来越近，呼吸急促，低声咆哮。

"我们知道，"最老的那一头豺狗又说道，"你从北方而来，这正是我们希望之所在。我们等待着理智，遥远的北方是理智之土，但在这儿，在阿拉伯人中，早已无迹可寻。他们傲慢且冷漠，他们的冷漠湮灭理智的星火。为了口腹之欲，他们戕杀动物，同样是肉，腐尸臭肉他们却不屑一顾。"

我说道："别那么大声，旁边就睡着阿拉伯人呢。"

"你可真是个不折不扣的外地人。"那头豺狗说道，"若是你生长于此地，你便会明白，从古至今，从来没有哪头豺狗害怕过阿拉伯人。我们还用得着害怕他们？我们被神所弃，被迫与这样的民族为伍，难道这还不够不幸吗？"

我说道："也许吧，也许是吧，有些事情，与我八竿子打不

196

着，我也不好妄加评论。听上去，你们之间的矛盾由来已久，想必你们之间的斗争也早已深入骨髓了，也许，只有用鲜血才能解决。"

"是啊！"豺狗说道。狗群的呼吸更加急促了，它们虽然勉强待在原地，不跑也不动，却个个激动万分，胸口不断地起伏，一股腥臭从它们大张的嘴中喷薄而出，熏得人无处可逃，恨不能就此遁走。"你说的与我们的古训丝毫不差，喝尽他们的血，这场争斗就结束了！"

"哎！"我再也无法镇定，激动得手足无措，说道，"他们会反击的呀，会用猎枪将你们成群成群地击杀的。"

它说道："你误会我们了，人类的偏见啊，原来在遥远的北方，也有这样顽固的偏见，理智并没有把偏见消除殆尽。我们并不是要杀了他们，唉，真是跳进黄河也洗不清了。事实上，我们一直躲着他们。一看到他们的身影，我们就会远远地躲开，躲到空气更加干净的地方，躲到沙漠里，直到现在，我们沦落在这沙漠偏安一隅。"

就在我们说话的工夫，越来越多的豺狗潮水般从远处不断地向这边涌来，站在四周。它们全都垂下了头，搁在前腿边，用爪子清理着头上的毛。好像它们都小心翼翼地掩藏着眼中的厌恶，一种令我害怕的、深深的厌恶，一种会使我想尽办法跳出包围逃之夭夭的厌恶。

"那么，你们打算怎么办呢？"我说着想要站起来，但是没等我抬起屁股，就有两头小豺狗趴在我的身后，用它们的嘴紧紧地咬着我的外套和衬衣，我只好又原地坐好。

老豺狗神情庄重地解释："它们是遵照礼仪托着你的衣摆，这是表示尊荣的礼仪。"

"让它们松开！"我大声地喊着，来来回回地转着身子，看看老的，又看看小的。

老豺狗说："它们会松开的，如果这是你的要求。不过，它们需要一点儿时间。按照礼仪传统，它们必须咬得极其用力，极其牢固。牙齿交错而咬，又深又紧，一定得慢慢松开才行，它们只需要一小会儿的时间，正好，就请你听一听我们的愿望吧。"

我说道："你们的所作所为，可没有让我心甘情愿好好听的意思。"

第一次，它用上了嗓音里天生自带的哀怨腔调说："我们弄巧成拙了，请你原谅吧。我们这种动物，多么可怜，生来别无他长，只有一口牙而已。不管我们有什么想法，善的，又或是恶的，所能凭借的就只有这一口牙。"

"那么，你想要什么？"我问道，稍稍缓和了自己说话的语气，但也仅仅有一丝缓和而已。

"先生！"它喊道。此时，豺狗们则仰头嚎叫了起来，声音悠远绵长，听起来像是一首曲子。"先生，你应该来结束这场争斗，这场把世界一分为二的争斗。看你的样子，观你的言行，你就是我们先辈所说的那个人啊。我们一定要从阿拉伯人那里夺回清净的世界。我们希望，得以自由呼吸空气；我们希望，天穹之下，再也看不见他们的身影；我们再也不想听到羔羊被阿拉伯人宰杀，再也不想听见它们死前的凄惨叫声；我们希望，所有的牲畜死得安然，死得其所；我们希望，能够心无旁骛地喝干它们的血，啃光它们的肉，只剩白骨。纯洁，除了纯洁无瑕，我们别无他求。"——说到此处，豺狗群里一片哭泣，一片哽咽——"如今的这个世界，你，你这高贵的心，甜美的肝，你怎么忍受得了？他们的白袍污秽不洁，他们的黑发肮脏不堪，他们的胡子如此狰狞，他们的眼睛让人一看就恶心作呕，他们的腋窝，一抬起来就像打开了地狱的大门。所以，先生啊，这是无法忍受的啊，尊贵的先生，请用你这双万能的手，握住这把剪刀，割断他们的喉咙吧！"它一摆头，立刻就有一头豺狗走上前来，尖齿间叼着一把小巧的、锈迹斑驳的裁缝剪刀。

"哈，功夫不负有心人，这把剪刀终于出现了，那就让我们做个了结吧！"在一片呜咽声中突然响起了我们队伍里那位阿拉伯头领的声音。他一边喊着，一边挥舞着他手中长长的鞭子——原来，他逆着风，早就悄悄地潜行到了跟前。

群狗仓皇跳起，四散而逃，不过，跑到不远的地方，它们又停了下来，蹲坐在一起，挤挤挨挨，密密麻麻，看上去好像一条窄窄的、闪烁着无数鬼火的围栏。

"先生，这场戏，你没有错过呢！看完了，听完了，可还觉得精彩？"阿拉伯人高兴地说道，他笑得开怀而又不失他们民族的矜持。"听你的意思，这些豺狗在图谋些什么你早就心知肚明啦？"我问道。"那当然，先生。"他说道，"这事尽人皆知，阿拉伯人走到哪里，这把剪刀就会出现在哪里。不管穿越多少沙漠，跋涉多长时间，这把剪刀始终如幽灵般尾随着我们的队伍。每个欧洲人来了都会被授予这项伟大的使命，每个欧洲人都是它们在等候的人。这些豺狗心存一个所谓的希望，真是荒谬可笑至极，这些小丑，它们是真正的小丑。不过，我们也喜爱它们，这个族群就是我们的狗，与你们那边的狗相比，它们可漂亮出色多了。我再请你看一场表演吧！今天夜里，我们这死了一头骆驼，我让人抬了过来，请你看好了。"

另一边走过来四个人，把一具沉重的死骆驼扔到我们跟前。还没等它落地，豺狗们的呜咽声就开始了。一头头，一只只，断断续续，身子蹭着地面，心不甘情不愿地，像被绳子牵着、拖着，无力抗拒似的爬了过来。此时此刻，它们忘了肮脏污秽的阿拉伯人，忘了祖祖辈辈的憎恨，眼前的尸体散发出香味，像是魔法，使它们把一切都忘了。转眼间，便有一头狼攀上了死骆驼的脖子，无比精确地狠狠一口，咬破了骆驼的大动脉。它就像一台疯狂的小水泵，开足了马力，想要扑灭腹中熊熊烈火般的饥渴，

200

即使吸食的鲜血根本不足以消除它的饥渴，它也不愿放弃，全力以赴，又拉又扯，全身上下，每一块肌肉都颤颤地抽搐起来。刹那间，所有的豺狗都爬到了死骆驼身上，做着同样的动作，层层叠叠，堆得像一座小山一样高。

这时，那个阿拉伯头领扬起长长的鞭子，向狗群抽去。他的鞭子丝毫不讲章法，只管狠狠地抽打，鞭子落在豺狗们的身上，所向披靡。豺狗们抬起意识不清的脑袋，睁开蒙眬的醉眼，看到阿拉伯人就在它们跟前站着，手持长鞭。直到鞭子打在了嘴巴上，它们才感觉到痛，跳将起来，溃逃而去。可是，才跑了一段路，就又停下了脚步。死骆驼的身上已经被撕咬开了很多口子，伤口大张，鲜血汩汩而流，腾起阵阵热气，诱惑着它们，让它们毫无招架之力。它们又扑了上去，头领又举起了手中的鞭子，见此，我抓住了他的胳膊。"你是对的，先生。"他说道，"何必多管闲事，就让它们忙自己的去吧。时候差不多了，我们也该启程了。这些豺狗，你瞧见了吧？多好的畜生，多惹人喜爱的动物，不是吗？而它们又有多么恨我们哪！"

老光棍布鲁姆菲尔德

　　布鲁姆菲尔德，年纪一大把，依然子身一人，是个老光棍。一天晚上，他像往常一样在回家的楼梯上一步一步地走着，他住在这幢房子的七楼，每天回家上楼梯真是一件非常费力的事情。他一边上楼一边心里在想：这种孤独寂寞的日子真是难熬。最近一段时间来，他常常会有这样的念头。每一天，他都像现在这样，一成不变地爬完这七层楼梯，回到上面那个空无一人的家里，然后又一成不变地换上睡袍，点上烟斗，读一读法文杂志，再顺便喝一点儿樱桃酒，杂志是很多年以前就开始订了的，樱桃酒也是他自己亲手酿制的。这样消磨半个小时之后再起身去睡觉，睡前当然还得再将床铺重新整理一番，因为他的女佣在铺床叠被这项工作上总是心不在焉，敷衍了事，而且还屡教不改。布鲁姆菲尔德觉得，这时若有人能与他做伴，陪着他，哪怕什么都不做，只是在一旁看着他，不管是谁，他都会非常欢迎的。他曾认真地考虑过，是不是应该养一条小狗。狗这种动物很有趣，最重要的是，它们既懂得感恩又忠心耿耿。布鲁姆菲尔德的一个同事就养了这么一条狗，除了主人，它跟谁也不亲近，哪怕只跟它的主人分开一眨眼的工夫，再见时它都会大叫着热烈地扑上去，毫不吝啬地表露出它再见到主人的喜悦心情。当然，养狗有利也有弊。不管你养得多么认真用心，多么注意卫生，它还是会把房间弄得又脏又乱。这一弊端，完全无法避免，总不至于每次放狗进门前都先用热水把它洗一遍吧，要真这样做的话，狗的身体也受不了啊。但是房间如果脏兮兮的话，布鲁姆菲尔德肯定是受不了的。对他来说，保持房间清洁是要事一件，绝不可马虎。在这一点上，他每个星期总要跟女佣吵上很多次。女佣有点儿耳聋，因此他往往得拽着她的胳膊满屋子转来转去，把收拾打扫得不符合他要求的地方一一指给她看。多亏他的严格要求，屋子如今才能略微整洁一些，才能稍稍接近他心中的理想标准。假如哪天他真的养起狗来，那意味着，这场持续多年的与脏乱环境之间的斗争就要功亏一篑了，那简直就是敞开家门，任凭污秽登堂入室啊。对了，还有跳蚤，可别忘了这种与狗形影不离的东西。一旦家里有了跳蚤，就离布鲁姆菲尔德惶惶而逃、把舒适的家让给狗的那一刻不远了。肮脏不堪不过是养狗的弊端之一，狗还会生病，而狗的病，人是搞不懂的。狗要是生了病，它不是蜷缩到角落里去，就是走起路来一瘸一拐，会呜呜咽咽地叫，会轻轻地咳，会因为疼痛而干呕，你还不知道它到底疼在哪里，你要拿一条毯子将它裹起来，吹吹口哨安慰它，喂它牛奶……总之，你要满怀希望地悉心照料它，希望它只是生了场小病，当然，运气好的话，你的希望会实现，但是运气不好的话，它开始可能会染上一种严重的、可怕的、有传染性的病。而且，就算这条狗无病无灾地长大，活得健健康康，总也免不了会有一天，它日益衰弱，渐渐老去。你若是没有早早地狠下心来，及时地把你那忠诚的狗儿送走，到那个时候，你就会在狗儿的盈盈泪眼之中，看到自己垂垂老矣的样子，相顾而怜。然后，你眼看着狗儿变得半聋半瞎，呼吸困难，变得寸步难行，受尽折磨，你自己也与它一起受着折磨和煎熬，你以前从它身上得到的快乐，如今要用几倍的痛苦去偿还。尽管布鲁姆菲尔德那么喜欢狗，可是一想到多年以后会有一条老态龙钟的狗陪着他一步一步地挪上楼去，喘气的声音甚至比他还大，一想到他要为了这么一条老狗而忧心烦恼，那他宁可继续孤身一人把这楼梯再爬上三十年。

如此看来，布鲁姆菲尔德的单身日子还得继续过下去。那些独居的老姑娘总想要在身边养上一种活蹦乱跳的小东西，能顺自己的意、听自己的话，可以让她去爱护，去体贴，去照顾。只要能满足她的这些需求，养一只猫、一只金丝雀，哪怕一条金鱼都行。实在不行的话，在窗台上养养花，她们也能心满意足。布鲁姆菲尔德与她们不同，他没有她们的那种渴望和需求，他只想有个动物来做伴，但是这个动物最好不用他多费心思去照顾，必须要好养活，即便踢上一脚它也不会要死不活的，必要时丢到街头它也能自己过上一夜，但只要布鲁姆菲尔德想到了它，它便要立刻欢呼雀跃地跑来，亲亲热热地舔他的手。这样的东西才是布鲁姆菲尔德想要的，但是他心里也非常清楚，无论养什么，找什么样的伴，都会有这样那样的麻烦，所以他干脆放弃了这个念头。可是性格天成，优柔寡断的他时不时地还是会回到这个念头上，今天晚上就是如此。

终于，他爬上了七楼，站在了家门口。正当他伸手掏钥匙的时候，突然听到房门里传出某种异样的响动来。一种陌生的声响，啪啪，啪啪，像是响亮的击掌声，热热闹闹且又富有节奏。由于刚刚才念及养狗的事情，布鲁姆菲尔德觉得这响动声听起来像是房间里有条狗在跑来跑去，不断地用爪子拍打地板。但是狗爪子不会发出响亮的击掌声啊，所以必定不是狗。他急急忙忙地开了门锁，又立刻打开了电灯，眼前的一幕让他大感意外。这真是太神奇了！有两个小小的塑料球在木地板上跳来跳去！两个小球都是白色的，带着蓝色条纹，一个球刚刚落在地上，另一个正好高高跃起，一上一下，此起彼伏。上中学的时候，布鲁姆菲尔德曾参观过一个有名的电学实验，那时他曾见过类似的情景，实验里的小球也会这样跳来跳去，不过眼前的这两个球要比实验里的大得多，而且这会儿，在他的房间里，肯定也没有谁在做什么实验，它们就这么在房间里跳来跳去。布鲁姆菲尔德弯下腰去，仔仔细细地观察起来。毫无疑问，这两个球确实是普普通通的塑料球，不过，小球的内部很可能还有一些更小的球，这样才能发出这种啪啪击掌的声音。布鲁姆菲尔德伸手在小球上空挥了挥，想看看它们是不是被吊在什么线上。不，并没有什么线，它们完全是自己在跳上跳下。真遗憾，布鲁姆菲尔德已经不是个只知玩乐的孩童了，否则，这两个神奇的小球一定会给他一个极大的惊喜，可惜现在，这一幕带给他的惊吓大过惊喜。他的单身汉生活向来隐秘，而且他也不是毫不珍惜这份隐秘，可是如今却有某个人（不管这个人是谁）偷窥了他的隐秘生活，还放了两个奇怪的球进来。

他又伸出手，想把其中一个球抓住，但它们却灵巧地避开了，反客为主地逗着他紧追不舍地满屋子乱追乱跑。"这样追着两个小球乱跑，真是太愚蠢了！"想到这里，他停下了脚步，静静地注视着它们。他发现，他一停下追赶的脚步，那两个小球也不到处跑了，就在原地跳动。"我得想个办法抓住它们。"他一边这样想，一边猛地追过去。那两个小球反应极其迅速，躲开了他的这一追击，可是这一回，布鲁姆菲尔德慢慢地把它们逼到了房间的一个角落里。那个角落里放着一个旅行箱，小球们避无可避，逃无可逃，终于被他抓住了一个。这个球小小的，凉凉的，被他抓在手里还拼命地转个不停，试图从他的手里逃走。另外一

206

个小球眼看同伴陷入了危险，跳得越来越急，越来越高，直到能碰到布鲁姆菲尔德的手的高度，它一头冲向那只手，急促地拍打着，冲击着，不断地改变进攻的方向，可是那只手却牢牢地困住了它的同伴。无计可施之下，它跳得更高了，似乎改变了策略，想朝布鲁姆菲尔德的脸发起进攻了。原本布鲁姆菲尔德能把这个小球也抓住，然后把两个球一起关到什么地方去，可是就在伸手去抓的那一刻，他改了主意。他觉得对这么两个小球使出这样的手段未免太过卑鄙，这两个小球其实也挺有趣的，可能再过一会儿，它们就跳累了，然后就会滚到哪个柜子底下躲起来，到时候就清静了。布鲁姆菲尔德一面这样想着，一面却抑制不住满腔的怒火，把手里的小球狠狠地摔到了地板上。那小球倒也神奇，受了这么强劲的一击，那层薄薄的、几乎透明的塑料外壳竟然完好无损。不仅如此，它们竟然还能立刻做到无缝衔接，继续之前的游戏，你上我下，好不默契。

布鲁姆菲尔德一边默默地脱着衣服，一边整理着衣柜，习惯使然，他总是要将衣柜仔细地检查一遍，看女佣是不是把所有的衣服都归置到了固定的地方。他一边收拾，一边还几次回过头去观察小球的动静。这会儿，情况好像反过来了，这两个小球似乎开始追着他跑了。它们慢慢地靠近了他，来到他身后咫尺的地方才不再继续前进，而是留在原地，跳上跳下。按照布鲁姆菲尔德的习惯，换上睡袍之后，他就会走到对面墙壁上的烟斗架子那里，去选一支挂在架子上的烟斗。在他转身去取烟斗之前，他突然下意识地往后退了一步，而这两个小球竟然及时躲开了，没有被他踩到。他一迈开脚往对面走去，它们就立刻做出了反应，应和着他的脚步，跟上了他的步伐，哪怕他穿着拖鞋，步调时大时小，时快时慢，也丝毫不影响它们完美的节奏。布鲁姆菲尔德有心想看它们的反应，就故意来了一个急转身。可是还没等他完全转过身去，那两个小球已经凌空划了个弧，转了半圈，跳到他的身后去啦。他还不死心，故技重施，一再地转身，却没有一回得逞。它们好像把自己当成了布鲁姆菲尔德的从属一般，竟然不敢走在他的前面。之前的种种大胆行为显然不过是它们的出场秀，为了在他面前展示自己的存在而已，此刻，它们才真正进入自己的角色，履行起了自己的职责。

以往，一旦碰到自己无法掌控、无力处理的特殊情况，布鲁姆菲尔德就会像鸵鸟一样，把头埋进沙子里，假装自己一无所知，试图置身事外。这个办法也屡屡能收到奇效，至少也能让情况变得不那么糟糕。今天，他也打算沿用以往的经验，于是就站在架子前，噘起嘴，拿起一支烟斗，从手边的烟袋里取出烟丝，任由那两个小球在他身后自己跳得高兴，自顾自地仔仔细细地填起烟斗来。不过，要不要走到书桌那边去呢？他举棋不定。一旦走动，小球必定会跟上来，他真不想听到小球与自己的脚步声相应和的动静，这简直让他头疼。因此他站在原地，慢慢地填着烟丝，一遍一遍地计算着自己与桌子之间的距离。直到最后，他终于忍无可忍了，抬起脚步，重重地跺着地板，向桌子走了过去。房间里响起他的脚步声，极其响亮，他的耳朵里只听得见自己的脚步声，也就听不见小球跳动的动静了。不过，一等他坐下来，它们早已跟到了椅子后面，像之前一样，跳来跳去，让人无法忽略。

桌子上方的墙上钉着一块板子，像个小架子一样，伸手可及，上面搁着那个装了樱桃酒的瓶子，瓶子周围还有几个小玻璃杯，排列得整整齐齐，酒瓶旁边还有一摞法文杂志，也叠得方方正正。正好今天刚到了一本新刊，布鲁姆菲尔德伸手把杂志取了下来。至于酒嘛，他是完全抛在了脑后。这会儿，他可不是真的有什么阅读的兴致或需求。因此，他一改以往一页一页小心翻阅的习惯，随手打开杂志，翻到一页，上面是一张大大的照片。他逼着自己看得仔细一些，原来照片上是俄国沙皇与法国总统见面的场景。啊，他们是在一艘船上见的面，这艘船的周围还有许许多多多的船，绵延到天际，看起来是个天气晴朗的日子，能看到一股股烟从大大小小的烟囱里冒出来。沙皇与总统，这两位元首都迈着大步迎着对方走去，他们的手刚刚握在一起。沙皇与总统的脸上洋溢着微笑，而他们身后随行的先生们倒是紧绷着脸，一本正经的样子，眼睛也牢牢地盯着他们的元首。见面会显然是在这艘船的最上层的甲板上进行的，再往下看，还能看见几排抬手敬礼的水手，只是被照片的边框剪去了一部分，看不到全貌。布鲁姆菲尔德越看越有兴致，于是他把照片稍稍拿远一些，眯起眼睛仔细地看了又看。他一直觉得这种宏大的场面有意思极了，照片上的两位元首握住对方的手，显得如此轻松随意又热情真挚，当时隆重而又和平的真情实况可见一斑。同样，那些随行的人——他们自然也是位高权重的人物，照片下面还附有他们的姓名——正经历着这一重要的历史时刻，可不得表现得庄重严肃吗?

　　布鲁姆菲尔德并没有像往常那样取来酒和杯子，而是一动不动地坐着，看着面前仍未点火的烟斗。他在等待一个突然出手的良机，终于，趁小球不备，他一激灵，连人带椅子转了过去。但是那两个小球的警觉性却丝毫不比他逊色，又或者是有什么神秘的力量控制、支配着它们，反正在布鲁姆菲尔德转身的一刹那间，它们也离开了自己的位置，顺利地转移到了他的身后。这么一来，布鲁姆菲尔德现在是背靠着桌子坐着了，他手上依然拿着那支没点上火的烟斗。而那两个小球则躲在了桌子下面，那里铺着地毯，它们在地毯上跳来跳去，发出的声响倒是非常小了。其实，双方现在所处的位置有一个极大的好处，小球发出的声响已经微乎其微了，若不仔细去听，没有人会发觉。不过布鲁姆菲尔德却是听得全神贯注，再怎么细微的声音也逃不过他的耳朵。也许，这种神经紧绷的情况只是暂时的，用不了多久，他可能就会放松下来，不会像现在这样认真去听了；那么也就听不到这个声响了。布鲁姆菲尔德好像找到了这两个小球的弱点，地毯！在地毯上，它们的动静就不再那么引人注意了。也就是说，只要铺上一层地毯，最好铺上两层，那它们就造不成多少困扰了。当然，这不过是个权宜之计，实际上，对布鲁姆菲尔德来说，它们的存在本身就是困扰。

这一刻，布鲁姆菲尔德后悔自己没有养上一条狗了。一条年轻力壮、勇猛凶狠的狗对付起这两个小球来，可不就是小菜一碟嘛。他都能想象得出，那条狗会如何猛扑过去，如何伸出爪子扑打它们，如何把它们追得满屋子乱窜，逼得它们无处可逃，最后张开嘴巴一口就咬住它们。很有可能，用不了多久布鲁姆菲尔德就会带回一条狗来。

但是眼下，能威胁到这两个小球的只有布鲁姆菲尔德本人而已，而他呢，暂时还没有把它们彻底毁掉的念头，又或者还缺一点儿破釜沉舟、当机立断的决心。他辛苦了一天，一身疲惫地回到家来，正需要好好休息，没想到等待着他的却是这样的"惊喜"。这会儿，他才真正感觉到了疲惫。这两个小球肯定是要弄走的，而且得尽快弄走，但是现在暂时还不行，或许明天吧。其实，平心而论的话，小球们的行为并不出格，它们表现得小心谨慎，也足够恭敬顺从。不然的话，它们大可以时不时地从桌子下面跳出来，晃一下再躲回去，或者索性再跳得高一点儿，碰到桌子的底板，这样也能发出声响来，弥补一下被地毯消去声音的弱点。可是它们并没有这么做，反而是把自己的活动限制在必需的范围内，尽量不去招惹布鲁姆菲尔德。

　　事实上，哪怕小球们只是保持着这种必需的活动，也足以让布鲁姆菲尔德难以忍受了。才在这桌子边上坐了几分钟，他就再也待不下去了，他想起身去睡觉了。当然，他之所以必须起身到床上去，还有另外一个原因，那就是，坐在椅子上没法点火抽烟，火柴被他放在床头柜上了。要抽烟的话，就得去取火柴，去取火柴就得走到床边去，而既然都已经走到床边了，何不索性躺到床上去呢。想到这里，他心里又多了一层顾虑，就是那两个如影随形地跟着他，而且显然已经成瘾的小球，他一到床上去，它们必定会盲目地跟着，在他躺下之前跳到床上去，这样一来，不管他是不是故意的，只要一躺下就会把它们压碎呀！至于被压碎的小球是不是还能再生龙活虎地跳来跳去，这个念头太过疯狂，他不敢顺着这个思路去想。毕竟再怎么离奇的事情也该有个底线，所有的小球，只要是完整的，就会跳动，这并不稀奇，只不过不会像这两个球这样跳个不停罢了，但是球的碎片就不同了，碎片不可能会跳，理所当然，这两个球的碎片也绝对不会跳。

　　这样一想，倒是让布鲁姆菲尔德有了些勇气。"走吧！"他喊了一声，然后任由小球们跟在他的身后，又像之前那样跺着重重的脚步往床边走去。当他有意挨着床边站定的时候，他的猜想得到了证实，一个小球随即便跳到了床上。而另一个球却出乎他的意料，竟然往床底下跳了过去。小球在床底下也能跳动，这一可能性布鲁姆菲尔德从没有想到过。他对床底下的那个小球很失望，也很生气，尽管他心里清楚，这样的责怪是不公平的，因为比起床上的那个小球，床底下的那个可能更加尽心尽职一些。床上还是床下，现在轮到这两个小球做出一个抉择了，布鲁姆菲尔德可不相信它们俩能这样分开相处。果然不出他所料，不过眨眼工夫，床下的那个小球就蹦到了床上。"这下，两个都进了我的圈套！"布鲁姆菲尔德满心欢喜地想着，兴奋得有点儿热血沸腾，于是一把扯下睡袍往床上跳去。可是，就在他双脚离地，凌空一跃的那一刻，那个刚刚蹦上来的小球又从床上跳了下去。布鲁姆菲尔德失望极了，直挺挺地倒在了床上。那个小球刚才可能就是想上来看看情况，结果床上的处境却让它不甚满意。紧接着，先上床的那个小球也跟着跳了下去，这没什么好奇怪的，显然床下的情况要好得多呀。"这下我就等着听上一整夜的鼓声吧。"布鲁姆菲尔德咬紧了嘴唇，认命地想。

今天夜里，这两个小球会怎么折磨他，他无从得知也无法预计，这让他心里有些难过。他的睡眠质量向来不错，细微的噪声对他的睡眠并不会有什么影响。但是为保险起见，他还是按照先前的经验在床下垫了两层地毯。他都怀疑自己是不是真的养了一只小狗，而这会儿是不是在给小狗铺一个柔软舒适的小窝。小球们好像也感到累了，想睡了，它们跳得越来越低，越来越慢。布鲁姆菲尔德半跪在床前，借着小夜灯的光仔细地观察着小球。它们跳动得极其微弱，看上去只是微微地滚动了一下，上一刻，他几乎都以为它们会顺势躺在地毯上再也不动了，可是下一刻它们却又抖擞起精神履行起自己的职责来。布鲁姆菲尔德心想，要是自己往床下看去的速度快上那么一点点，他真有可能看到两个一动不动、呼呼大睡的球宝宝呢。

不过，它们在这个岗位上好像也坚守不到明天，布鲁姆菲尔德刚在床上躺好，床下就全无动静了。他全神贯注地去捕捉床下的动静，甚至从床上探出身子侧耳倾听，但是结果都是一样的——声息全无。两层地毯不可能有这么显著的消音效果，唯一的解释就是小球们停止了跳动，要么是地毯太软，反弹力不足，它们跳不起来就索性暂时停了下来，要么（这个可能性要大得多）是它们彻底停止了跳动。依布鲁姆菲尔德的性子，他本来想起床去探个究竟，但现在房间里难得恢复往常的安静，他感到心满意足，躺在床上一动也不想动，更不想去打扰那两个安静下来的小球。为此，他甚至心甘情愿地放弃了抽烟的打算，侧过身子沉沉睡去。

床下的小球多多少少还是给他的睡眠造成了影响，虽然如往常一样一夜无梦，可是他却睡得很不踏实。这一夜里，他总觉得有人在敲门，惊醒了无数次。他心里很清楚，没有人敲门，谁会三更半夜来敲门，来敲这个独居的单身汉的门呢？即使心里再清楚明白，他还是次次都被这莫名其妙的敲门声惊醒，惊出一头大汗，然后张着嘴，眯着眼，额前的头发微微抖动着，既紧张又激动地朝房门看上一小会儿。他也曾试着计算到底惊醒了多少次，不过后来这个数字越来越大，他越数越迷糊，索性倒头睡去。至于这声音从哪里来，他觉得自己应该是知道的，不是从房门那儿传来的，而是别的地方，只不过他睡得迷迷糊糊，记忆紊乱，所以只能乱猜乱想。他只记得，一声清脆有力的敲击声发出之前，总会先有很多密集的、细微又烦人的拍打声。那些烦人的拍打声也就罢了，要是没有那个清脆的敲击声，怎么样他也能忍受得下去。可是不知出于什么原因，只要一张嘴，他就会打起呵欠，一个字也说不出来，别说斥责了，连可怜地讨价还价都做不到，懊恼之下，只好把脸埋进枕头里。就在这一番反反复复的折腾中，这一夜总算是过去了。

　　第二天早上，女佣的敲门声吵醒了他。以前他总是抱怨女佣敲门敲得有气无力，如今这温柔的敲门声倒是解脱了他一夜的痛苦。他长舒一口气，正要喊一声"进来"，恰好此时，他听到了另外一个热烈的、有点儿虚弱却又让人无法忽视的拍打声。是床下的两个小球。它们也醒了吗？与他的精神萎靡相反，它们倒是好好休息了一夜，如今又精力充沛了？"马上就来！"布鲁姆菲尔德一边朝女佣喊了一声，一边从床上一跃而起。他知道这两个小球只在他的身后活动，所以他小心翼翼地背对着它们躺到地板上，然后扭过头去，看向床下的小球们——床下的情形让他大为光火，只见它们像两个夜里爱蹬被子的孩子似的，竟然把垫在床下的地毯都蹬了出来。它们大概这一夜都没有闲着，一点儿一点儿地，勤奋地与地毯做着斗争，并且取得了不小的成就，所以此刻又能在光溜溜的木地板上跳来跳去，制造噪声了。"回你们的地毯上去！"布鲁姆菲尔德板着脸说道。等小球下面的地毯重新铺好之后，他才让女佣进来。这是一个身材臃肿的女人，脑子不太灵光，手脚也不太灵活。她把早餐端进来放在桌子上，又递给他一些卫生用品。在这期间，布鲁姆菲尔德穿着睡袍站在床前一动也没有动，他得把那两个小球镇在床底下。他的目光却一刻都没有离开过女佣，一直偷偷地观察她到底有没有发现什么。每当女佣冷不丁地停下手里的活儿，扶着哪个家具，磨磨蹭蹭的时候，他总怀疑她是否高高地吊起了眉梢，正在侧耳倾听些什么。实际上，以她的耳聋程度，即使有些异样的声响，她也不太可能会发觉。一定是他自己昨天夜里没有睡好，所以有点儿神经兮兮了。要是能想个办法让女佣做事利落一点儿就好了，可是事与愿违，她今天做事似乎比平常还慢上了一拍。她大费周章地将布鲁姆菲尔德的衣服和靴子一点儿一点儿地抱在怀里，慢腾腾地走到走廊去。走廊里传来她拍打衣服的声音，一下一下，音节很单调，时间却很漫长。而在这漫长的时间里，布鲁姆菲尔德除了在床上发呆以外什么也不能做，因为只要他一走动，小球就会立刻跟过来，所以他不得不放弃享用他最爱的热咖啡，眼睁睁地看着咖啡上的热气渐渐散去。他百无聊赖地望着窗前低垂的窗帘，窗帘外，天刚蒙蒙亮，新的一天才刚刚开始。

　　女佣总算忙完了手上的活儿，跟他说了声"再见，祝您早晨愉快！"就准备离开了，可是才走到门边，她就停下了脚步，看着布鲁姆菲尔德，嘴唇动了动，好像想说些什么，但好长时间也没能挤出一句话来。正当布鲁姆菲尔德失去耐心想开口询问的时候，她却转身离去了。布鲁姆菲尔德真想追过去冲她大吼一顿，这个又老又蠢、又呆又傻的女人！但是冷静下来想一想，他对她到底有什么成见呢？不过是讨厌她的做派而已，明明什么都没有发现，却偏偏要做出一副"我什么都知道了"的嘴脸！他的脑子真是一团糨糊，都怪昨天夜里没能睡好觉！为什么没能睡好呢？他努力回想了一下昨天晚上的经历，除了没有坚持自己的日常习惯，没有抽烟，也没有喝酒之外，并没有什么特别之处。一番思考之后，他由此得出一个结论：不抽烟不喝酒会导致睡眠不足。

　　即刻起，他打算要多多注意自己的生活质量，于是就从挂在床头柜上方的家庭急救箱里拿出一团棉花，搓成两团棉球塞进耳朵里。接着他站起身试着走了几步，那两个小球虽然马上跟了过来，但是他几乎听不见它们的跳动声了，他又往耳朵里塞了一些棉花，这下好了，什么声音都听不见了。布鲁菲尔德又试着走了几步，并不觉得有什么特别的妨碍。大家终于可以各自只管自己，互不干涉了，真是皆大欢喜。（当然，那两个小球依然跟着他，但它们虽然彼此紧紧相关，却又能做到互不妨碍。）只有一回，布鲁姆菲尔德转身的时候太过迅速，挡住了小球躲避的方向上，一个小球一头就撞上了他的膝盖。除了这么唯一的一次事故以外，他们双方一直相安无事。布鲁姆菲尔德安安静静地喝完了他的咖啡，吃完了他的早餐（他可真是饿极了，好像他不是睡了一夜的觉，而是赶了一整夜的路似的），梳洗了一番（热水也早就放凉了，但是还行，至少能提提神），换上出门的衣服。出于小心，他特意没有把窗帘拉开。他宁可在半明半暗的房间里摸索，也不愿意让第二双眼睛看见那两个小球。他现在要出门去了，虽然他不太相信小球们胆敢跟着他大摇大摆地上街去，但是为了以防万一，他觉得还是未雨绸缪为好。于是他想到了一个不错的主意。他将衣柜的门打开，然后转过身去，背朝着衣柜站定。可是这两个小球好像知道布鲁姆菲尔德打的是什么算盘似的，无论他怎么后退，它们都不肯进到衣柜里面去，而是在他和衣柜之间见缝插针地跳来跳去，要是实在没有空地了，它们也是一跳进衣柜就吓得立马跳出来，好像黑黢黢的衣柜是洪水猛兽一般，以至于它们宁可违背自己的原则，从布鲁姆菲尔德的身后跳到他的两侧，也不愿意越过衣柜的门框去。但是布鲁姆菲尔德早就把这两个小球的这些小伎俩摸得一清二楚了，他索性后退一步，亲自钻进了衣柜里面，这下，小球们就不得不跟着他进去了。一进到衣柜里，它们的命运就被决定了。衣柜里放了很多诸如靴子、盒子、小箱子之类的小东西，这些东西虽然放得整整齐齐（眼看衣柜就要变得一团糟了，他现在有点儿后悔这个主意了），但是也占据了很大的空间，在很大的程度上妨碍了小球的活动。布鲁姆菲尔德把衣柜门稍稍关起，然后做了一个很多年不曾做过的剧烈动作———纵身，以迅雷不及掩耳之势从衣柜里跳出来，再把柜门关上，锁上锁，那两个小球就被锁在衣柜里啦。布鲁姆菲尔德擦了擦脸上的汗水，心想："总算大功告成了！"衣柜里传来一阵惊天动地的声响，小球们好像绝望极了。而布鲁姆菲尔德此时的感受却恰好相反，他得意极了。他走出门去，连空荡荡的走廊都让他觉得舒服极了。他把两只耳朵从棉球里解放出来，整幢房子仿佛一下子苏醒过来，发出形形色色的声音，听着听着，他感到幸福极了。天色还早，他一路走下楼也没有看到什么人影。

他来到楼下，在走廊里看见女佣的那个刚满十岁的儿子正站在一道矮门前，钻过那道矮门就是地下室，他们家就住在那里。这个孩子跟他母亲一样丑，他叉着两条罗圈腿，双手插在裤兜里，站在门前拉风箱般地喘着粗气。他小小年纪，却得了甲状腺的毛病，要很用力才喘得上气来。往日里布鲁姆菲尔德要是路上遇见这个孩子，总要加快脚步疾步而过，可今天他竟然有了想停下来招呼一声的念头。纵然这个男孩儿是那个老女人生的，而且身上无处不是他母亲的印记，但他首先还是一个孩子，就算他的头长得怪异一些，那里面装的也还是孩童的思维，若是能好好地跟他打个招呼，随便问点儿什么，想必他也会用那种天真无邪的童音恭恭敬敬地回答，然后还能让人暂时忘记他的丑模样，去摸摸他的脸蛋儿。布鲁姆菲尔德心里虽然这么想着，但是脚下照样走得飞快。

到了街上他才发现原来今天天气还不错，比他之前在家里想的要好多了。晨雾渐渐散开，大风吹散了厚厚的云层，露出蔚蓝的天空来。布鲁姆菲尔德觉得要感谢那两个小球，要不是它们，他才不会比平时提早了那么多时间出门呢，还有，今天的报纸还放在桌子上，他都忘记看了，这可省下了不少时间，因此他现在有的是时间慢慢溜达着去上班。自从出了家门，他并没有牵肠挂肚地想着小球们，这可真不可思议。它们毕竟在他身后尽忠尽职地跟了那么长时间，怎么也能算得上是他的东西了吧，将来人们若是对布鲁姆菲尔德这个人评头论足一番的话，也应该免不了会提及它们的吧，可是它们现在却被锁在了家里，像普普通通的玩具一般被锁在了柜子里。想到这里，布鲁姆菲尔德突然有了一个念头，小球们再神奇也不过是一种球，这是它们的原本属性，对它们来说，能回归自己的原本属性，想必是最好的，求之不得的事。要是那个男孩儿还在走廊里，布鲁姆菲尔德就把那两个小球送给他，不是借给他，而是实实在在地送给他，当然，到了他手里，出借抑或赠送，两者并无区别，小球就只有一个球毁球亡的结局。能被锁在布鲁姆菲尔德的柜子里，那是一种珍藏，而到了男孩儿的手上，即使能够幸存下来，那它们也没有那么大的价值了。凡是住在这幢房子里的人，都将看到男孩儿与小球们一块儿玩耍，还有很多别的孩子也会被他们的游戏吸引过去一起玩耍，如此这般，在大家的眼里，这两个小球就只是一种玩具，而不是什么布鲁姆菲尔德的生活伴侣了，看到的人越多，这种说法就越能站得住脚，越不可动摇。于是，布鲁姆菲尔德拔腿往回跑去，见到那个男孩儿的时候，他已经走下了楼梯，正要打开地下室的门。为了叫住他，布鲁姆菲尔德不得不大声喊出他的名字："阿尔弗雷德，阿尔弗雷德！"那个男孩儿呆呆的，好一会儿都没有什么反应。"快点儿过来呀，"布鲁姆菲尔德又喊道，"我给你个东西。"住在地下室对门的物管员家的两个小女孩儿听到声音倒是跑了出来，跑到布鲁姆菲尔德身边一左一右地站着，好奇地看着他。她们显然要比男孩儿聪明伶俐得多，她们不明白那个男孩子为什么不马上走来，就一边使劲朝他招手，一边盯着布鲁姆菲尔德，同时还在心里猜测阿尔弗雷德会得到什么礼物，强烈的好奇心让她们着急。看看她们，又看看那个男孩儿，布鲁姆菲尔德觉得好笑极了。好在男孩儿好像终于反应过来了，歪歪斜斜地，一步一步地走过来。真是老鼠的儿子会打洞，他连走路的姿势都跟他的母亲一模一样。布鲁姆菲尔德想到这里的时候，恰好看到那个女佣打开地下室的门，露出脸来。于是他特意提高了嗓门，以便女佣也能听清楚他的话，到时候还能提醒一下她儿子。他用力地喊道："我有两个漂亮的小球，就放在楼上，我屋子里。你想要吗？"那个男孩儿的嘴角动了动，却不知道该怎么回答，只好转过身去，低下头用询问的目光看着他的母亲。而女孩子们却早就围着布鲁姆菲尔德又叫又跳，向他讨要小球了。"那两个球，你们也能一起玩的。"他一边说着，一边等着男孩儿的回答。布鲁姆菲尔德又问了一遍，男孩儿虽然没有说话，但是显然已经从他母亲那里得到了她的意见，这一次，他冲着布鲁姆菲尔德点了点头。"那你可听仔细了。"布鲁姆菲尔德说道，至于礼物送出去以后，可能连一声谢谢都听不到，这些小事他都不计较了，"我家的房门钥匙，你母亲手里有，你得跟她去借。这把钥匙，能打开我家里的大衣柜，小球就在大衣柜里面。取了球，就把衣柜的门，还有我家的门都仔细关好。小球嘛，你想怎么玩就怎么玩，想怎么处理都随你，不用还回来了，你听懂了吗？"可惜，男孩儿并没有听懂。布鲁姆菲尔德知道他的脑袋就是一个榆木疙瘩，所以想讲得更仔细一些。他一会儿说钥匙，一会儿说房间，一会儿又说衣柜，前前后后，反复说了很多遍，结果适得其反，男孩儿睁大了眼睛看着他，好像在他眼里，布鲁姆菲尔德不仅不是一个大发善心的好人，而是一个地狱来的恶魔似的。女孩子们倒是一点就通，她们紧紧围着布鲁姆菲尔德，伸手跟他要钥匙。"急什么！"布鲁姆菲尔德说道，没一个让他省心的！时候不早了，他不能再耽误下去了。哪怕女佣能在这个时候说上一句"我都明白了，我会跟儿子说的"这样的话呢？没有，不仅没有，她还一直自顾自地站在楼梯下面，地下室的门边上，脸上堆着假惺惺的微笑，好像在说"不好意思，我耳聋，我什么都不知道"，甚至，她心里可能还以为布鲁姆菲尔德突然对她的儿子百般疼爱起来，正在上面考他乘法口诀呢。布鲁姆菲尔德恨不得亲自跑到楼梯下面去，对着她的耳朵大喊大叫，说"你行行好吧，让你儿子发发慈悲帮帮我吧，把那两个小球拿走吧"，可他绝对不会这样做的，想到要把衣柜的钥匙放在他们手里整整一天，他已经很不情愿了。他之所以站在这儿大费口舌，而不是领着男孩儿上楼把小球亲手交给他，那并非是为自己着想。在他的想象中，他如果陪着男孩儿一起上去的话，他一转身那两个小球就会从男孩儿的手中跳下来，紧紧跟上来。总不能叫他前脚刚把东西送出去，后脚就把它们收回来吧。于是，他想再重新解释一遍，但是刚要开口，就碰到了男孩儿空无一物的目光，只好作罢。"我说的话，你还是没有听明白吗？"布鲁姆菲尔德问道，问出这话时，他绝望得几乎心痛起来。这种空洞迷茫的目光真让人束手无策，让人不知不觉中越讲越多，要是能把理智塞进这个男孩儿的脑子里面，把这空白填补起来就好了。

"我们去帮他取球吧！"女孩子高声叫道。她们聪明地意识到，只有通过男孩儿这个中间人她们才能得到小球，而这个中间人现在迷迷糊糊的，她们得想办法帮帮他才行。一声钟鸣声从物管员的屋子里传来，催促着布鲁姆菲尔德，警告他时间不多了。"那好吧，钥匙你们拿去吧。"布鲁姆菲尔德说道，还没等他好好把钥匙交出去，女孩子一把就抢了过去，他愈发觉得其实钥匙在男孩儿手里要比在她们手里保险得多。"房门钥匙问下面那个太太去拿，"布鲁姆菲尔德还在喋喋不休地吩咐着，"取了球回来，你们要把两把钥匙都交给那个太太。""知道啦，知道啦！"女孩儿们一边应着，一边向地下室跑去。她们听懂了，什么都清楚明白了，反倒是布鲁姆菲尔德像是被男孩儿的痴傻病传染了似的，完全不明白为什么她们就一点就通了呢。

转眼间，她们就已经到了楼梯下面，拽着女佣的裙子缠起她来，可惜布鲁姆菲尔德不能再耽搁下去了，虽然他特别想亲眼看着她们圆满地完成他的吩咐，但是首先时间不允许，其次他不想在外面跟那两个小球碰上。他宁愿这时候离这幢楼远远的，甚至最理想的情况是，女孩儿们跑上楼打开他家房门的时候，他已经走过好几条街了，天知道小球们再见到他后会做出什么事来。就这样，他转身离开了楼房，再度出门而去。临走前最后的一瞥，他看见女佣挣扎着身子想摆脱女孩子的纠缠，男孩儿挪着罗圈腿朝下走去，想帮自己的母亲一把。这世上怎么会有像女佣这种人，她们这种人为什么还要生下后代呢？布鲁姆菲尔德委实想不明白。

　　布鲁姆菲尔德在一家制衣厂上班，一路上，他思绪不断，不过越靠近工厂，工作上的事情就想得越多，他不由得加快了脚步。到了办公室他才发现，虽然在男孩儿身上浪费了很多时间，但他依然还是第一个到办公室的人。布鲁姆菲尔德的办公室是一个用玻璃隔出来的小房间，除了他的办公桌以外，房间里还有两张给他手下的实习生用的半人高的斜面桌。这两张斜面桌又小又窄，像是从小学生课堂里搬来的似的，这主要是因为实习生不被允许坐着干活，再说办公室面积也实在太小，要是斜面桌再大一点儿的话儿，就没有地方放布鲁姆菲尔德的办公椅了。在这样的条件下，两个实习生不得不挤在桌子前面站上一整天。这样工作起来的确称不上舒适，而且给布鲁姆菲尔德的监督工作带来很多麻烦。他们俩常常紧紧地凑在一块儿，挤在桌子前面，什么活儿都不干，不是在悄悄摸摸地聊天，就是在偷偷地打瞌睡。手上的事情那么多，任务那么重，可是这两个家伙却什么忙都帮不上，这让布鲁姆菲尔德常常感到非常恼火。厂里有一部分女工是专门生产一些高端产品的，而布鲁姆菲尔德的工作就是负责协调这方面的货物，以及整理各类款项。对这一方面的事务不作一个深入而整体的了解，那就没有办法想象这项工作的繁重程度。自从他的顶头上司几年前去世以后就没有人有这样的全局观了，因此布鲁姆菲尔德认为没人有资格对他的工作指手画脚，比如工厂主奥托马先生就很显然地低估了他的工作。对于布鲁姆菲尔德这二十年来对工厂做出的贡献，奥托马先生当然是认可的，这不仅仅是因为这份贡献有目共睹，无可置疑，而且也因为他敬重布鲁姆菲尔德忠诚可靠的人品，可惜即使如此，奥托马先生仍然低估了布鲁姆菲尔德的工作量，他甚至认为布鲁姆菲尔德处理工作的方式太过烦琐僵化，并认为这项工作可以用某种更简单、更有效的方式来完成。有谣言说（其实这话也不完全是子虚乌有）奥托马一看到布鲁姆菲尔德的工作方式就生气，为了不生气他才鲜少到这个部门来。因为一个谣言而成为众所周知的人物，这当然很让人沮丧，但是布鲁姆菲尔德也没有什么好的法子，他总不能强迫奥托马到他们部门来吧，若是他能到部门里干上一个月，研究研究这里五花八门、千头万绪的事务，实践一下他自以为是的新方法，布鲁姆菲尔德可以断定，这个部门的工作一定会变得一团糟，甚至崩溃，到了那个时候，奥托马就知道谁对谁错，谁的方法更好更有效了。

因此布鲁姆菲尔德一如既往地埋头苦干着，偶尔，大老板奥托马心血来潮路过，顺便进部门来视察的时候，他也只会小小地惊讶一番，然后便会立刻进入到一个称职的下属的角色里，尽心尽力地领着奥托马在部门里走上一圈，尝试着跟他讲讲这个机器、那个设备什么的。而后者总是微微点点头，连眼皮也不抬一下，一言不发就离开了。不被人理解倒也没有什么好苦恼的，最令布鲁姆菲尔德苦恼的是别的事。设想有一天，他若是离开了这个岗位，整个部门就会立刻陷入巨大的混乱之中，谁也对付不了这乱七八糟的一大摊子事，因为他可不觉得这个厂子里还有谁能担得起他的这份工作和责任，能让他的部门什么问题都不出，连续几个月不停不休地正常运转。老板要是不重视哪个人，那他的员工肯定会有样学样，甚至有过之而无不及。所以，每个人都对布鲁姆菲尔德的工作嗤之以鼻，没有人愿意在学徒期间到他的部门来学上一段时间，而且就算厂里招了人，也不会有人主动要求分配到他的部门里来，这样一来就导致布鲁姆菲尔德的部门严重缺人了。长久以来，除了一个倒水拖地的勤杂工以外，部门里所有的事情都靠布鲁姆菲尔德一个人亲力亲为。为了争取到一个实习生，他费尽口舌，周旋了好几个星期。在那一段时间里，他几乎天天都要到奥托马的办公室去游说一番，耐着性子，把实习生对他这个部门的必要性详详细细地阐述一遍。布鲁姆菲尔德提到了必要性，这并不是说他吃不消了，也并不是说他懈怠了。布鲁姆菲尔德不会也从不曾懈怠，为了完成工作，他不断地加班加点，这样的日子他从不曾想过要去改变。但是奥托马先生就得好好考虑考虑了，这些年来，工厂一直发展良好，业务量一直在增加，除了布鲁姆菲尔德的部门以外，其他所有的部门都得到了相应的扩张。布鲁姆菲尔德刚刚接手这个部门的时候（那么久远的事情，奥托马先生肯定不记得了），部门里只有寥寥十来个缝纫女工，而如今，这个数目已经上涨到了五六十个。如此巨大的工作量，一个人可完成不了，他需要帮手。布鲁姆菲尔德能够拍着胸脯保证他会把自己的精力百分之百地放在工作上，但是他却不能拍着胸脯保证自己能把工作百分之百地处理好。对于布鲁姆菲尔德的请求，奥托马先生当然不会直截了当地加以拒绝，他可不好意思这样对待一个老员工。但是他的种种行为——那种心不在焉的作为，那种不顾布鲁姆菲尔德还在阐述意见就跟别人说话的做派，那种先给你一个似是而非的答案，而几天后又忘得精光的行为——确实挺侮辱人的。不过布鲁姆菲尔德却并不觉得受到了侮辱，布鲁姆菲尔德可不是一个荣誉与赞美至上的梦想家。荣誉与赞美他都可以不要，反正道理在他这一边，而道理只要能得到彰显，为此有可能需要花很长的时间，但是他无论如何也会坚持到底的。终于，布鲁姆菲尔德的坚持总算得到了回报，他的部门分配来了两个实习生，但这两个是什么宝贝啊，简直能让人以为奥托马早就看透了这两个实习生的本质。比起直截了当的拒绝，或者说派这么两个人去布鲁姆菲尔德的部门比直接拒绝更能把这个部门的脸打得响一些。甚至也有可能，奥托马之所以跟布鲁姆菲尔德周旋了那么久，就是为了拖延时间，好去寻找这么两个宝贝，因为很显然，要找出这么两个人来可不容易。而且现在，布鲁姆菲尔德还不好去抱怨，不等他开口，人家早就准备好了答复：你不是要一个实习生吗，现在我给了你两个，你还有什

228

么好抱怨的呢？奥托马这一招实在是高明，当然，抱怨还是要抱怨的，不过布鲁姆菲尔德现在对得到帮手这事已经不抱什么希望了，他是因为情势所逼而不得不抱怨。他也不再像之前那样据理力争，咄咄逼人了，而是逮到什么机会就旁敲侧击地说上几句。尽管如此，那些唯恐天下不乱的同事很快就传出了谣言，说什么有人去问过奥托马，布鲁姆菲尔德一下子得到了两个出色的帮手，但仍然怨言不断。而奥托马对此回答说，没错，布鲁姆菲尔德的确还在抱怨，不过他抱怨得有道理。他如今终于真正明白了布鲁姆菲尔德的处境，正想着怎么一步一步地给每个缝纫女工派一个实习生呢，这么一算，总共要派上六十个实习生。要是六十个还不够的话，他还会再继续招实习生，要多少人给多少人。布鲁姆菲尔德管理了部门那么长时间，不是把好好的一个部门搞成一座疯人院了吗？那么干脆就把那个疯人院塞满为止吧。这些话传得绘声绘色的，甚至把奥托马平时说话的口气也学得惟妙惟肖，但是布鲁姆菲尔德坚信，奥托马本人是绝对不会用类似的口气评价他的。这一切都是二楼办公室里的那群懒虫在无中生有，所以布鲁姆菲尔德听了也是一笑置之——要是他对着那两个实习生也能做到这么冷静地一笑置之就好了。可是他们两个已经分配到他的部门了，没有办法退回去了呀。还是两个脸色苍白、病病歪歪的孩子呢！看身份证件，他们也该到了中学毕业的年龄，可是看看他们俩的样子，一看就是受了委屈都要哭着回家找妈妈的孩子，还是回去让老师再教上几年吧！他们连站都站不好，一开始的时候，在斜面桌前站上一小会儿就累得哭爹喊娘了。只要你有一瞬间不盯着他们，他们肯定不是东倒西歪地站着，就是弯着腰趴在了斜面桌上。布鲁姆菲尔德曾试着告诫他们，若是他们现在一点儿苦都不肯吃，只是一味地图舒服的话，那么就等着一辈子混吃等死当个废物吧。布鲁姆菲尔德甚至不敢把跑腿这种小活儿交给他们干，曾有一次，他让一个实习生递个东西，不过几步路的距离，结果他太过热心，就冒冒失失地撞在了斜面桌上，把膝盖撞出一个伤口来。当时，屋子里挤满了缝纫女工，工作台上堆满了产品，布鲁姆菲尔德却不得不当即扔下一切事务，把那个大哭不止的实习生带到他办公室去，在那里找出一小截绷带，把伤口包扎起来。但是实习生的这种热心也不过是种表面现象，就像几岁的孩子一样，他们的热心有的时候是为了得到一个表扬，而更多的时候，或者确切地说，从始至终就只是为了转移上司的注意力，装模作样而已。有一次，正当旺季，布鲁姆菲尔德忙得焦头烂额，当他大汗淋漓地从他们身边跑过的时候，却发现这两个家伙正躲在货包之间交换邮票。他当时气得恨不能提起拳头冲着他们的脑袋捶上一顿，他们敢做出这种事情，就该得到这样的惩罚，可是他们不过是两个孩子，布鲁姆菲尔德总不至于把两个孩子往死里打。就这样，他只好忍气吞声地由着他们混日子。原本，他计划得美美的，给女工们分发货物这种工作既费神又费力，实习生们来了以后正好能给他搭把手。他原想着，到时候他只需要站在两张斜面桌的正后方发号施令，看着实习生们听着他的指挥来来回回地把货物分发下去。他只需要动动嘴，监督监督再记录一下就行。屋子里人那么多，他盯得再紧，也有顾及不到的时候，在他的设想中，多一个实习生就多一双眼睛，能帮他查缺补漏。他还设想，实习生们能够通过自身的努力积累必要的经验，不用任何细枝末节的小事都要来询问他的意见，只有这样，他们才能快速地学习到与产品相关的专业知识并得到大家的信任，才能学会如何区别这些缝纫女工。可是在这两个宝贝身上，所有的希望都落空了，所有的计划和设想都是竹篮打水一场空。布鲁姆菲尔德很快便意识到，让他们去跟女工们打交道，真是一个彻彻底底的错误。对于某些他们讨厌或者畏惧的女工，他们从一开始就没有要接触的打算，而对某些他们偏爱的女工，他们就恨不得天天跑到大门外去迎接。她们想要什么东西，实习生们就给她们带什么东西，然后再神秘兮兮地塞到她们手里，哪怕是一些本来就该正大光明地分发给她们的东西，他们也是一副偷偷摸摸的做派。他们还收集各种布头、各种边角料，有用没用的零零碎碎，攒了整整一个货架，背着布鲁姆菲尔德，看到哪个心头所爱的女工来了，老远就挤眉弄眼地挥起了手里的东西，然后女工们就会乐滋滋地往他们嘴里塞上一两块糖。很快，布鲁姆菲尔德就对这样的瞎胡闹出手了，女工们一来，他就把他们两个赶到玻璃隔间里的办公室里去了。他们两个觉得这样的处置极其不公平，为此还闹了很长时间的情绪，比如故意折断手中的钢笔，比如为了引起女工们的注意，低着头用力地敲着玻璃（他们倒是还不敢抬头），提醒她们自己正遭着什么样的罪，按照他们的逻辑，布鲁姆菲尔德就是造成这一切不公平的罪魁祸首。

　　自己行为上的不端，估计他们是没有考虑过的，也从来不会去考虑。比如，他们几乎没有哪天是不迟到的。在他们的顶头上司布鲁姆菲尔德看来，至少提前半小时到达办公室是最基本的工作素养，这是他从小就养成的观念——这当然不是谄媚上司的手段，也不是责任心过度，而仅仅是出于他本人对行事准则的某种理解——而他那两个实习生呢，布鲁姆菲尔德往往要等上一个小时才能看到他们姗姗来迟。每天早上，他习惯站在车间的工作台前，一手拿着面包，一手翻着女工们的小笔记本，一边啃着面包，一边核对着她们的账务。过了一会儿，他便会心无旁骛地沉浸到工作中去，直到某一刻，被一声巨响吓醒，回过神来，发现手中的钢笔在不停地抖动着。原来是他的一个实习生跌跌撞撞地冲进屋来，一手随便抓住什么东西撑着身体，一手捂着胸口，不停地喘着粗气——这一场表演不过是方便为迟到找一个蹩脚的借口罢了，这种可笑的借口布鲁姆菲尔德宁可假装没有听到，否则的话，他早就抡拳上去，把这自作自受的孩子揍上一顿了。布鲁姆菲尔德只是装聋作哑地瞧了瞧他，然后伸出手指指玻璃隔间，就低头继续看他的账去了。这时候，他总该对上司的大发善心感激涕零，迅速回到自己的岗位上了吧？不，他一点儿都不着急，反而踱起舞步来，然后又踮起脚来，最后甚至迈起小碎步来。他这是要干什么？嘲笑他的上司吗？倒也不是，这只不过是一种畏惧与不思进取综合征罢了，这种病无药可救，不然无法解释眼前这一幕：今天，布鲁姆菲尔德到得比往常任何时候都早，那个愚蠢的勤杂工正在打扫地面，整个车间尘土飞扬，他没有兴致去核对女工们的账务，就在车间静静地等着。等了很久，他才在一团尘土中发现那两个实习生的身影。他们正慢慢悠悠地从街上走来，他们勾着肩，搭着背，好像在分享着什么非常重要的事情，但肯定不是什么业务上的事，若真是有关业务的，也肯定是一些本不该外传的秘密。越靠近车间的玻璃大门，他们的脚步就变得越慢。其中一个人的手都已经放在了门把上，可是怎么也不舍得把门推开，站在门外，你说我听，笑得热闹极了。"给我们的先生们开门吧！"布鲁姆菲尔德一边抬起双手，一边朝勤杂工尖声喊道。等那两个实习生进了门，他既不想跟他们争论，也没有理会他们的问候，而是径直回到了自己的办公桌前，开始算起账来。他时不时地抬眼看看实习生们在忙些什么，其中一个人看起来好像困得很，不停地用手揉着眼睛。即便是把外套挂到钩子上去那么一小会儿的时间，他也不忘了利用起来，靠着墙磨蹭上一会儿。刚刚在街上还生龙活虎的，现在一靠近工作，倒是疲倦不堪了。比起他来，另外一个实习生倒是有兴致干活儿，不过这兴致只用在了某些工作上。比如，他心中的理想工作——扫地。可惜，厂里招他来，付他工钱，可不是让他来扫地的，扫地是勤杂工的活儿。从原则上讲，布鲁姆菲尔德绝不反对实习生去扫地，他若是喜欢就去扫好了，反正也不可能比那个勤杂工扫得更糟糕，只不过，他要是想扫地，就必须早点来儿，在勤杂工开始干活儿之前来，而不能占用他原来的上班时间，归根结底，厂里招了他来，是来处理办公室事务的。要是说这孩子年纪小，不懂事，想事情不周全，那么勤杂工呢？这个半瞎的老头子，除了布鲁姆菲尔德这儿，还有哪个部门能容得下他，要不是上帝的慈悲，以及老板的仁慈，哪里还有他如今的日子，可是他却一点儿眼力见儿都没有。人家小孩子想扫地，你就不能爽快点儿把扫把交出去吗？反正这孩子本来也拿不好扫把，扫不好地，干一小会儿就会对这个工作失去兴趣，然后就会跟在勤杂工的屁股后面，要把扫把交还给他，把扫地的活计交回去。可是这个老头儿却偏偏不懂得迂回，似乎把扫地的责任看得比天还大。还没等那孩子靠近，就看见他的双手开始哆嗦起来，好像要把扫把握得更紧一些，免得被人夺了去。他把精神都集中在扫把的所有权上，地也顾不上扫了，站在那里一动也不动。那个实习生走过去，也不说话（一来是怕影响到正在算账的布鲁姆菲尔德，二来是那老头耳朵儿不好使，轻声细语地跟他说话他也听不见），只是先拉了拉勤杂工的袖子。勤杂工当然知道实习生打的是什么主意，用不友善的目光瞪了他一眼，摇了摇头，攥紧了扫把护在胸前。然后实习生就将双手十指交叉，求起他来。实习生当然并不期望通过乞求达到什么目的，之所以这么做，不过是觉得如此求人特别有趣罢了。另一个实习生则全程不漏地看着这一出戏，捂着嘴咻咻地笑着，他以为把嘴捂上布鲁姆菲尔德就听不到他的笑声了，真是没长脑子。不管那个实习生怎么求他，勤杂工就是油盐不进，并且转过身去接着扫他的地，他以为转过身去就没人会抢他的扫把了。可是实习生却很敏捷，踮着脚，搓着双手，一下又跳到了他的面前，再次求起他来。老头儿再转到另一边去，那实习生就立即跟着跳了过去，这样兜兜转转了好几圈。最后，勤杂工发现，他逃到哪儿，对方就堵到哪儿，并且发觉自己累得要死，而对方还依旧精力旺盛（但凡他有一点点脑子，在游戏开始时就能想到这一点），他这才想起来要寻求帮助。他竖起一个手指，指了指布鲁姆菲尔德，威胁着实习生，若是再纠缠下去，他可要去告状啦。实习生也明白，若是想要扫把，那就得抓住最后的机会了，于是他再也不手下留情，劈手便抢。听到玻璃隔间里的实习生下意识地发出一阵惊呼，布鲁姆菲尔德便知道，他这一击没有得手。勤杂工带着扫把往后退了一步，使得扫把暂时逃脱了被抢的命运。但是实习生也发了狠，他张着嘴，瞪着眼，跳了过去。勤杂工夺路便逃，奈何他那一双老腿哆哆嗦嗦，不听指挥，迈不开步。实习生一下打到了扫把，却没能将它抓在手里。扫把倒在了地上，这意味着，勤杂工输了。可是，实习生显然也没有赢，因为扫把倒在地上，布鲁姆菲尔德就会发现他们的把戏了。果然，布鲁姆菲尔德装作被惊动了，刚刚才察觉这事的样子，从他的窗口看出去，用严厉的目光审视着每一个人，连倒在地上的扫把也没能逃过他的目光。也许是因为布鲁姆菲尔德久久没有开口，也许是因为扫地的欲望确实无法压制，总之，那个罪魁祸首实习生弯下了腰，小心翼翼地向扫把伸出手去，似乎地上倒着的不是扫把，而是一头猛兽。他将扫把捡起来，轻轻扫了几下，突然看到布鲁姆菲尔德从椅子上跳了起来走出了玻璃隔间，吓得他一把将扫把扔在了地上。"你们两个，干你们的活儿去，别胡闹了！"布鲁姆菲尔德喝道，并且伸出一只手，示意两个实习生回到自己的工位上去。他们立即听话地往回走，但并不是低着头，满心羞愧地往回走，而是昂着头，僵着身体，机械地走了回来，走到布鲁姆菲尔德的身边时，还直直地盯着他的眼睛，似乎想借此抑制布鲁姆菲尔德出手打人的冲动。当然，布鲁姆菲尔德基本上从来不出手打人，跟他相处了这么些日子，他们心里还是明白的。但是他们过于恐惧，总是试图维护他们那些真正的抑或表象上的权利，而做出毫不妥协的样子。

女歌手约瑟芬或耗子民族

　　我们有位女歌手叫约瑟芬。没有听过她歌声的人，就无法想象她歌唱的魅力。对我们这个整体并不热爱音乐的民族来说，没有人不被她的歌声吸引，光这一点尤其值得大伙称赞。静寂平和是我们最喜欢的音乐特色，我们生计很艰难，即使某一天能够抖落生活中的一切忧愁，不再为每天的柴米油盐而忧心忡忡，却依然无法上升到那个高贵的境界，去欣赏那些与我们生活无关痛痒的东西，比如音乐。不过，我们也不做过多的抱怨，我们远远未有闲暇工夫和能力去抱怨。我们自认为拥有的最大优点是那种务实的精明，这也是我们最为急需的东西。我们嘴角常常带着精明的微笑打理自身，借此来抚慰身边的一切，我们很难有一天真的对譬如音乐所赋予的幸福有渴望。但我们这里只有约瑟芬是一个例外，她热爱音乐，唯独她懂得去传播音乐。自她消失以后，天晓得音乐这种东西要从我们的生活中消失多久。我常常思考音乐究竟是什么样的，我们这个民族本来就没什么音乐细胞，那么，大家又是如何听懂约瑟芬的歌声的呢（或者说我们以为自己听懂了，但约瑟芬从不认为我们听懂了）？最简单的答案是：她的歌声如此美妙，哪怕是最迟钝的人也无法抗拒它的魅力。这个答案可能令人不甚满意，如果真这样认为，那么人们对歌唱至少有某种不同寻常的感觉，这种感觉就源自她的歌喉里发出的我们从未听过的声音。这种感觉放在以前我们根本没有办法听到，也未曾有其他人可以赋予我们这样倾听的能力。这些只有约瑟芬做到了，我认为不能简单地来看待这个问题，得出令人不甚满意的答案来。我也没有察觉到，身边其他人也这么简单地看待问题。私底下讲，我们曾相互开诚布公地承认，约瑟芬的歌唱水平并无出类拔萃之处。那真的是歌唱吗？我们没有什么音乐细胞，却有歌唱的传统。古时候，我们的民族就有了歌唱，神话传说中对此早有记载，上面还有歌词歌曲，可惜的是现在没有人能唱出来了。所以说，歌唱是什么，我们当然心中有数，而约瑟芬的歌唱艺术，与我们了解的这个并不相符。那真的是歌唱吗，可能仅仅是吹口哨而已呢？吹口哨嘛，大家都懂的，这是我们这个民族与生俱来的艺术本领，或者更准确地说，并非本领，而是与众不同的生活表达方式。在我们这里谁都会吹口哨，但是没有人会把这个标榜成一种艺术。我们总在不经意间不知不觉地吹口哨，我们中许多同胞甚至都没有意识到，吹口哨其实是我们的特殊本领之一。那么，至少在我看来，如果约瑟芬不是在唱歌，仅仅是在吹口哨，或者说都没有超出普通吹口哨的范畴，又或者，随便哪个在地里干活儿的家伙一边劳动，一边不费吹灰之力就能吹口哨吹上一天，以她的气力这样做根本连普通的吹口哨都可能无法与之相比，事实若真如此，那大伙早就戳破约瑟芬艺术家的泡沫了。如此说，那她魅力大的真正原因倒成了一个谜。

所以，她绝对不仅仅只会吹吹口哨而已。如果你在离她远一点儿的地方静心聆听，或者希望在众多声音中努力分辨、求证是否有约瑟芬的歌声，那我会毫不客气地说，你只能听到一个平淡无奇、顶多还带点儿轻松柔和的口哨声。倘若你站在她的面前，那你听到的绝不仅仅是普通的口哨声。想要理解她的歌唱艺术，有一点则必不可少：你不仅要倾听她的歌声，而且还要观看她的歌唱，即便那看起来像是司空见惯的口哨，但是有人能把这种再平常不过的东西隆重地搬上舞台，这就非比寻常了。嗑瓜子绝对算不上艺术，所以一般人没那个胆子，敢在一群人面前嗑嗑瓜子，就想娱乐大众。谁要是有勇气做了，而且还有娱乐效果，那一定不是大家想象的嗑嗑瓜子那么简单。抑或，嗑瓜子虽然只是嗑瓜子，但事实上人人都会，我们就会完全忽略它有可能成为一门艺术，这个时候要是有位勇敢的艺术家向我们展示嗑瓜子这事还有艺术特质，而且就算他向大众展示的本领还远远不及我们中绝大部分同胞嗑得好，那么，他一定是靠表演力来吸引我们。也许约瑟芬神秘的歌唱魅力正与此有相似之处，我们赞赏她的一定是我们从来不以为然的。就事情本身来说，约瑟芬与我们没什么区别。曾有一次，不知在哪个场合，有人当着她的面说，她的艺术不过是普通大众都会的吹口哨而已。虽然这样的事时有发生，那位同胞说话其实也算委婉，但是约瑟芬认为他非常过分。我当时正好在场，看到她笑得那么张狂，那么自命不凡，我平生未见。她是个女性，原本应该表现得温柔些，在我们这个女性占绝大多数的民族中，起码算得上是尤其温柔的一位，可在那一刻，她却表现得有点儿歇斯底里。好在她天生性格敏感，也许自己也意识到了不妥，马上就恢复了她温柔的面貌。总之，一旦碰到这些把她的艺术与普通口哨相联系的风言风语，她就会进行适当的反驳。对于那些与她站在对立面的人，她总是不屑一顾或嗤之以鼻，或许私底下还有点儿憎恨。从某种意义上说，这已经不是简单的爱慕虚荣，因为那些反对的人——讲真话我也是半个屁股坐在这个立场上——对她的称赞其实并不比其他大众少，但是约瑟芬要的不是简单意义的称赞。对她来说，仅仅是一个普通的称赞无足轻重，她所希望的是大家要一丝不差地按照她的方式来称赞。你要是坐在她的面前，你就会明白她为何会有这个要求，只有站在远处，你才会保留反对意见。只要你坐到她的面前，你就会明白她所表演的不是简单的吹口哨。

因为吹口哨是我们无意识的一种习惯行为，所以有人会认为约瑟芬的表演大厅里观众中也会有口哨声。约瑟芬的表演使我们心满意足，自然会有人情不自禁地吹口哨。可是，她的表演大厅却寂静一片。我们似乎达到了心里所期盼的"平和"，至少，我们不再吹口哨，观众表现得很安静。那让我们着迷的到底是不是她的歌声？或者有可能的话，难道不是那细柔的嗓音之上的静寂？有一次，约瑟芬歌唱的时候，不知是哪个愚笨的小家伙竟然毫无顾忌地吹起了口哨。令人诧异的是，这个声音竟然与我们耳中的约瑟芬的歌声毫无差别。台上是经历无数次表演却仍显谨慎的口哨声，台下是孩子忘乎所以的口哨声。若要描述两者之间的区别，几无可能。尽管如此，我们还是又是嘘声又是尖叫地去阻止这个不和谐的声音。其实，后来我们发现没有那个必要，因为约瑟芬早已亮起嗓子，伸长脖子，激动地挥舞起上肢，而那个孩子早就羞怯地躲了起来。

反正，任何一点点小事、一点点意外、一点点不如意、一点点响动、一点点磨牙声，又或是灯光有一点点不对，她一向都会当成机会来提升歌唱的效果。用她的话讲，她的歌声是唱给聋子听的。她并不缺少崇拜与喝彩，很少有真正能理解她的。像她说的一般，她早已学会放弃冲突，以另一种方式来面对。对她来说，一切干扰正中下怀，她与一切来自外部的妨碍进行斗争，谈笑间就已轻松取胜。其实不用抗争，她只要往那一站，就能轻而易举地取胜，就能唤醒观众，即使观众无法理解她的歌声，也能让他们学会实质上的尊重。

　　不管是大事还是小事，她都能从中得利。生活无常，每天都会有意外、恐惧、希望、惊吓，无论是白天还是黑夜，如果不是有同胞们做后盾，时刻都能得到支持，每一个个体绝对无法独自承受这一切。即便如此，生活也常常沉重又艰难，有些担子沉重得千百个人一起扛尚且颤颤巍巍，却有可能会只降落在某一个肩膀上。这时候，约瑟芬却将之视作机会。她挺身而上，引吭高歌。那柔弱的身躯紧紧绷起，自胸部以下不停颤抖，看得人胆战心惊，好似她把全身力气都攒在一起豁出了命地歌唱着，好似她毫无保留地把一切都祭献给了守护神灵，仅剩下一具歌唱者的躯壳，就像轻轻一口气吹过去就能使她永远躺下。遗憾的是，我们看到这一幕的时候，却习惯性地站在对立面去指责："她连吹口哨都吹不好，别说唱歌了，我们就压根不用谈论唱歌这件事，就连三岁小孩都会的口哨，她都吹得如此费力。"我们眼里就是这样认为的，谁都免不了有这个第一印象。即便如此，就如我之前所说的，这个印象是肤浅的，稍纵即逝的。我们会立刻沉浸在歌声中，与其他广大听众一样，热乎乎地紧紧挤作一团，局促却认真地聆听着。也不知道是什么原因，我们这个民族几乎一生都在仓促地东窜西窜，可是约瑟芬却可以不费吹灰之力地就聚集起一大群听众。只要她脑袋后仰，嘴巴微微张开，眼睛向上抬起，做出即将开始唱歌的姿态，大家就会自动聚集在一起。这个方法一试即灵，不管她身处何地，哪怕她一时心血来潮，选一个隐蔽的角落也可以。只要有关于她要开始歌唱的消息放出来，人群中总会不胫而走，大家就会向那个角落飞奔而去。当然，这不是一直顺利，约瑟芬尤其喜欢在我们最紧张忙碌的时候歌唱，而生活的艰难困苦使我们不得已四处奔波，不管我们怎么努力，都不可能以约瑟芬所希望的那样迅速聚集在一起。要是时间一久，她摆足了姿势，却不见足够多的听众，那么她肯定会气得直跺脚，发脾气，丝毫没有淑女的风范，甚至她还会张嘴乱咬。即使这些举动令人不喜，她的名声却丝毫不减。大家不但不请她降低那些过分的要求，反而竭尽全力去迎合她，甚至还有人专门去集合听众。这一切都是瞒着约瑟芬暗地里进行的，每条道路上都有几个专门的人等在那里，不断向路过的同胞挤眉弄眼，示意他们加快脚步，直到聚集的听众的人数足够多了才罢休。

到底是什么让我们心甘情愿地为约瑟芬而奔波呢？这个问题如同约瑟芬的歌声之谜一样不好回答。两者之间当然存在关联，要是说，我们整个民族都毫无条件地拜倒在约瑟芬的石榴裙下，那么我们完全可以省去这个问题，两者可以合并了。但是，现实情况并不是这样，我们这个民族根本就不明白什么是所谓的毫无条件的倾倒，我们这个民族最热爱的是要要小聪明，说说天真的悄悄话，掀掀嘴皮再扯扯闲话。这样一个民族怎么可能会为了什么而毫无条件地倾倒？约瑟芬也一定感觉到了这一点，为了赢得这样的倾倒，她全力以赴，用她柔弱的歌喉战斗着。

　　显然我们不能太过相信这种判断，我们这个民族确实为约瑟芬倾倒了，只不过不是无条件的。比如，嘲笑约瑟芬我们就做不到。我们得承认：约瑟芬确实有可笑之处，说到笑这一词本身，可以说，总在我们触手可及之处，虽然生活让我们叫苦不迭，但是我们多多少少也不会忘记带上一点儿浅浅的笑意去面对。可是，我们不会去嘲笑约瑟芬，有的时候我觉得，我们这个民族是这样理解与约瑟芬之间的关系：这个脆弱的、渴求着守护的且在某些方面极其出色的——她认为她在歌唱方面极其出色——小家伙是托付给我们这个民族照顾的。其中缘由谁也说不清，可是事实证明好像就是如此。把自己托付给人，这没什么可笑的，若以此来取笑别人那就毫无道理。当我们中那些最坏的同胞说："一看到约瑟芬，我们就笑不出来。"这算是对约瑟芬最大的恶行了。这相当于我们这个民族以一种父亲照顾孩子的方式照顾着约瑟芬，只是我们不知道这个孩子伸出的是乞求的小手还是要求的小手。别人可能以为我们这个民族根本承担不起父亲式的责任，但事实可以表明，至少在这件事上，我们称得上模范父亲。在我们这里，这件事是一个民族整体所承担的责任，没有哪一个个体能够担当。当然，就力量来说，民族与个体之间的差别是巨大的，民族要保护谁，只需要靠近她，给她温暖。但是面对约瑟芬，没有人胆敢这样说。她可能会说："去你们的保护吧！"我们就想：

"是呀，是呀，你就吹吧，吹口哨的吹。"其实她要是有什么叛逆的行为，那真的算不上违抗，只能说，那不过是孩子气的行为、孩子式的感恩罢了，作为父亲不该计较。

现在倒是出现了另一个问题，跟以上完全不一样的解释。约瑟芬认为与之截然相反，她才是我们民族的保护者。在她看来，她的歌声将我们从艰难的政治和经济困境中解救出来，而且这还只是她的歌声起的最小的作用，她认为，她的歌声即使不能驱除厄运，也能给我们以承受厄运的力量。她没有亲口说过这些，也不曾有过这样的弦外之音，因为她基本上很少开口说话，她忽闪有神的双眼，微微紧闭的双唇——我们只有极少数同胞能做到闭上嘴巴，她是个例外——表现得沉默寡言，无不在表达着这一观点。一听到一点儿坏消息，有些时候消息漫天，有假的，也有真假参半的，她就立刻来了精神，一扫疲惫，站立起来，伸长脖子，以便看到身边所有的同胞，就像暴风雨来临前牧羊人查看他的羊群一般。当然，孩子也会采取这种冲动且蛮不讲理的方式提出类似的要求。好在约瑟芬的要求并不像孩子们那样毫无道理，很显然她并没有解救我们什么，也没有赋予我们什么力量，就这么简单地把自己标榜成一个民族英雄，在一个敢于承受压力、毫不顾己、当机立断、敢于直面生死、看上去胆小但热血好战、勇敢又不乏后继者的民族面前——照我说来，风波过后再来标榜自己是民族的解救者，这合情合理，而真正值得标榜的实现了民族自我解救的，恰恰是那些牺牲者，那些悲惨得让历史学家都目瞪口呆的牺牲者——虽然我们总是忽视那些历史学家。但是事实上，恰恰在困境中我们总能比平时更能安静地听到约瑟芬唱歌的声音，我们所面临的威胁使我们能更加安静、更加谦逊、更加顺从地习惯约瑟芬的颐指气使。我们乐于这样聚在一起，挤作一团，尤其当这个聚会无关乎当前的痛苦，就像是大战在即大家抓紧时间一起享用一杯和平之酒一般。紧迫性是存在的，约瑟芬总是意识不到这一点。与其说这是一场演唱会，倒不如说是一场民族集会，是一场从头到尾安安静静的集会——除了之前那个小小的口哨声作为一个小插曲。这个时刻肃穆而庄严，以至于大家无心催她离去。

这样的一种关系是无法让约瑟芬感到满足的，如果地位一直不完全明确，约瑟芬就心神不安，总会绷着一根弦。即便如此，自大的有点儿盲目的她可能意识不到这些，而且如此下去，她还会忽略更多的细节，因为她的那群拍马奉承者在这件事上起了推波助澜的作用——其实，他们也就这一点儿作用。但是，有一点很明显，如果随意地不被重视地举办这样一场民族聚会，在这样的场合就算聚集的同胞再多，她也不见得会愿意奉献她的歌声。

约瑟芬本不必如此担心，因为她的艺术绝不会被忽视。虽然我们私下忙于应付别的事情，且也不见得完全是为了歌声而保持安静，或者有些同胞把脸埋到同伴的皮毛里并不抬头看她，台上的表演显得有点儿浪费力气。但是，不可否认，她的口哨仍然不可避免地钻进了我们的耳朵里，或多或少而已。只要这个口哨声一响起，别人就必须保持缄默。对每一个个体来说，它几乎就是一个民族的讯号。约瑟芬细柔的口哨声对犹犹豫豫的我们存在的意义，就如同我们民族可怜的生存空间遇到这个到处充斥着恶意混乱的世界。约瑟芬固执己见地坚持这个虚无的状态，这种虚无的成就不惧任何反对意见，固执地开辟了到达我们心灵的道路。我们不得不思考这一点，在这个时代，若是我们之中有人敢自称自己是一个真正的歌唱艺术家，也许我们无法忍受，我们或许会将那种表演视作胡闹，会毫不留情地把他赶下台去。我们倾听她的歌声，同时也是我们反对她歌声的明证，这一事实，约瑟芬自己真的无从得知吧，可她一定有所察觉，否则她又怎会如此不依不饶地否认我们在倾听。而她在台上唱着唱着，将这一感觉慢慢抛之脑后。

反正，她总是有所慰藉。一定程度上，我们确实是在倾听她的演唱，如同听歌唱艺术家演唱一样，这要归功于她不可企及的手段，她做到了任何歌唱艺术家都做不到的事情，这与我们的生活方式或不可分隔。我们民族从小没有什么青少年，也没有什么童年。虽然我们也定期倡议给孩子们特殊的自由、特殊的保护和保障，让他们多少能有无忧无虑、四处玩乐的权利，我们可能也承认这一权利，并且愿意助之得以实现。这类倡议几乎都会得到全员赞同，再没有别的比这个更容易获得赞同，但是在我们的现实生活中，也没有别的比这个更不容易实现。我们赞同一个倡议，依此做一些尝试，但是很快，一切又会恢复原样。一个孩子，只要他能蹒跚走路，能稍微辨识周围的环境，就得像成年似的独自谋生，我们的一生就是如此。我们出于经济原因而分散生活，我们生活的地域实在太辽阔，但我们的敌人也实在太多，处处都有不可预见的危险。我们不能让孩子们远离生存之战，要是我们这么做了，就意味着孩子们会过早夭折。除了这些令人伤怀的事情，还值得一提的是我们这个民族的繁殖能力。我们每一代都有无数的同胞，一代又排挤着一代，孩子们根本没有时间做一个孩子。也许别的民族的孩子们都会得到细心的照料，也许那里有为孩子们所设的学校，也许那里的学校里每天都有孩子们蜂拥而出，这些都是民族的未来。很长时间里，每天进进出出学校的都是同一批孩子。可是我们没有学校，我们民族里涌出的是无数孩子的沙沙声，它们学会吹口哨之前只会发出欢快的咝咝声或者尖叫声，它们学会走路之前只会转身或翻跟斗的声音，它们能睁开眼睛之前只会发出一些笨拙地挪动的声音，这就是我们的孩子们哪！在那些民族学校里总是同一批孩子，而我们的这个民族与此完全不同。我们的孩子们降生的时候总是幸福的、粉色的，无休无止地降生，一批又一批，一个孩子刚刚落地，他就已经不再是孩子了，而在他之后很快又争先恐后地出现新的面孔，这些面孔来得太急太多，早已分不出谁是谁了。当然，这也许是美好的，别的民族可能会有理由因此而羡慕我们，但是很遗憾我们却给不起孩子们一个真正的童年。这就有了后遗症，我们的民族一向有一种不会消失也无法消灭的幼稚症。与我们民族的最大优点相悖的是，拥有百分百现实的理智却在有的时候会彻头彻尾地犯傻，就像孩子们犯傻一样，行事没有意义，喜欢浪费，行为慷慨，举止轻率，而且往往为了一点儿小小的乐趣就会犯那么多蠢。即使这个乐趣带给我们的快乐再也不像童年的快乐那么纯粹有力，但依然可以从中发现童年乐趣的踪迹。从这个方面看，我们民族的幼稚症在约瑟芬身上表现得最突出。

我们的民族不只幼稚，而且在一定程度还衰老得过快。我们的幼年和老年与别的民族不同，我们的孩子没有青少年期，我们直接成年，然后，我们的成年期过于漫长，在我们这个坚韧乐观的民族身上留下了始终无法抹去的倦怠和无望的印记。我们不擅长音乐与此不无关系，在音乐面前我们显得太老，音乐的激情、音乐的亢奋并不适合我们沉重的生活节奏。我们的生活疲惫不堪，对音乐毫不敏感，我们还是保守地选择了口哨。时不时地吹吹口哨，这才适合我们。谁知道我们民族中有没有音乐家呢？但若有个音乐家，以我们民族同胞们的性格，早在他崭露头角时就被扼杀了。与此相反的是，约瑟芬的受人追捧的口哨声（或者说歌唱，她称之为什么都无所谓）对我们并无妨碍，也适合我们，我们完全能够接受，若是说其中有音乐的成分，那也是微乎其微的，我们保留了某种音乐传统，但也是因为这丝毫没给我们带来任何的额外负担。

不可否认，约瑟芬带给我们这个民族的特殊内涵还是要更多一些。在她的演唱会上，尤其在艰难的时光，只有那些男性对约瑟芬抱有兴趣，他们惊讶地看着她噘起嘴唇，气流从她可爱的门牙间喷出然后声音慢慢消散。她就是利用这个消逝的过程让自己的演唱达到越来越不可思议的效果的，但是，她的听众则越来越沉默了。在经历了战斗后难得允许休息的时刻，人们都做着梦，个个都放松了四肢，就像在经历了紧张的战斗之后，能如愿以偿地在"民族"这张温暖的大床上伸展四肢享受平静。在这样的梦中时不时地还能听到约瑟芬的口哨声，她称之为"珠玉落盘声"，我们则称之为"撞击声"。不管怎么说，在我们的梦中，这个声音恰如其分，再没有比这个声音更合适的了，这是任何其他音乐都得不到的机缘。其中有几分那短暂又可怜的童年的影子，有几分那失落却再也无从拾起的快乐的影子，还夹杂着几分忙碌的当前生活的影子，也还带着一点点不可思议却依然顽固和无法磨灭的清醒。这一切的一切，不是响彻云霄的高音所能表达的，而恰恰需要用轻细的、耳语般的、私密的、偶尔还带点儿沙哑的声音来传达，这自然是口哨声，又怎么会不是呢？口哨是我们的民族语言，只不过有些同胞吹了一辈子口哨而不自知罢了。在梦中，口哨声从日常束缚中解脱出来，也给了我们短暂的解脱。像这样的表演我们当然不想错过。

即便如此，距离约瑟芬所宣称的，她在这些时光中给了我们新的力量云云却还很遥远。对于普通大众来说反正很远，不包括约瑟芬的追随者。"怎么可能不是这样？"他们恬不知耻地说，"奔向聚会的场面如百川入海，在危险笼罩的情形下更是如此，这甚至妨碍了大家及时做出必要的防卫。对于这一现象，还有别的更好的解释吗？"好吧，这一形容我们无从反驳，但是这不能算是约瑟芬的功劳。因为特别要说的是，当聚会被突如其来的敌人驱散，一些同胞不得不把性命丢下，而约瑟芬这个始作俑者却占据着最安全的位置，被她的跟班保护着，第一个悄悄地、迫不及待地消失而去——也许就是她的口哨声把敌人引来的。这个基本上是众所周知的，即便如此，下一次还是这样。一旦约瑟芬不知是什么时候，不知从什么地方心血来潮地站立起来准备歌唱，大家还是会一如既往地赶到。要是以此来论的话，约瑟芬几乎不受法律约束，她可以为所欲为，即使威胁到了全族，她依然会得到谅解。如果这样有理，那么约瑟芬的一些要求也就很好理解，可不是吗，我们民族赋予她自由，赠她以不同寻常的、独此一家的，甚至违背法律的礼物，算不算是一种赎罪。正如约瑟芬所声称的那样，我们这个民族并不理解约瑟芬，对她的艺术，我们只是惊讶而无法欣赏。我们感受不到它的价值，只能竭力补偿我们加诸约瑟芬的痛苦，但缓解效果却只是了了。正如她的歌唱艺术超出了我们民族的理解范畴一样，她自身以及她的愿望也超出了我们听从号令的范畴。其实这是彻底不对的，就算我们的民族同胞一个个早就向约瑟芬投降了，但是却不是无条件的投降，我们绝不会向任何人无条件地投降。

　　长久以来，自从她的艺术生涯一开启，为了歌唱事业，她就一直在为能从各种劳动中解脱出来而斗争。所以，每天的面包及一切与生计相关的烦恼和困顿，都该由别人来为她考虑和解决，或许是整个民族都该这样为其服务。我们民族中脑袋一根筋的同胞，仅仅凭着歌唱要求的特殊性，以及按照提出这种要求的人当时的精神状态，就断然接受了这个要求，认为是合理的。但是，我们民族最终却做了一个完全不同的决定，冷漠地拒绝了她这个要求，甚至都懒得驳斥一下她的申诉意见。约瑟芬曾提出过各种申诉意见，例如劳动的辛苦有损她的歌喉，例如唱歌要比劳动辛苦千万倍，例如她希望唱歌以后能够得到足够的休息，为下一场演唱养精蓄锐，凡此种种理由，都是说明劳动使得她再如何竭尽全力都无法达到演唱的最佳效果。大家每次听听而已，就当成了耳旁风，我们这个容易感动的民族在这个时候反而不容易被说动。这拒绝如此决然，约瑟芬也被吓住了，她似乎不再反对了，一如往常地劳动着，尽力地歌唱，但是一段时间之后，她又重新攒起力气投入到申诉斗争中——对于这场斗争，她好像倒是有取之不竭的力气。

现在我们明白了，约瑟芬追求的绝不仅仅是她嘴上说的那些而已。她是理智的，她并不惧怕劳动。我们中没有谁会惧怕劳动，就算她的要求被通过了，她的日常生活也不会有什么改变，劳动不会成为她歌唱的障碍，反正她的歌声也不会变得更加美妙。她所追求的，不过是要让她的艺术得到正式的、明确的、长久的、比现在范围更广的认可。对约瑟芬来说，别的追求看上去或犹可企及，但是唯独在这个追求上，一再徒劳无功。也许她从一开始就应该改变进攻方向，也许她现在认识到了自己的失误，但是她已无法后退，后退即自我背叛，现在，她必须同她的要求共进退，或生或死。

如她所说，若她真的有什么敌人，那么，她的敌人正好可以好整以暇，欣赏这场鹬蚌之争，以此为乐。虽然人群中时不时地会冒出几句批评几句指责，但是实际上，她并没有什么敌人，所以这场斗争，也没有人来欣赏取乐。旁观者必须保持法官式的冷静态度，这在我们中是罕见的，仅此一点，就不会有谁来旁观这场斗争。而且就算有谁能保持这一态度，但是一想到日后我们会用类似的态度对待它，那就什么乐趣都没有了。不管是这一方的拒绝要求，还是另一方的提出要求，其实是相似的，因为两者的问题不在于事情本身，而在于一个民族对某一位同胞毫不留情的隔离，尤其当这个民族平时总是给予这位同胞慈父般的甚至比慈父更多的精心照料时，这样的隔离就更显残酷了。

如果这会儿在这里唉声叹气的不是一个民族，而是一个同胞，一个单独的个体，那么可以想象一下，这个同胞一直在迁就约瑟芬，而当约瑟芬的要求越来越咄咄逼人的时候，他就会结束这份迁就。在对她做出种种迁就的时候，他是坚信这份迁就总有一个适可而止的终点。是的，为了这个终点快点儿到来，他做出了许多并非必需的迁就，这就惯坏了约瑟芬，使她的胃口越来越大，直到最后真的提出了这个要求，这个时候，他当然二话不说就彻底拒绝了，因为他早就为这一天的到来做好了准备。可实际上，事情完全不是这样演变的，我们的民族不需要这么一个从小到大的过程，再说了，我们这个民族对约瑟芬的尊敬是发自内心、经得起考验的，而约瑟芬的要求却太过强烈，随便哪个不谙世事的孩子都能预见这个要求的结局。尽管如此，约瑟芬对这件事的看法未必就没有以上猜测的成分，被拒绝的痛苦之上未必就没有恼怒。

即便她可能有这样那样的猜测，但是她却不大可能就此被吓得不再斗争。最近一段时间，斗争甚至更加激烈了。以前，她只不过在言语上争强斗胜，而现在，她开始采取了别的手段，比如一些她自以为更加有效，而在我们看来却对她自身更加危险的手段。

有些观点认为，约瑟芬之所以如此急切，是因为她感觉到年龄渐大，嗓音渐弱了，她觉得现在到了为正名而背水一战的时候了。我不这样认为，如果这个观点是对的，那么约瑟芬就不是约瑟芬了。对她来说，她不会变老，她的嗓音不会变弱。如果她有了什么决定，原因绝不在外部，而在于她的内心。如果她想去摘最高的那顶桂冠，不是因为此时的桂冠恰恰挂得比往常更低一点儿，而是因为它就是最高的桂冠；如果她有权自己做决定，那么她可能还会把它挂得更高一些。

但是，对外部困难的蔑视并不妨碍她采取最不光彩的斗争手段。她的权利不容置疑，用什么方式得到这个权利她不在乎。何况，那些正大光明的方法在她眼中的这个世界上又行不通。也许正是出于这个原因，她才把这场维权斗争的阵地从歌唱领域转移到了别的对她来说代价更高的领域。她的跟班四处宣传她的言论，她宣称，她完全有实力用歌声娱乐整个民族，让各个阶层，哪怕是最隐蔽的反对者，都能感受到约瑟芬所要求的真正的乐趣，而不是我们民族自以为的那种乐趣（我们民族声称自始至终在约瑟芬的歌唱中享受着那种乐趣）。可是，她也补充说，因为她不能在高音上作假，也不去迎合挑剔的听众，所以，她还是会照老样子唱歌。但在另一场斗争中，在摆脱劳动这一场斗争中，她采取的方法却与此不同。虽然那也是在为了她的歌唱而斗争，但是她却没有直接使用那宝贵的歌唱武器，只要不用这个武器，所有的手段都是好方法。

由此，比如有小道消息称，如果约瑟芬没有得到让步的话，她就将减少装饰音。我对装饰音一无所知，在她的歌声里，我也从来没有注意到什么装饰音。但是约瑟芬决定减少装饰音，暂时还不会完全剔除，只是减少而已。据说她将此威胁变成了实际行动，反正较之以前的歌声，我是一点儿改变的感觉都没有。整个民族也没有就装饰音发表过什么意见，大家都一如既往地聆听约瑟芬的歌声，对约瑟芬做出的决定也无动于衷。顺便提一句，不可否认，如同她的身材一样，约瑟芬的思维方式也相当惹人怜爱。例如，一场表演结束之后，她会解释说，她的有关装饰音的决定太过仓促，对听众太过残酷，所以下一场她会把减去的部分加回去。但下一次演唱之后，她又改了主意，说那些了不起的装饰音会彻底消失，而且在大家做出有利于约瑟芬的决定之前，再也不会被加回来。解释，决定，再改变决定，如此这般，一再反复，而我们民族则听之任之，就像一个沉思的成年人对待一个喋喋不休的孩子一样，总是态度和善，但一言不发。

　　但是约瑟芬并没有放弃，比如新近她又宣称，她的脚在劳动的时候受了伤，在唱歌的时候站立起来很痛苦。由于她在唱歌的时候又必须站立起来，所以她说她现在甚至不得不缩短唱歌的时间了。虽然她走路一瘸一拐，还让她的跟班搀扶着，但是没有人相信她是真的受了伤。我们虽然承认她那瘦小的身体异常娇弱，但是我们是一个劳动民族，约瑟芬也不例外，要是蹭破点儿皮就一瘸一拐起来，那我们这个民族就只剩下瘸子了。但是就算她半身不遂，被人搀扶，就算她露出令人同情的样子越来越频繁，整个民族还是一如既往地去听她的演唱会，心怀感激地沉浸其中，唱歌时间的缩短对他们影响无几。

由于她不能一直假装瘸子，她就到处寻找别的借口，一会儿是太累，一会儿是心情不好，一会儿又是身体太虚弱。除了听她演唱，我们还能免费欣赏闹剧。我们看到，她的跟班追在她后面苦苦哀求她开口歌唱。她也想唱，但她却不能唱。我们给她安慰，给她甜言蜜语，用双手几乎把她捧到了她之前一直想要的舞台上。终于，她流下了意味不明的泪水，做出了让步。当她明显是抱着最后的决心想要开口歌唱时，她却显得瘫软无力，她的双臂不再像以前那样抬起张开，而是贴着身子，毫无生气地耷拉着，看起来像短了一截似的。她拉起开唱的架势，可是却开不了口，我们眼睁睁地看着她身体突然一阵抽搐，瘫倒在地上。然后，她又挣扎着站起来，并且开口唱了起来，我觉得，唱得也与往常并无不同。也许，只有听惯了音调细节的最灵敏的耳朵才能听出来她的歌声里有那么一点点不同寻常的激情，使得歌声更加美妙了。演唱结束以后，她也不像以前那么精疲力尽了，她拒绝了跟班的帮助，带着冷漠的、审视的目光注视着毕恭毕敬的、退避的人群，步伐坚定地扬长而去。

这是上一阵子的事情了，最新的情况是，在大家等待她歌唱的时候，她失踪了。不仅仅是她的跟班，很多同胞都自发地到处去找她，但徒劳无功。约瑟芬失踪了，她不愿意歌唱，她甚至不愿接受歌唱请求，这一回她是真真正正地离开我们了。

大概是智者千虑必有一失吧，这位智者，这回的失误让人觉得她根本就没有考虑到，只不过顺从了她的命运罢了，这可能成为我们这个世界上最为悲惨的命运之一。是她自己放弃了歌唱，是她自己征服了我们的感情得到了权力又亲手毁灭了这个权力。她对这个感情知之甚少，又是如何得到这个权力的呢？真令人费解，她现在躲了起来，不再歌唱，但是我们民族却依然安安静静地聚集在一起，并无多少失望，依然唯命是从，内心平静地聚集在一起。不管表面上看起来是不是恰好相反，在我们的历史上，这个民族只会奉献，绝不会接受馈赠，当然也包括约瑟芬的馈赠，这个民族在自己的道路上越行越远。

相比之下，约瑟芬一定越来越糟糕了。用不了多久，她就只能发出最后的呜咽，然后彻底沉寂。在我们民族永恒的历史中，她只不过是一个小小的篇章，这点儿损失我们很快就能弥补上，倒也不能说这是轻而易举的事。我们的集会是怎么做到悄然无声的呢？显然，在约瑟芬的演唱会上，大家不都是鸦雀无声的吗？难道她真正的口哨声与我们记忆中的不同，可能更响亮一些，更活泼一些？难道她还在世的时候我们对她的印象就超出了我们的记忆，超出了所谓的"约瑟芬智慧"？难道不是我们以民族的智慧将约瑟芬的歌唱捧到那么高的地位，从而使得约瑟芬的歌声以此方式得到永恒？

　　也许，我们所要放弃的并不是很多，可是约瑟芬却摆脱了这个尘世的痛苦——在她看来，那是承担大任者独有的痛苦——快乐地淹没在我们民族那群不计其数的英雄中，然后在不久之后——由于我们不再推动历史——被升华，被遗忘，一如她的一众兄弟。